美好生活

鞠利　著

新疆人民出版社

图书在版编目(CIP)数据

美好生活/鞠利著.--乌鲁木齐:新疆人民出版社,2022.5
ISBN 978-7-228-20925-5

Ⅰ.①美… Ⅱ.①鞠… Ⅲ.①长篇小说—中国—当代
Ⅳ.①I247.5

中国版本图书馆CIP数据核字(2022)第078732号

美好生活

鞠 利 著

◎ 选题策划 孙 瑾
◎ 责任编辑 孙 瑾 满 丽
◎ 责任校对 郭晓蓓
◎ 装帧设计 王 洋
◎ 书名题字 周 海

出 版 新疆人民出版社
地 址 乌鲁木齐市解放南路348号
邮 编 830001
制 作 乌鲁木齐捷迅彩艺有限责任公司
印 刷 新疆新华印务有限责任公司
开 本 710 mm × 1 020 mm 1/16
印 张 19.75
字 数 260千字
版 次 2022年7月第1版
印 次 2022年7月第1次印刷
定 价 60.00元

Memo No.

Date / /

美好生活

郭小川

苍穹之下，人类活法好似一般样，想过出山一样高远而傲岸的脚底。

——题记

"勇敢而不流泪，乐天知命，故不忧。"

伍尔芙每天起床，脑子里总会盘旋着这些话句，她想不起在哪里读过，只是这些话语很合她的心意。那些字字不显也有点看透世事，而她知道自己的内心并不淡漠，一刻也没平静下来。

那些日子，小说、恐怖和荒诞，伍尔芙有一种世事难料的痛苦感，仿佛一夜之间，你就能把她生命里宝贵的东西一下子剥夺下来，像风中飞扬的树叶而来，让她无法不畏惧。

在心中，伍尔芙一直在寻找一种恢复，将秩序维持在土地上。

我热爱着我脚下的土地(自序)

鞠　利

一天，一个读者说，我读完了你写的以新疆大地为背景的系列长篇小说，虽然我喜欢你的叙事，但是我不完全理解你所展现的那个世界。我淡然一笑。文学事关心灵的走向，展示出世界应该有的样子！于是，就有了这部以全面建成小康社会为背景的爱情故事——《美好生活》。算是应答。

我知道我将一直写下去，直到人们不仅读完了我的文字，而且喜欢上这块雄伟的土地和这里迷人的风情。

这片国土，山高地远，大漠绿洲，江河奔腾……天地辽阔，无限生机；这块地域，民族聚居，抱素怀朴，文明催生……血脉相连，根深叶茂。好一派龙腾虎跃的边陲气象！好一派源远流长的中华风骨！

我曾经困惑，那些悄然远行的人啊，在向谁辞别？我曾经心痛，那些淡去的情思里，还有多少牵挂？我曾经落寞，还有什么能让我继续坚守，安置一颗宁静的心，静待花开？

时时的错愕几乎伴随了我半个世纪，我在追寻让我心净的答案。

后来，我突然明白了，这块土地就是我历尽苦难的娘，这就是我生生世世的根！我必须爱她！我必须守卫她！

穷则独善其身，达则兼济天下。于是，我开始写书，写下苍茫大地的伟岸，写下万物生长的不屈，写下中华民族同根同源的欢歌。

芸芸众生，人若微尘。一生只做一件事：为天地立心，为生民立命，为往圣继绝学，为万世开太平！

看！血脉相连的各民族大家庭在这里诉说着中华民族交往交流交融的传奇故事，祖国大西北边关的泥土承载着我们最美的情怀和家园，这里的人们一直在共同创造人间最动人的美好生活。

我热爱着我脚下的土地！是为序。

2021年9月11日于乌鲁木齐

目 录

苍穹之下，人应该站好一个位置，

塑造出山一样高远而伟岸的形象。

——题记

一

“旁行而不流，乐天知命，故不忧。”

任乐水每天起床，脑海里就盘旋着这些字句。他想不起在哪里读过，只是这些字面很合他的心意，有些卓尔不群也有点儿看倦世事，而他知道自己的内心并不通透，一刻也没平静下来。

那些日子，恍惚而苦楚，任乐水有一种世事难料的痛苦感。似乎一夜之间，所有支撑他生命重量的东西一下子坍塌下来，像洪水一样扑面而来，让他应接不暇。

在心中，任乐水一直在探寻一种境界，诗意地栖居在大地上，将自己的人生当作一件美好的作品去创造，他一直在寻找他的使命。当与各种各样的劫难不期而遇，任乐水美好的想法像青瓷碎裂，他突然怀疑起自己的生活，丧失了面对现实的笃定感、确定感和力量感。他开始胡思乱想，一种存在的危机感裹挟着他，眼前一片茫然。他找不到万物存在的目的和生命存在的理由。他的内心完全陷入了一个混沌杂乱的世界。

那时候，任乐水悲天悯人。大起大落的人生波澜，打乱了他的节奏，烦乱的心思聚积在空荡荡的心房，如波光粼粼的心潭飘满了水藻，窒息了所有活力。他不喜欢自己这种疲倦的状态。他以为自己早已度过了年轻时惊恐不安的情状，会坦然面对一切变故；他一度相信自己强大的定力，以一个创造者的姿态迎接着生活。他相信每个人都应该是创造者，在创造自己美好的生活，然后去改变世界。

对发生的一切不快，他开始愤怒，几乎忘记自己是谁。那些平凡的小日子一去不复返了。爱人张雯把所有鲜活的记忆带入了另一个世界，阴阳两隔，那些深植在生命深处的爱情已经烟消云散。儿子任冰满怀怨意回到了上海，继续他研究生毕业前的最后一段学习。家已是一个房子的概念。

而他的职业生涯也似乎走到了尽头。任乐水内心悲凉，这些磨难给他太多震撼，时光似乎回到了原点，人生若只如初见，何必曾经太过执着？任乐水自出生就是一个苦孩子，靠着坚忍和努力，做了干部，当了专家。他甚至觉得自己早已超越了平凡，虽然没有到达高山之巅，但也不平庸，也算对得起半生的奋斗。可回到白水市塔河县喀拉苏村，任乐水已经处于一种被边缘化状态。他一边参与驻村工作，一边接受组织调查，那种感觉如万蚁噬心，丝丝缕缕地扎人。任乐水在组织培养下，一步步成长，一直享受着这个社会给予他的荣誉和光环，而突然一天，他要承担工作失职的责任，还要接受处分，变故让他猝不及防。

任乐水还没有从张雯离世的悲痛中走出来，也没有从对亚力坤和阿尔法牺牲的愧疚中缓过神，死亡的阴影淹没了他乐观的心态，生命犹如凋谢的花朵在眼前湮灭，他产生了人生无常的无力感。

任乐水身心疲惫，他总在想，我在担心些什么呢？他不明白是对死亡的绝望还是良心的不安，或者是患得患失？焦虑、烦躁和痛苦彻底让任乐水失去了往昔的淡然，他甚至有点儿讨厌自己。在过去，许多事情都太小了，不值一提，而现在却像星星一样闪烁在任乐水的脑海、心底。有时，一些快乐的想法会冒出来，像太阳升起来一样，太阳来了，星星就全没了。任乐水就这样反反复复沉溺在所有的坏情绪里，烦恼已经遮蔽了他的眼界。

处分决定下得很快，任乐水被免去了西域丝路研究院主要领导的职务，撤销了工作队队长的职务，降级调整到另一个文化事业单位任副县级调研员。任乐水的职业前途暗淡，他只能接受现实。他比其他工作队队员提前几个月回到了乌鲁木齐。

当尘埃落定的时候，任乐水却有一种释然，他不再回忆过去，也不再想未来的事情，生活里的波波折折多了去，但这次有点儿伤筋动骨，他心中茫然。其实，许多人的眼前都被一些东西遮蔽着，当把那些东西拿掉，每个人心里都有一束光，就看清了这个世界的模样，会成为你自己。一个人最大的幸福莫过于在人生的中途，发现此生的使命。任乐水的头脑已经被摇晃得昏天黑地，他还来不及分辨这一切对他未来的意义。

那天道别，他们来到养父赛麦提家，老人依旧咧着无齿的嘴笑着。这个久经风雨的老人，神情像一颗熟透的核桃，坚硬的外壳包裹着柔软的果实，已没有什么能轻易让他露出里面的内容了。麦迪亚娜很安静，文泰依旧寡言少语，只有腿伤未愈瘸着腿的谢浩杰嘴里不停地大呼小叫，维持着场面的热闹。短短的两年，发生了许多事在这个村庄和村庄里一群人的身上，有些让人耳目一新，有些突如其来，有些惊天动地，一切都日新月异，一切都措手不及。人们还没有完全整理好情绪，理清楚这些变化在生活里的力道。

平时吃起来美味的烤全羊、拉条子，今天似乎味道寡淡；大家各怀心事，慢慢喝着酒，房间里充塞着咀嚼的声音和咽酒的哧溜声。麦迪亚娜小心翼翼地把大块的熟肉切碎，递给爷爷。赛麦提老人仔细地咀嚼，自顾自地嘬一小口白酒。

"缘来人聚，缘尽人去。我们一个团队来了五个人，阿尔法牺牲了，我因此调离了，浩杰，以后这里的工作就交给你了，别学我灰溜溜地下台走人。"

任乐水一边说，一边和谢浩杰碰了下酒杯，大口喝干了杯中酒。

"书记，您放心，我是谁啊？哪能把工作干成那样。"谢浩杰口无遮拦地说。

"看你能耐的，这错误的结果，只不过是书记担着了，这叫担当！要说不也是我们每个工作队员的错吗？"文泰不满地说。

"好了，就别自找别扭了，孰是孰非已有定论，我们自己别再自加压力了。过往不送、当下不负、未来不迎，年轻人的路还很长，不负青春吧。我是前车之鉴，革命了一辈子，背了处分、丢了官，人生回到了原点。"任乐水说道。

"书记，哪有那么悲催？唐僧取经还要经历九九八十一难，革命嘛任重道远。行路难！行路难！多歧路，今安在？长风破浪会有时，直挂云帆济沧海。"谢浩杰说道。

谢浩杰已经正式接替了任乐水，成了喀拉苏村的驻村工作队长和第一书记，心情大好，说话露着傲睨自若的神气。

"浩杰，我就一直没想明白，那病恹恹的良嘉熙，怎么就喜欢你这个二手货？一个标准的二货！书记回去，也是我们的失误所致，怎么你就有这么好的心态，一副气吞山河的架势。"文泰说道。

"啧啧，你就没平衡过，不对！是没平和过，现实就是这样，又改变不了，就苦中作乐呗。你等着我给你发喜糖，还别酸。书记呢，告老还乡，享清福。"谢浩杰说。

文泰无可奈何地摇摇头，拿起两只喝茶的玻璃杯，各倒了半杯酒，拍拍谢浩杰的肩膀，谢浩杰犹豫了一下，端起杯和文泰碰杯，两个人仰头，一饮而尽。

“同志们，记住你们的努力关系着村里两千多老百姓的幸福生活，机会难得，要珍惜，更要珍惜能为人民服务的机会。”任乐水最后交代。

“放心！”大家说道。

气氛活跃起来。

那夜任乐水大醉而归。第二天醒来，他头痛欲裂，记起了自己给养父赛麦提磕头时，老人暗淡、浑浊的泪眼，那一刻他心中有一种绝望的伤感，他仿佛看到时光的最后一抹余晖正从老人额头的皱纹里散去，也许从此赛麦提老人就会彻底消失在自己的生活里。他浑身一颤，打了个激灵。

耳边又回响起谢浩杰的声音：

……

高歌取醉欲自慰，

起舞落日争光辉。

……

仰天大笑出门去，

我辈岂是蓬蒿人！

任乐水回忆着那晚话别的场面，脑海里云山雾绕。

任乐水离别了白水市，回到乌鲁木齐。

他休息了几天以后去新单位报到，他的新工作是协助分管领导负责工会工作。任乐水没多说什么，谦和地不住点头。只是有一件事他不习惯，他被分在三个人一间的办公室，对面坐着一个研究生毕业的小姑娘。多年以来，他一直都是一个人在一间办公室办公，在那里研究工作、发号施令，而现在，他已经失去了这种待遇。这让他有一种人生倒退二十年的恍然，而自己已经两鬓霜白，时光不再，物是人非。

任乐水来到新单位后有各种各样的传言。有人说他的命硬，从小克死了父母，然后又克死了老婆，后来克死了朝夕相处的同事。这些传言让任乐水感到难过，他无法辩驳。他一度有一种自己和他们生活在不同的两个世界的感觉。

他有一种被孤立的感觉，不适应新的交流方式。以前，对外他只需向高级别的个别领导汇报工作，而单位的事情只要商量或安排一下就会有人去办，他时时能够把控一切。而现在，没有人和他商量什么了，不大不小的领导说了，自己就得去落实，他们只要结果。任乐水明白自己已经完全回到了年轻时被多数人随意支配的状态了。对面的女孩是一个清新爽气的姑娘，见人就会发出银铃般的笑声。有一天午后，任乐水打开办公室，准备小憩一会儿，那女孩正趴在办公桌上眯瞪，看到任乐水的时候，她吓得面如土色，慌忙离开了办公室。任乐水恼怒地想，难道我会伤害她吗？难道我不是领导了还不是一个知识分子吗？还就成坏人了？任乐水躲进卫生间，看着镜子里的模样，觉得自己面目全非，看不到笑容、看不到安详、看不到自信、满脸都是黑暗的影子。他突然说，“你是谁？”那种感觉让他心碎。

有一天，单位领导给大家作报告，讲到当前社会稳定和长治久安的形势，他说：“任乐水是个好同志，为了工作，照顾不了家人，他的妻子不幸去世……”任乐水鼻子一酸，他可怜自己，现在随便一个人的表扬都会激起他情感的涟漪。他为自己伤心，似乎新单位的领导帮他看清了一个现实，张雯去世其中的一个原因是自己对妻子照顾不周！

过去，任乐水习惯了表扬别人，他知道有些是发自内心的，有些就是一些场面话。表扬别人和批评别人都已经成了一种工作习惯。而今天，新单位领导的话却触动了他。任乐水百感交集，一下子有种想回顾一生的冲动，他思考起过去在那些习以为常的事情背后，曾经喜欢或者擅长的事背后，到底隐藏着一种什么样的力量让他义无反顾？那是自己的命吗？是自己要追寻的人生吗？如果有“如果”，自己会腾出精力照顾张雯，还是会不管不顾地去做那些自己一直以来认为正确的事情？

生活的画面纷至沓来，连成了许多时光的亮点，那些点串起来连成了线。那些光点和光线就像一首无主题变奏的旋律闪烁、飞逸，穿越在他生命的时光里，那里面有一种充满激情的韵律让他激动，但他也一时无法感悟出那些旋律的韵味。他知道那种韵律一定在提示着他一些什么，会让他的情感和现实不再撕裂，找到他无法诉说的一种境界，那境界里藏着生存的秘密。

这段日子以来，任乐水的身体不在状态，血压忽高忽低，睡眠很差。入睡前，他会读大量的书，那些文字会让他安静下来，但也只是一会儿的工夫。丢开书本，他能听到各种嘈杂的声音从四面八方涌来，他努力克制住自己的思绪。儿子任冰的笑脸常常会在他的脑海中闪现，他放不下对儿子的担忧，他是这个世界上自己唯一的亲人了。儿子朝气蓬勃，他的目光里有灼人的光亮，简直能把未来照亮。儿子的目光里有着和另一个人一样的神情，有着对一切的不屑和对任乐水的深情。那些目光重叠在一起，像一束束光在黑夜里闪亮，任乐水的思绪一次次翻腾起来，他有一种残缺感，他不再相信过去那种成功满满的感觉。

任乐水想念儿子任冰，突然担心起他的生活，怕他吃不好睡不好或者没有钱花。以前，他对家人关心太少了，而现在已经没有更多的家人让他关心。任乐水好几次用微信给任冰打视频电话，儿子都不接，只是回信息说在上课。任冰不可能没日没夜地上课，他不想理父亲，母亲的去世让他们本来出现转机的父子关系又一次被冰冻。任冰的做法让任乐水的心脏刺痛。

任乐水整日寡言少语、心不在焉，有一种度日如年的感受。他知道自己这种状态是不好的，也是不对的，但看到欢声笑语、喜笑颜开的身边人，他总是想，我要是这么快乐该多好！

任乐水飞到上海，在黄浦江畔苏州河北岸的一个宾馆住下，发了微信定位给任冰。儿子不像他想象中那么烦他，反而表现得喜出望外，那一刻任乐水有点儿激动。到了晚上，任冰邀请任乐水去外滩看风景。

“这就是大名鼎鼎的四行仓库，1937年10月26日至11月1日，四行仓库保卫战就发生在这里，‘八百壮士’血拼松井石根的日军王牌第三师团，大振中国人的士气。”任冰说道。

任乐水站在苏州河白渡桥上，回头凝视着那座普通建筑。灰色的水泥墙面老旧如故，没有一点儿傲视天下的霸气，但依然挺立的身姿却像一根决不弯曲的脊梁，述说着那段国人反抗侵略的血性历史，曾经有一群保家卫国的热血男儿从那里前赴后继以死报国。

“是不是人活着都得保卫些什么才能找到意义？”任冰说。

“怎么解释？”任乐水说。

“比如那‘八百壮士’保卫祖国，他们是中华民族的英雄，他们的生命虽短暂却光辉灿烂。”任冰说。

“你开始懂得人生了。”任乐水说。

“老任，您也有要保卫的东西。”任冰说。

“是的，我有！比如保卫我们的家园、保卫我们的家庭。”任乐水说。

“爸爸，您能不能不要这么虚伪？您可能保护过我，也保护过我母亲，但您保卫过我们吗？保卫是一种天职，是一种使命。我一直觉得您用自己的一生在保卫您的官帽，在保卫您的名誉。旁观者清，我一直看着您以爱护家人的名义，放弃对家人的责任，您一生奋斗的就是‘名利’二字。”

“你睁眼瞎说!”

“我没有！我母亲去世，您表现的是痛苦和自责；而您今天丢了官帽，您表现的却是绝望，生无可恋！仿佛白活了一场，能用这些来判断您的价值吗？这些身外之物难道对您就这么重要吗？在我看来，您就没活明白，您从来没有找到自己的使命，做官和成名成家都是生活的过程，不是生命的目的，而您，我心目中大名鼎鼎的学者、曾经权高位重的父亲，却把这些活成了目的。继续吧，早晚有一天，我也会离您而去，您将成为孤家寡人!”

任乐水心跳加速，他用手指着儿子，嘴唇发颤，说不出一句话，天旋地转。任冰突然抱住他。那一刻任乐水酥软下来，他一直以坚强的样子出现在所有的场合，蔑视一切，一副傲然的神态。而这一刻，任乐水那么虚弱无力，他紧紧抱住任冰，埋头在儿子的胸前抽泣起来。任冰抱着父亲，冷漠地看着霓虹闪烁的东方明珠电视塔。

回到新疆以后，任乐水一下子变得苍老了，走路很慢，说话也慢，有时候走在街上，脑子里会想起各种各样的往事，而那些事情一件件缠在一起，没有先后也没有层次。他知道自己的心态已经严重影响到了自己的思维方式。那个睿智、豁达而无所畏惧的任乐水似乎一去不复返了。他想忘记过去的一切，想无牵无挂地面对一切，但他无法做到。他像端详一朵野花一样注视着自己的心境，他知道一切都会过去的，只是当下他还无法解开心结。

任乐水还是会一刻不停地想念张雯和任冰。他的荣誉和职位一直让张雯引以为傲，而现在似乎有点儿竹篮打水的情状，让他人生的成就感大打折扣。张雯如果在天有灵，会不会耻笑和蔑视自己？而任冰说：“您的单位离开您，太阳照常升起，可是我失去了母亲，您失去了爱人，我们的家就散了。爸爸，您一辈子到底在追求些什么呢？您那些脆弱的不堪一击的‘名利’又成就了您些什么呢？”儿子的话振聋发聩，似乎自己的半辈子都是错误的，都变得轻飘飘的，毫无价值。

那天下了班，任乐水走路回家，那段路程有点儿远，每次要走四十多分钟。他开始喜欢步行的感觉，已经没有专车接送他了。公交车上人挤人的，他总是担心哪天遇到心情不爽的女人骂他占便宜，他丢不起那个人。地铁又太快，不到十分钟就到了家门口，没有必要那么早回去了，那个叫“家”的房子里不会有人等他。所以他几乎都是步行上下班，已经没有什么重要的事情需要他匆匆忙忙地去解决了。

天上下着小雪，地上覆盖着薄薄的雪花，汽车缓慢地开，行人步履匆匆，一些放了学的孩子开心地捏出雪球，击向马路边的树干。一切像慢镜头一样在任乐水的眼前舒展开来，他的心情渐渐平静下来。

进了小区，远远看见一个高挑的维吾尔族姑娘在徘徊，一个红色的行李箱支在路边，那姑娘笑眯眯地看向任乐水。

“叔叔！”姑娘叫道。

麦迪亚娜的出现有点儿意外，她拉住任乐水的双手，双脚左右腾挪，迈出舞步，然后将额头贴一下他的脸颊。一股温馨的热流穿过任乐水的心房，他的眼睛瞬间潮湿起来。

任乐水从冰箱取出一块冻羊肉化了，给麦迪亚娜做过油肉拌面，特意把拉面拉得很细。麦迪亚娜像好久没有吃过拉条子似的，一连吃了两盘，吃完了，脸上露出满足而又羞涩的表情。

“叔叔的饭做得真好吃，我会吃胖的。”

“我给你先联系一下宾馆？”

任乐水一边洗碗一边说，这句话在他嘴里憋了很久。

“我才不呢，每次我来乌鲁木齐，都是在家里住，叔叔不喜欢我呀？”

麦迪亚娜娇嗔地说道。

任乐水内心还是有点儿犹豫，那时，张雯和任冰都在，他们从来不让麦迪亚娜在宾馆住宿，可现在姑娘没有考虑情况的变化。

“哪里呀，我好久没有收拾家了，怕你嫌脏。”

“金窝银窝不如自家的草窝。叔叔，我来收拾家。”

麦迪亚娜拿起拖把开始拖地，任乐水开心地望着她。

“爷爷身体怎么样？”

“不好，总是腹痛，人越来越瘦，饭也吃得越来越少，酒也喝得少了。”

任乐水心中升起一股寒意。

“我带来了爷爷的CT片子，专门来会诊。”

之后的几天，任乐水请了假，带着麦迪亚娜找了几个医院的权威医生。结果都一样，爷爷的肝脏上长了一个不好的肿瘤，医生不建议再开刀，爷爷的年龄太大了。这个消息让他们很悲伤，每次见到医生摇头，麦迪亚娜的眼泪就止不住流下来，那双会说话的大眼睛失去了往日的光彩，眼皮一直红肿着。任乐水的心也一直疼。

周末，任乐水带着麦迪亚娜登红山。麦迪亚娜一直紧紧地牵着任乐水的手，好像任乐水随时会摔倒。一种久违的被关怀的柔情弥漫在任乐水的心间。自从张雯离世后，他从没有紧拉过一个异性的手，而此刻这个美丽的维吾尔族姑娘像牵着自己父亲一样拉着他的手。

天气晴朗，雪白的博格达峰耸立在湛蓝的天空下，冰雪沿着高远、坦阔的山脊一泻千里，浩浩荡荡涌向天际，一派洁净，磅礴的气势挥洒在鳞次栉比的建筑群落中。这座城市浸润着一种冷峻的气息，凝重而安详。

“好美啊！在南疆看这座圣山，遥远而辽阔，会经常被坏天气隐藏起来，而现在山就在眼前，仿佛伸手可及，原来雪不是冷的，而是冬天凝固的阳光，没有任何东西能够遮挡住天山的雄伟！”麦迪亚娜兴奋地说。

任乐水的心情一下子好起来，他每天都走在这座城市里，习惯了这座傲然挺立在冰雪中的山峰，像一座晶莹剔透的冰雪雕塑挂在天边，铺开在眼前。而此刻，麦迪亚娜独特的感受，让他突然激动起来，那些美从来就一点儿不缺地矗立在那里，而自己却躲在一个阴暗的情境里无法逃离。

他们站在红山顶看着这座城市，任乐水想，这座城市雕刻着冰雪的性格，傲然而强健，沉默而冷艳。

“乌鲁木齐真是一座迷人而美丽的城市！生活真美好！”麦迪亚娜说。

任乐水陪着麦迪亚娜回到村里，他是在做见养父赛麦提最后一面的准备。老人蜷缩在炕上，见到养子任乐水，眼里的暖意一闪，嘴角抿了抿，露出不易察觉的微笑，叫了声：“伊力哈姆，我的儿子！”任乐水握住老人干瘪的手，那手枯瘦、冰凉，脸颊被一层近乎黑色的褶皱皮肤包裹着，显出骨骼的形状，双目深陷，眼神暗淡。

“爸爸！”任乐水的眼泪哗啦一下落下来，岁月即将从老人的血脉里褪尽。

吃饭时，老人只喝了一点儿鸽子汤。任乐水将铜质小酒壶盖子拧开，让老人闻了闻，老人深吸一口，闭起眼陶醉在酒的醇香里。

“我每天都能看到你妈妈走在一个光的通道里，我的眼睛很好，看清了她的眼神小鸟一样躲在我的眼底，她一直对我笑，我的鼻子很好，闻到了她身上玫瑰的香味。”

赛麦提老人开始用维吾尔语和任乐水聊天。

“那是妈妈想您了，爸爸。”任乐水说。

“不，是我的时间到了，我们即将重逢。”

一股忧伤的情绪瞬间袭上任乐水心头，死亡是一个敏感而又无法回避的话题。

“维吾尔族人说，人嘴里空空来到世上，一路含着馕走一遭，又嘴里空空回到来处。我们其实和动物没有分别，就是为了一张嘴，把走过的世界搞得天翻地覆。”

老人说几句停下来喘一会儿气，想一会儿词，又自顾自慢慢说下去。

“人啊，就是一种动物，但又有精神，就会完成一个又一个的目标，那个目标就是一个个含在嘴里的馕，吃了、拉了，取得一个又一个更大的成功，心里担心缺馕，一辈子背负着巨大的不安全感，我们就像马儿一样不停地向前跑。但是我们为什么要向前走？从哪儿来，要到哪儿去？心安何处？

不确定、漫无目的，我们焦虑、紧张。你头顶的那个帽子，也是一个馕，只不过是白面馕，别人的也许只是苞谷馕，没有区别，大的、小的，能吃饱就好了，而人们会为了这个馕恐慌一辈子，不择手段，非常危险，但却一直是人们的通常状态。”

任乐水的心一阵颤动，他的大脑发晕，然后有一种脑洞大开的感觉。他一直静静地听着，担心自己一旦开口就阻断了老人睿智的思绪。

“我们又是会找到生存方法的动物，所以人类主宰世界，是万物之灵。我们把多余的馕给老婆、孩子或再多出一点儿给别人，这就叫‘爱’。我们有了各种各样的头衔，只是馕大一点儿或小一点儿，这就叫‘名利’，人们都为这些东西献身了，就有了千奇百怪的人生。其实，这些东西都没有什么确定性，人人都心神不宁，要确保到手的名利和欲望，那些东西是留不住的。总有我们嚼不动馕饼的那一天，所以我们从睁开眼看到太阳升起，到闭上眼回到万古黑暗，我们依然像动物一样一点儿不多一份皮毛，也一点儿不多一块筋骨，但没有人看明白，其实动物一辈子安心踏实地活着，又毫无眷恋地走了，它们是一种榜样，一种上天给我们的昭示——一切外在的东西对生命都是多余的。”

任乐水第一次听到老人这么思辨而智慧的话语。老人呢喃着，神情现出垂危之态，而智慧的火花却如电光般闪耀。但在任乐水看来，他的那些比喻却有点儿消极，似乎老人在否定自己的一生，也在嘲笑儿子任乐水的失败。

“爸爸，生死离别是谁都无法避免的事情。您会好起来的，会长命百岁，不要这么悲观。”任乐水劝慰道。

“孩子，你没有明白我的话，我已经走在天上看地下的世界了，你还走在自己的路上。我在说人类生存的意义，是的，动物是没有意义地活着，但活得纯粹。人只有抛却欲望，忘却自我，才能心明眼亮，找到意义。”

老人难得向人解释什么，他不需要再赢得他人的赞叹。但是任乐水还是觉得老人在悲叹自己难以抗拒的疾病和即将面临的死亡。

“一个人就是一滴水，只有找到源头，并与之连接，人的生命才会生生不息，具有永恒的价值。生命是每个人的源头，每个人的价值是让源流源源不断，人类才会延续生命的文明的价值，人类的意义是用文明延续人类族群的生命，每个人只有站在人类命运的高处，才能寻找到自己生存的意义。那样，我们才在生命里找到一种存在的意义，我们才成为了源头的一部分。所以动物是可怜的，它们没有源头只有个体，就会物竞天择强者生存，而人类却繁衍着‘大爱’，延续族群、延续文明、延续生命的永恒。人是行走的精神的动物，四季有序，自然永存，天地不言、天地无私，大自然就是一部无字天书，告诉了人类的使命，却很少有人读懂。

你们不必向我隐瞒什么，我将消逝在云端。我想把我一生的一点儿领悟留给你们。我们工作和生活的本身只是一个过程，背后的意义是爱，是爱人类，不是仅仅去爱自己，我们将什么都留不下来，留不住爱人，留不住孩子，留不住名声，留不住金钱，也留不住位子。我们只有超越了自我，才解决了人生的问题，才解决了生命的意义，走进了人类的源头世界，生命才能永恒，才有价值！去爱这个世界吧，爱别人，让自己为了别人的生命去爱，奉献给人类的文明和进步，我们会在那里永生！生命里没有什么可以留恋的，留恋的只是欲望，自私是人的本能，自私地活着就活成了动物，一个真正的人、一个纯粹的人都走在摒弃自私的路上，无私而无我，只有每时每刻把我们的价值献给人类生命的源头，我们才拥有了永不损耗的财富，生命才有了活着的意义，那些是我们可以带进天堂的东西。”

老人说完这些话，不再出声，仿佛他用尽平生之力，表达了和这个世界的和解。之后的几天，老人一直处于迷糊状态。任乐水内心无比震撼，这个即将与生命告别的老人的话，就像浑浊的池水里投入的净水剂，瞬间清理了污渍、油腻和病毒，水质纯净，清澈见底。一束强烈的光源源不绝地射进任乐水的心房，所有的窗口被打开了，清新的气息游走在他每一个毛孔，他浑浑噩噩的大脑机敏而欢快，迷雾散去，他变得心明眼亮。

阳光很好，天空很蓝，心情很好。

离开的那天，任乐水起床，推开老人的房门，养父赛麦提靠在被子上，眼巴巴地望着窗外的晨曦。他已经无力起床了，他聚积起力量盯着院落里的国旗杆，一丝丝火焰般的星光在眼睛里闪动。九点，任乐水和麦迪亚娜一起升国旗，他们仰望着鲜红的旗帜，按照《义勇军进行曲》的节奏，庄严地拉动旗绳。那一刻，一种感动的力量弥漫在任乐水的全身，他的眼泪大颗大颗落下来。国旗在蓝天中飘扬，任乐水的心绪飘荡着，飞向辽远的天边。他有了一种轻灵而灵魂出窍的感觉，一种无所畏惧的浩然之气从心底升腾起来。时间凝固了，他感受到了天宇间永恒的气息。

回来以后，任乐水的心情放松起来，那种洁净而淡然的心态环绕在心间。曾经以为自己走不出种种变故的阴霾，而似乎一刹那，他参透了玄机——自己一直被坏情绪羁绊着。生活哪有那么沉重，世界如此灿烂，你却悲天悯人！任乐水一想到这段时间自己患得患失的样子，会微微一笑，人如果一直活在自我的境界里该是多么渺小的心境，那些辛酸必然会销蚀掉人生的锋芒。

“张雯，我深爱的妻，你已经走完了你的路，我也将走了，我将无我，走我后半程的路。”任乐水在张雯的遗像前默默地说。

他点燃一炷香，微笑着凝视着她缭绕在烟雾中的面容，泪水又一次模糊了双眼。

现在，任乐水的工作相对轻闲，他又开始关注当下的国家大事，除了每天学习治国理政的经典原著，更多的时候他比较关注新疆社会发展的走向，他感受到了这个社会的巨大变化。研究了半辈子新疆社会治理的问题，他对当下落实治疆方略采取的措施佩服得五体投地，一切都那么切合实际，不再犹犹豫豫。任乐水解开了不问时事的心结，回到了“家事国事天下事，事事关心”的状态，但已经不再像一个书生一样去寻找课题，而是感受和他息息相关的奔涌的新时代气息。

转眼到了2018年。

贫困是困扰人类的一大难题，战胜贫困成为新时代中华民族的千年夙愿。在新疆，轰轰烈烈的脱贫攻坚战在全面推进。万众一心，咬定目标，撸起袖子加油干。一个伟大的新时代画卷展现在人们面前。

“我能有什么作为呢?”任乐水总是问自己。他为自己不再有机会冲锋在第一线而遗憾不已。

经历了一段又一段不寻常的人生洗礼，任乐水用了半生去研究社科理论，他发现，那些书生式的思考，在纷繁复杂的现实面前不堪一击。而现实的社会治理实践是需要伟大的理想、伟大的思想和伟大的实践去实现的。他有一种强烈的愿望，去基层、去实践，成为一个践行在中华民族伟大复兴征程中的奉献者。

那夜，他像往常一样读了两个小时理论原著，做了大段笔记，兴奋异常。他想，自己生在一个幸运的时代，正和祖国一道走向一个光辉的境地。内心充满了智慧的快感。

“一生只做一件大事！”任乐水想。

他端详客厅里“厚德载物”的条幅，思绪飞扬，曾经他以为自己早就明白了那些道理，而此刻却发现原来它就像一件摆设挂在他的心底，只多了一副通晓古今的招牌，他发现了自己的浅薄。他打开书，咀嚼着其中的文字：“天行健，君子以自强不息；地势坤，君子以厚德载物。”

他疾速写下一瞬间的感念：

“这个世界充满了欲望，不要让财富把自己禁锢在地上，要让财富积聚起飞翔的力量，伟大的精神才是属于人类的独有财富，心在哪里财富就在哪里，让我的灵魂前行，行走在为社会进步的路上。2018年1月1日”

任乐水进入了梦乡。

早晨，任乐水走路上班，行人匆匆，天空雾蒙蒙的，暗灰色的树枝头挂着冰凌，麻雀在积雪的树根处嘬雪觅食，淡定地看一眼路人，似和人们无趣地打个招呼，天气很冷，空气湿而凛冽，这座雪峰脚下的城市冷起来冻得人手脚生疼，耳郭坚硬。

手机收了条微信，通知任乐水十点开会，赶路的时间足够。

会议室里，书记和其他四位党委委员早早就坐，一边坐着一名维吾尔族干部和一名哈萨克族干部。对这两个人任乐水都面熟，只是叫不上名字。同一个办公室里叫吉庆融的那个女孩也在座。会议似乎有点儿不平常。

书记介绍，维吾尔族干部叫阿扎提，汉语意思“解放”，平时大家都叫他“阿解放”，五十来岁，副县级调研员，正高级职称，是个业务骨干；

哈萨克族干部叫柯蓝·别克，平时大家叫他柯蓝，四十二岁，中级职称。

书记说话开门见山。

“你们四个都是党员，委员们已经分别找你们谈过话，这次精准扶贫任务艰巨，春节前你们就要奔赴南疆昆仑地区玉龙县团结乡百合提村，也就是去幸福村开展精准扶贫工作，上级研究决定任乐水为第一书记。我们要紧扣全面建成小康社会目标任务，确保2020年我们帮扶的贫困村与全疆全国一道全面建成小康社会。只要我们初心不改、矢志不渝，千年追寻，圆梦在今朝，让我们一起接受历史的检验吧！”

书记说了一通全面建成小康社会的历史意义，还解释了为什么唯独没有提前和任乐水谈话的理由，有点儿担心任乐水会拒绝这项工作。

“老任，你有基层工作经验，又曾经是厅级干部。再说第一书记人选要由上级组织部门定夺，我们也吃不准该不该让你去，就先那么报了。结果这决定立刻就下了。我觉得决定下得好，让忠诚老实干净担当的人上一线，组织放心，只是我的工作粗糙了，没有提前和你交换一下意见……”书记说道。

任乐水笑起来，他知道书记在作硬决定，说客套话，担心他任乐水不满这种安排。搁在常人，这样的安排是有点儿生硬，毕竟任乐水下去了将近两年，才刚回到乌鲁木齐，到新单位才两个月。但是对任乐水来说，这就是天大的好事，他一直想主动报名去一线，看了无数次相关条例，自己还在被处分期间，根本没有资格和组织谈下乡的事情。虽然自己犯了错误，但这样的安排说明组织上依然在关怀着自己，自己正愁报国无门呢，机会千载难逢，多么幸运！

“我表个态。我们都面对党旗宣过誓，为了党和人民的利益不惜牺牲一切！我是党员，有义务履行对党的誓言，无条件服从组织安排，以身许党许国，为党尽忠！”

任乐水掷地有声的话语让在座的党委委员们有点儿意外。自从任乐水来到新单位，没有人想惹他。毕竟大名鼎鼎的任乐水还有着大学者的名气，尽管厅官的帽子被摘了，但依然没有人敢小视他。平时他沉默寡言、独来独往，神情透着一种不屑，凛然不可侵犯，一点儿也看不出萎靡，也感受不到他平易近人的随和，他太傲慢了。所以，不提前谈话而直接任命其实也是一种工作技巧。但此刻，任乐水气势如虹，震撼了在座的每个人，他们心底生出一丝不易察觉的羞愧感。

“任乐水，你是厉害人，走到哪里都当书记，都是一把手。”阿解放说道。

大家快活地笑起来。

“阿解放，嫌自己官位低了？你也是副书记，好好和任书记配合，一千五百多幸福村群众等着你们去穷根、摘穷帽子呢。”一个委员说道。

“我们要让乡村的百姓弹起冬不拉，唱起歌，走进中国特色社会主义道路的人间天堂。”柯蓝开心地说。

“昆仑地区百分之九十的人是维吾尔族群众，只会弹都塔尔，你的冬不拉留着和哈萨克族姑娘跳黑走马时弹吧。”阿解放说道。

“你还真不能那么说，铸牢中华民族共同体意识，就是要让各民族进行深度的交往交流交融，谁说哪个民族的传统乐器其他民族就不能享用了？柯蓝，把家伙带上，各民族要互相学习优秀的东西。这也是我要讲的凝聚人心的第一课。”书记说道。

阿解放挠了挠灰白的头发，腼腆地笑了笑，脸色一阵潮红。

只有吉庆融一直闷声不语。这个姑娘从西北民族大学完成研究生学业，毕业后，考进了这家事业单位，眼看二十六岁了，还一直没有谈个男朋友。开展“民族团结一家亲”活动走访亲戚时，她在百合提村结了个帮扶对子，那一家家徒四壁。她后悔来到新疆，生活在乌鲁木齐虽然比她甘肃农村老家的条件好了许多，可偏偏又轮到自己驻村，好像就无法逃脱穷山恶水。心中念着自己的命苦，想着想着，眼角盈满了无助的泪水。

三天后，他们乘坐飞机奔赴南疆脱贫攻坚第一线。

时代又一次为任乐水开启了生命的新篇章。

二

百合提村距团结乡三公里，乡政府离昆仑市区十二公里，高速路通到了村边。民居集中连片，都是砖房，红顶绿瓦白墙。家家有小院，气派的红色大门上雕饰着灵动的龙纹，柏油路把每一户人家连接起来。

村庄的西面，雄浑的昆仑山绵延起伏，由北向南横亘在视野深处，山势伟岸，千里旷野，天空辽阔。

来到村里第一晚，队员们很快就被安置好了。村里的办公条件和住宿条件都不错，是按照地区要求的村委会标准修建的。“这在两年前都不可想象，现在的农村基础设施已经基本达到了社会主义新农村的建设要求。”任乐水想。

任乐水翻看村里的情况资料。全村辖六个自然村，户籍人口四百一十九户一千五百零七人，其中贫困户八十户四百四十八人。总耕地面积一千五百多亩，人均耕地约一亩，贫困人口占全村总人口的百分之三十，村集体经济收入六万三千三百万元，村民年人均收入不到三万元，贫困的情况很严重。一手抓继续攻坚，集中力量攻克深度贫困堡垒；一手抓防止返贫，持续巩固脱贫成果。

这时，儿子任冰发来了微信：“老爸，我还是为您骄傲。全面建成小康社会是中华民族的中国梦，您走在追梦的路上，加油，一个都不能少！”

任乐水眼睛一热，又笑起来。他们父子看起来一直不对付，但对许多事情的看法基本在同一个视角里，像睥睨对方的拳击手，而内心又充满了对彼此的敬意。

因为有过去的经验，任乐水计划先从开展入户调查入手。阿解放一路兴致勃勃，说广阔天地大有作为；柯蓝忧心忡忡，有点儿无所适从；吉庆融少言寡语，神情落寞。任乐水装着什么也没有看到，他不想说话，也不想做谁的思想工作。好铁要打，好钢要炼，火热的生活就是课堂；只要走进农户家，走进田间地头，现实会磨去人们的棱角，激发出激情；矫情、浪漫和惶惑就是野草，早晚会被生活的镰刀收拾殆尽。

一路上，到处都是黑色的毛驴，健壮体长，头颈高扬，宽胸、粉鼻、黑眼、白肚皮。

“这东西体态优美，与你有一比。”柯蓝拍着阿解放的肩膀说。

“骂人啊？你是草吃多了胡放屁。”阿解放回道。

“一口馕就噎住了？开玩笑呢。”柯蓝说道。

任乐水觉得奇怪，现在收棉花、运输、犁地都用机器了，怎么这个村养了那么多驴。

毛驴大胆地打量着陌生人，一副见怪不怪的样子，不时仰头大叫。

“问候呢。”柯蓝说道。

“这些不是当地的土驴，应该是引进的‘关中驴’，个大、结实、劲足、奶多。”阿解放说道。

任乐水听他们聊天。

“驴奶清肺、防癌。”

任乐水看一眼角角落落拴着的驴，都是村民散养的，心里盘算起养驴的事。

走访了一天，大家累得迈不动步子，村里的情况看得人糟心。

“睡着了骑马上草原——瞎费马力。到处都是穷人穷相，这怎么能找到扶贫的办法?”柯蓝说道。

他们不了解任乐水的用意。入户就是要先掌握村情民意，以找准工作的着力点和突破口。

“以后每天写篇扶贫日记。会找到方法的。”任乐水说道。

夕阳西下，炊烟袅袅，都塔尔的旋律时断时续，结着冰的小渠银链般消隐在路尽头。无边的田野，隐约的昆仑山脉，清纯的气息，原始的风貌，柔和里透出刚劲，似歌悠扬，似水静谧，落日的余晖洒满村庄。

柯蓝情不自禁地唱起哈萨克民歌《少年》:

我的少年在流浪，
你要去向何方，
天鹅飞出深山谷，
哪里是你爱的方向?

这里就是你家乡，
一起快乐歌唱。
我的话放心上，
别的姑娘不要打量。

杨柳枝随风扬，
野花满坡开放。
我向着树林边张望，
看见你眼里的忧伤。

我的话放心上，
别的姑娘不要打量。
我站在屋檐下张望，
看见你满心的惆怅。

那一刻，惬意的情绪从任乐水的心头慢慢溢出来，像雏鸡的茸毛般娇嫩。

吉庆融陶醉在歌声里，泪流满面。

入夜，吉庆融无比软弱，想法无人述说。她敲开任乐水的宿舍门，一进房间，就放声大哭起来。她只是哭，一句话也不说。任乐水没劝她，严肃地坐在那儿，任她宣泄。

第二天，任乐水对吉庆融说：“精准扶贫关键在‘精准’，要做好基础数据统计录入工作，信息数据‘精准’，才能做到识别‘精准’，这是基础。”又说：“人生啊就像一棵树，育苗、施肥、浇水，然后长大，关键是树苗自己要有力道，把根扎住，百折不屈”。

润物无声，吉庆融时常琢磨任乐水的话，非常受用。她努力不让自己娇气，每天坚持走访调研了解贫困户的基本情况，一门心思钻研业务。以前，她从来没有接触过全国扶贫开发网络系统，现在，她不分昼夜操作练习，很快就完全掌握了系统的操作方法，信息录入准确无误，成了行家里手。

任乐水说：“再难的知识也难不倒我们知识分子。”吉庆融暗暗高兴，有了很强的成就感，躁动的心安静下来。

任乐水把工作队的调研任务交给阿解放。他们每天忙忙碌碌，很投入。而任乐水却把自己关在办公室学习理论，学习昆仑地区的脱贫攻坚文件，剖析村民贫困的原因。“谋定而后动，知止而有得”是他的习惯。不谋全局者不足以谋一域，他知道未来扶贫措施的每一步都关系着村里几百户村民的未来。

“人民对美好生活的向往，就是我们的奋斗目标！在为百合提村的老百姓消除贫困、改善民生、实现共同富裕的考场上，我应该交出一份怎样的答卷?”任乐水想。

县上的检查组突然到来，值班的村民一脸惊慌地敲开任乐水的宿舍门。

“任书记，那个县长张振民厉害得很，脾气嘛斗鸡一样，咕咕咕的。”

副县长张振民负责全县的脱贫攻坚督查工作。开会时他们见过几次。他中等个儿，说话语速快，喜欢背着手走路，因为瘦，手一背着就像被捆着了一样。

任乐水迎过去，张振民点点头，直接进了办公室。阿解放正带着几个工作队员在农民家，张振民要看档案、听汇报。任乐水脑子里没什么数据，更没有什么新主意，笑了笑，打电话让工作队员回来。

“哎，第一书记同志，我让你介绍情况，叫他们干嘛?”

“他们清楚，他们清楚。”

任乐水不紧不慢地说，明显不热情，让人感觉又冷又硬，拒人千里。张振民激烈的语调也没有换来任乐水的高度重视。

阿解放笑呵呵地来了，双手握住张振民伸来的手，说：“老县长，欢迎啊，欢迎!”其实，目测阿解放要比‘老县长’大二十岁。

“考试!”

张振民开始提问，柯蓝回答得很准确，自治区打赢脱贫攻坚战的目标任务是把脱贫质量放在首位，通过2018至2020年三年集中攻坚行动，确保一年一个新进展，三年全面完成攻坚任务。

问到吉庆融，小姑娘紧张，“七个一批”只说了四个：通过转移就业扶持一批；发展产业扶持一批；土地清理再分配扶持一批；转为护边员扶持一批……

她大脑一片空白。

阿解放补充道："实施生态补偿扶持一批；易地扶贫搬迁扶持一批；综合社会保障措施兜底一批。"

"等着我在全县大会上收拾你们。"

张振民走了，很不满意。

"幸亏没考我，一下子回答七个问题，我脑子笨，可是考得好能有做得好吗？大干部们说过，空谈误国，实干兴邦。"阿解放说道。

吉庆融心里涌出羞愧和委屈。这些和她以往接触的业务工作就不是一回事，要管人吃喝拉撒的所有事，还要管人生老病死的麻烦事，鸡毛蒜皮、家长里短都是事。要教育农民，要调研摸底，要做基础工作，要想着法子分类施策落实项目……要死记硬背从上到下的各种提法，有些乡里干部的提法也得记住。她觉得这干的事简直就不是工作，像一场考试，又像一次荒野寻路，没有现成的方法，也没有现成的答案，自己的工作是做扶贫数据统计，可千头万绪的工作杂乱无章地堆在面前，实在无法适应。她产生了逃离这里的想法，这种想法让她更加无助和惶恐，她哭着走出了村委会。

柯蓝要去追她，阿解放说吉庆融连村口的路都不认识，跑不到哪里去，无非在马路上哭会儿鼻子。

吉庆融哭着在村里漫无目的地走，这里的人和事让她憋屈。村幼儿园门口，摩托车和农用蹦蹦车排了好长的队，村民们在接放学的孩子。孩子们互道再见，有的说普通话，有的说维吾尔语，见了吉庆融用普通话向她问候。那一刻她的心情稍微好了一点儿，这些无忧无虑的孩子，让她舒心。

现在的孩子们很幸福。以前，三至六岁的小家伙们，有的整日跟在父母的屁股后面，犯迷糊；有的因为大人外出务农，被整天锁在院子里。千万个家庭千百种养法，怎么省心怎么来，光着脚的、光着腚的“小萝卜头”村头巷尾窜，田间地头野。现在情况完全变了，新疆全面普及了农村学前三年免费幼儿教育，村里都建起了幼儿园，学前适龄儿童“应入尽入”，一百多万孩子们整整齐齐坐进了幼儿园的教室里。家长们欢天喜地，政府把孩子们送进学校，管吃管喝管教育，再也不用担心孩子饿肚子或落水塘，再也不用担心孩子跑丢了或被狗咬，更不用担心村里的大孩子欺负自己的小孩子。孩子们一下子懂事了，大人们一下子轻松了。那些背着书包满地跑的小家伙们就像光明的使者，让所有的村民心里亮堂起来，人们对国家充满了感恩。

一个五岁左右的小女孩在校门口孤零零站着。小女孩盯了一会儿吉庆融，蹦蹦跳跳地过来。

“老师，你为什么不高兴?”一口标准的普通话。稚嫩的童音，一下子触到了吉庆融的痛点，泪水又模糊了她的眼睛。

“我们老师说了，小朋友要像太阳公公一样发光，开开心心。”

这个眼睛和嘴巴一样会说话的小女孩叫苏莱娅。吉庆融立刻喜欢上了她，蹲下来亲了一下苏莱娅的额头。

“老师，你好香，再哭就把香味冲走了。”

吉庆融发现苏莱娅说出的话有一种诗歌的韵味，独特而动人。

“小天使，我们回家了。”一个帅气的小伙子风风火火地过来，抱起苏莱娅。她在他的额头上亲吻了一下。

“吉庆融，我认识你。你们扶贫干部走家串户，漂亮的姑娘总是会激发出小伙子们的想象力。”

这个高个子维吾尔族小伙子自己介绍，他叫加吾兰，是新疆一所大学的老师，来这里支教。

“苏莱娅的父亲身体有残疾，我常去她家帮忙。小家伙见了我就叫‘爸爸’，所以我们成了‘父女俩’。”

阳光帅气的加吾兰是那种能让异性多瞧几眼的大男孩。之前，吉庆融在想这个男孩儿是村里人？还生了这么大一个女儿？现在，吉庆融从疑惑中反应过来。

加吾兰邀请吉庆融一起送苏莱娅回家，她毫不犹豫地跟着他走了。走在路上，吉庆融有一种从未有过的快乐感。

加吾兰开了个玩笑，吉庆融笑了起来。

“你有男朋友吗？我的条件不错的。”吉庆融有点儿生气，后悔陪加吾兰，他也太轻率了！第一次见面开这种玩笑，她想转身离开，而眼前的小女孩又让她喜欢，她涌出想了解苏莱娅的愿望。

加吾兰一路说笑，根本不关注吉庆融的情绪变化。他看一眼吉庆融，伸出手，“握个手”，加吾兰轻握一下吉庆融的手说，“真想在农村谈一场恋爱”。

吉庆融的心事仿佛一下子被加吾兰说了出来。

来到苏莱娅家，她父亲艾拉提坐在轮椅上，一脸抑郁。她母亲阿娜尔正在做饭，笑声爽朗。上初中的哥哥木拉丁，刚从学校回来，见到客人腼腆地笑了笑。

“艾拉提哥，今天我想陪你喝点酒，一起敬我们的扶贫小姐姐。”加吾兰说道。

艾拉提脸上挤出难得的笑容。吉庆融犹豫着要不要回村委会吃饭，但又有一种想了解眼前这些人的想法，手机刚好没有电了，索性留在苏莱娅家。苏莱娅抱住她的胳膊，打开书，要吉庆融教她白天学的儿歌：

堆雪人

堆呀堆，堆雪人，圆圆脸儿胖乎乎。

大雪人，真神气，站在院里笑眯眯。

不怕冷，不怕冻，我们一起做游戏。

那天，吉庆融了解到，艾拉提以前做活畜贩卖生意，赚了些钱，本是村里的富裕户，在一次车祸中，他双腿残了。转眼成了贫困户，他很悲观。

喝着酒，艾拉提变得开朗了一点。双腿残疾以后，他丧失了自由行走的能力，变得暴躁而自卑。偶尔流露出曾经的爽气和幽默。

“我贩羊要了羊的命，羊的鬼魂要了我的腿。”艾拉提叹息道。

“别迷信了，你开车把马路当戈壁滩，那技术烂得就像在把子墙上糊水泥——看起来好看，其实不硬。”

吉庆融吃了点馕，把苏莱娅抱在腿上，一起看图识字。苏莱娅情不自禁地扳过吉庆融的脸亲了一下。一股暖意流过，吉庆融心中浮现出一丝母性的爱意。脸一下子红了。

“这个姑娘能成为一个好老婆。你是我女儿的‘亲戚爸爸’，她可以当‘亲戚妈妈’，你的马蹄子得跑快点儿。”艾拉提说道。

加吾兰爽朗地笑起来，笑声洪亮，酣畅淋漓。

为了照顾吉庆融能听懂聊天内容，他们一直用普通话聊天，当说到吉庆融的时候，他们改用了维吾尔语。吉庆融完全不知道他们在说什么，看着两个男人仰头俯身的豪爽劲，忍不住也笑了起来。

艾拉提伸手指着加吾兰，说道：“看——看，姑娘愿意呢。”

两个人又仰头大笑。

“愿意什么?”

“做我女朋友!”

吉庆融脸蛋绯红，起身要走。

“别戈壁滩的兔子——经不住吓，又没逼你做女朋友。多个男性朋友也不错的。好吧，坐下来，我给你弹唱一首歌。”

加吾兰按着吉庆融的肩膀，让她坐下，顺手拿起挂在墙上的吉他弹唱起来，是新疆歌手刀郎的《西海情歌》。

自你离开以后，
从此就丢了温柔。
等待在这雪山路漫长，
听寒风呼啸依旧，
一眼望不到边。
……

这首歌是吉庆融的安眠曲，每夜她都会在这个男人沙哑、沧桑的嗓音中安静下来，体会那些伤痕累累的痛，渐渐入睡。

吉庆融的眼泪“哗”地一下流下来，她想起了这首歌背后的心酸故事。

一个美丽的女孩和一个帅气的男孩，以大学生环保志愿者的身份来到了高寒缺氧的“生命禁区”——可可西里，在不同的藏羚羊观察站工作。男孩工作的观察站条件最恶劣。他们亲密交往，互相照顾，静静期盼，像所有爱情故事一样，女孩默默爱恋上了男孩，担忧着、幸福着。终于，他们等到了即将结束工作任务的最后时刻。女孩等待着男孩的到来，却等来男孩遭遇暴风雪牺牲的消息。

悲惨的故事，凄美的爱情，忧伤的情歌。

吉庆融把头埋在双膝上，半个身体完全被垂落的长发覆盖，她哭得一塌糊涂。

唱完歌，加吾兰笑着，眼泪挂在眼角。

当吉庆融和加吾兰正陶醉在情歌的忧伤中时，村委会里却陷入了极度紧张之中。一个扶贫女干部因为受批评而离队出走或者不辞而别，是不可想象的大事。

阿解放如临大敌，吓得脸色惨白，急着要报告乡政府。柯蓝心大，觉得不是什么大事，叫了村书记亚然安排村民分几个组，去村里找。

任乐水在办公室坐镇指挥，他判断吉庆融没有走远，只是任性，一个人去了农民家，但还是有点儿担心，如果过了十一点她还不归队，就必须上报上级了。

几支队伍都陆续回到村委会，大家垂头丧气。阿解放担心她会遇到什么不测。

“别像草原上飞来的乌鸦一样瞎嚷嚷，不就是女孩子的心思窄？出去散了个心吗。”柯蓝说。

任乐水看了一眼村委会书记亚然，说：“大喇叭里喊一下，人不就出来了？”

大家恍然大悟似的，打开大喇叭，一通国家通用语、维吾尔语喊话。一会儿，任乐水的手机响了，吉庆融报告了方位。

吉庆融回来的时候，大家都在等她。阿解放不满地说，“活着回来就好”，似乎她刚经历了九死一生的大灾难。柯蓝给她沏了一杯茶。

吉庆融还沉浸在好情绪中，没有了下午的不快心情，没感觉到大家的焦虑和担心。她说起了苏莱娅的家庭。

“哎，一个富足的家庭，因为一场车祸，就致贫了。这些日子，我看到的不仅仅是物质的贫困，还有另一种贫困，他们一点儿也不担心政府的帮扶措施会落空，同样，他们一点儿也不担心自己没技能会被饿着。他们似乎都在等待，好像贫困是可以自己离开的。很少有人思考自己应该如何努力做些什么，去脱贫致富。”

吉庆融说到了一个根本问题，扶贫先扶志。她又眉飞色舞地说起加吾兰，她发现自己很久没有与人聊过天了，第一次和别人没有障碍地交流。任乐水静静地听吉庆融说，还怜爱地拍一拍她的头，那一刻她像个孩子一样感受到了父亲般温馨的关怀，她的心变得非常宁静，她想让这种感觉永远延续下去。

夜色静谧，繁星闪烁，银河似一个无边的天幕覆盖着地球，百合提村正安静地待在一个角落。

任冰第一次来昆仑地区，看望父亲。

这些日子，任乐水一直在做几个产业扶贫的可行性报告，养驴的、办羊衣加工厂的、建蘑菇种植基地的，他整宿整宿伏案研读。那夜，在昏暗的灯光下，恍惚中，他看到一双温柔的眼——张雯！那目光好似深邃的通道，无须言语，他们的心灵连接起来，他感觉到来自她心底深处的关怀和眷恋，滔滔不绝。任乐水喜极而泣，他想拥抱她，可无法举起胳膊，似有千斤重量。

“老任！老任！”任乐水猛地惊醒。站在面前的居然是儿子任冰。

“又梦魇了吧！真替您担心，怎么都叫不醒。”

任冰的到来让任乐水十分意外，他泪流满面。这些日子，任乐水发现珍藏了一生的眼泪都快枯竭了，如此温暖，又如此痛彻心扉。

“就是想来看看您，然后一起去白水市和爷爷告别，过几天就走。”任冰佯装出一副不在乎的样子，口气桀骜不驯。

任冰在村里的这几日，任乐水抑制不住高兴的心情，亲自去乡里买肉买菜，给儿子做饭吃。自从母亲张雯走了以后，任冰一看到父亲任乐水，就觉得眼前仿佛走着一顶“官帽子”，令人生厌。倒是失去了那些好听的官衔以后，任乐水波澜不惊、气定神闲的样子在任冰的眼里反而多了耀眼的光环，只是父亲又苍老了许多。

第二天中午，吉庆融走访回来。一双白球鞋已经看不出原来的颜色，瘦高的身体被宽大的迷彩服裹着，只有飘逸的长发标识着一个女孩子的秀丽，强烈的紫外线把她的皮肤晒出了小麦色。

第一眼见到帅气的任冰，吉庆融有些窘迫，后悔自己没有梳妆打扮一番。任冰礼貌地笑了笑，吉庆融点点头，红晕浮上她的双颊。“不打扰你们父子相聚了”，吉庆融匆匆离开。

那一晚，吉庆融没有睡着，心里似有只小鹿乱撞。任乐水曾经说任冰和她年龄相差无几，说她可爱得像自己的孩子。她叹口气，任冰对她的第一印象一定差极了！她起身拿起镜子仔细打量，里面的女孩依然楚楚动人。

自从吉庆融来到百合提村，工作就成了她的全部，只有这样，她才觉得时间会过得快一些。她整天和比自己大的领导、同事待在一起，要么走访，要么就在电脑前录数据，丝毫想不起来去打扮。可今天突然见到了任冰，她懊恼起自己的粗糙，甚至有点儿怪起任乐水，要是任书记早一点告诉自己任冰要来，她会有个准备。也不知道任冰喜欢什么样的女孩？想到这里，吉庆融把脸蒙在被子里害羞地笑。她太久没有这么开心了，任冰像风一样，吹进了她单调乏味的世界。她期盼自己的生活和心情会像今天一样因为任冰变得多彩。

吉庆融胡思乱想了一晚上，天一亮，在箱子里找出自己心仪的衣服。看到任冰在院子里跑步，她犹豫着要不要一起跑，害羞和紧张让她迈不出脚步。

早餐时间，看到任乐水带任冰出门去村里，吉庆融才去食堂吃饭。今天的工作是录入精准扶贫的各种数据，她很快就将全部数据录入完毕，坐在电脑跟前发呆，暗想什么时候才能加上任冰的微信。

任乐水终于带着任冰回到了村委会。

“你们太落伍了吧。现在全国各地都把互联网引进到农户，招商引资大型企业，脱贫攻坚的路子多了去，你们还是组织农民卖棉花、卖小麦、养牛羊。这耕地少，精准扶贫，一村一策，没有产业打基础啥时候能脱贫?”

任冰侃侃而谈，金点子一个个的。吉庆融认为任冰见地高明。

任乐水说：“你别耍嘴炮，和小姐姐吉庆融一起做一个可行性方案，落地才是真功夫！你们俩谁大？同年？都是1992年生的小猴子，任冰还大几个月，那融融就是妹妹了。”

任冰好像突然发现了个美女，拍拍后脑勺，加了吉庆融的微信，又留了电话号码。吉庆融心中像吃了蜜一样甜。

晚上，吉庆融躺在床上，急切地点开任冰的朋友圈，一张一张地划看任冰的照片，眼前的大男孩一脸冷峻，朝气蓬勃。唯一一张和女孩子的合影是一个漂亮的维吾尔族女孩和一个优雅的汉族女孩把任冰围在镜头中间。他左拥右抱，一脸灿烂，那种豪气让吉庆融顿生不爽。划到朋友圈底部，她都没有看出任冰到底有没有女朋友，怎么这么有感染力的大男孩身边见不到一个牵手的姑娘？她对任冰多了一分好奇。

吉庆融有了明显的变化，腿勤了、嘴甜了。任乐水以为是自己多日来的谆谆教诲让她顿悟了。

吉庆融和任冰迅速熟络起来。任冰喜欢逗着吉庆融说事。吉庆融是个急性子，不经逗，每每都怼回去，有时怼得任冰脸红，她偷偷吐舌，提醒自己该学着温柔点。

这天下午，吉庆融和任冰一起入户。

太阳缓缓西沉，晚霞如画，微风习习，田间飘满青草的气息，大地温润，春意盎然。

“新疆的气候简直太舒服了。”

任冰穿一件白T恤，外面又套了一件白衬衫，水洗的牛仔裤和帆布鞋非常搭调，他手里拿着一根柳枝，随意甩动。

吉庆融看一眼远处的白杨，瞧一眼眼前的任冰，心里突然涌出对白杨的赞叹——高大挺拔、俊朗倔强！对，任冰就像长在姑娘心底的一棵白杨树！吉庆融扑哧一声笑了。

“傻乐什么呢？”任冰用柳枝挠了挠吉庆融的头。

吉庆融一把拨过柳枝，说：“等天黑了你可以去房顶看看星星，又亮又闪。”

“我们一起去。”任冰脱口而出。

路上，任冰去田埂拍照，见到田间的一头耕牛也要合影。

吉庆融接过手机，漫不经心地说：“发过去让你女朋友看看。”

任冰张开臂膀，闭着眼睛，沐浴在夕阳下。

“这恐怕不行。”

“为什么？”

吉庆融的心怦怦跳，下意识地追问，有点儿失了分寸。

“她还在幼儿园玩呢，没有手机。”

“是不是幼儿园管理严格，不让老师带手机？”

看着吉庆融一本正经的样子，任冰呵呵笑起来，撒腿往麦田深处跑，喊道：“因为我女朋友还在上幼儿园呢！”

吉庆融窃喜。

任冰想跨过麦田之间的小渠，没想到脚底下的土刚被水泡过，一打滑，一屁股坐进了水沟。

吉庆融弯腰大笑起来。

“女朋友还在幼儿园呢，你着什么急?”

“快拉我起来。”任冰伸出手。

吉庆融愣了一下，伸出手去拉任冰。宽大的手掌传来电流般的一击，一股暖流传遍吉庆融的全身，她的脸上泛起红晕。

任冰身上沾着泥巴，有点儿扫兴。

“我来给你洗。”吉庆融温柔地看着任冰。

任冰拍了拍吉庆融的脑袋。

吉庆融露出害羞的笑容，这是一棵多么可爱的白杨树！突然，吉庆融产生了一种冲动，她想依偎在这棵白杨树的怀里，感受他胸膛传来的电击，那温暖一定比掌心传递的还要热烈。她想着一定要和任冰去房顶看一次星星。

在村庄，任乐水享受着一种孤独的感觉，他有一种远离人群、离群索居的松弛感，任凭时光悄悄流逝。他几乎摆脱了朝九晚五和惶恐不安的上班族的烦恼，早上，起身打开房门，太阳总是那么明亮，空气清新。他忙碌在每一桩家长里短的小事里，奔波在脱贫攻坚战的项目落实中。每天的生活充满了变化，生气勃勃。到夜晚，在安静的房间里，他写一段第一书记工作日记，总是有事情要思考、要去做，有事物要观察，有感想要记录，有政策要研究。他把每个贫困户的卡片一遍遍梳理，找出他们贫困的客观和主观原因，思考能够“造血”的扶贫措施，越研究，越觉得身上的责任重大，越觉得有一股不息的力量在熊熊燃烧，他对脱贫攻坚战充满了信心。

夜晚，任乐水站在村委会的院落中间。群星璀璨，星光越过昆仑山、越过浩渺的沙丘，照射下来，夜色寂寥，精彩的世界安然入睡。任乐水融入夜晚的孤独中，广漠的世界消失在夜的深处，凉气弥漫，人家的灯火纷纷熄灭，狗的吠叫稀稀落落，村庄消融在一片黑暗之中。任乐水想起已经消失的生命，并没有遏制住新世界的步伐，四季有序，风雨无阻，人类前赴后继。任乐水的内心对生命生出强烈的神圣感，一切生命的死亡是无法避免的，而自己就是一个殉道者，去践行一种伟大的理想，用无边的、慈爱的胸怀救助苍生，完成他生而为人的使命。

任乐水总是期待着黎明时门前的脚步声，那些生龙活虎的人们会打破天地间的空旷和孤寂，继续人间美丽的生活故事，将绚丽的色彩涂满大地，描绘出千姿百态的生命图画，美好将永驻这块广袤大地。

任冰又一次回到白水市，再次见到麦迪亚娜。麦迪亚娜正弯腰给一个维吾尔族小伙子系鞋带，这个维吾尔族帅哥夏亚尔是她的男朋友，还在上海读研。

“哥哥!”

麦迪亚娜高兴地扑过来，长发飘飘，像极了春天草原上鬃毛飞扬的奔马。

任冰张开双臂，轻轻拥抱一下麦迪亚娜，轻触面颊，贴面问候，她发梢飘逸，暗香悠远。夏亚尔站在原地，冷眼望着任冰。

麦迪亚娜把任冰拉到夏亚尔面前，把两个人的手合在一起，两只手轻轻一握。

“我回来看爷爷。”

“你在北京过得好吗?”麦迪亚娜问。

“我经常见到我伯伯，你的父亲伊利哈尔。”

任冰一下子想起北京。

任冰即将毕业，伯伯伊利哈尔发来了热情的邀请，任冰来到深秋的北京，天空下着淅淅沥沥的雨。他走在雨中，暗暗地想，这就是自己想要的世界。

任冰学的是工科，伊利哈尔给他介绍的大都是一些研究所、出版社等社科类的职业。他不停地换工作，最后在一座写字楼里落脚，从事和物联网科技有关的项目研发，他开始给自己的人生地图着色。周末的时候，任冰蜗居在租住的阁子间，钻进被窝，用被子蒙住头，昏天黑地地赖床，与世隔绝，躲在自己想象的时空里。

“混不下去就回新疆，至少家在这里。”任乐水常常在电话里对儿子任冰说。任乐水的安慰毫无底气，他可以气定神闲地面对生死离别，面对宦海沉浮，唯独在儿子面前所有的霸气都偃旗息鼓。

“老任，还是照顾好您自己吧！人生的路我自己闯！”任冰说。

白水市喀拉苏村传来坏消息。赛麦提·努尔兰，那个慈爱、善良的老人，即将和这个世界告别。

任冰先到昆仑地区找到父亲任乐水，几天以后，他们一起来到喀拉苏村，见老人最后一面。

早上，任乐水睡眼惺忪地推门出去，看到一个西装革履的男人站在门口，那人对着他笑。

“伊力哈姆，我的兄弟。”那个人用维吾尔语说道。

任乐水认出了他，他是自己的维吾尔族哥哥伊利哈尔，他头发灰白，风度翩翩。任乐水愣住了，没想到会在这里见到已经三十多年没见面的养父母家的哥哥。他们紧紧拥抱在一起，仿佛昨天才分开，兄弟俩伏在对方的肩头流泪。

“几十年不见，见面就认出来了，一家人血浓于水，血管里原来还藏着泪水。”伊利哈尔说道。

他们相视而笑，又一次哭泣起来。

麦迪亚娜和任冰木然地站在屋子里，不知如何是好。

伊利哈尔擦掉眼泪，冲孩子们挤挤眼睛，表现出一贯的幽默，没有流露出一点儿内心的悲伤。夏亚尔第一次见到麦迪亚娜的父亲，目光一直跟随着他，保持着有距离的亲热。

“只有生命和死亡，才能把我们紧紧地连接在一起。”伊利哈尔说道。

赛麦提老人安详地走了。

麦迪亚娜哭得昏天黑地，她最牵挂的亲人离去了，她不知道离开爷爷以后，她敢不敢独自一人在这世上行走。

根据老人遗愿，他们没有举办维吾尔族人传统的乃孜尔祭奠仪式，而是把他的遗体拉到殡仪馆火化了，然后把骨灰带回喀拉苏村撒在田野里，撒在了静静流淌的白水河里。

几天里，麦迪亚娜不停地哭，几乎流尽了她二十四年的泪水。任冰默默地陪着麦迪亚娜，被她伤心欲绝的哀伤所感动。

麦迪亚娜的男朋友夏亚尔受不了她父亲的冷落，以上学为由匆匆离开了喀拉苏村。

任冰看着滔滔奔流的白水河，突然明白了赛麦提老人的遗愿，老人把灵魂和生命最终汇入了奔流不息的大河，肉体为尘，魂归大地。那一刻，任冰百感交集，伤感爆发了，号啕大哭起来。他只想哭，就是想哭，他想把生命里所有的苦都发泄出来，他对母亲张雯的不舍，对父亲任乐水的不满，对麦迪亚娜的眷恋，对赛麦提爷爷的悲伤，都化作撕心裂肺的哭声，和着泪水洒落在这块父亲长大的天地里。

麦迪亚娜被痛苦撕扯着，突然抱住任冰，任冰脸上的表情既痛苦又凄凉，脸颊上满是泪水。她紧紧抱着任冰，那种方式给了她一种坚强的力量，给了她无法放弃的眷恋感。

伊利哈尔见任冰如此悲伤，不停地拍他的背，试图抚平他的伤痛。事后，任冰想，原来我一直那么忧伤，原来我一直想打动麦迪亚娜。

面对养父赛麦提的遗像，任乐水心中寒凉，深深地陷入悲痛中。

后事理定，任冰非要陪父亲再回昆仑地区。他觉得脚下的泥土有一种巨大的力量，他感到自己的脚像树根一样慢慢扎进这块土地，他无法放下一切立刻回北京。他和麦迪亚娜道别，临行前，他轻轻地吻了一下麦迪亚娜的额头，又一次用力抱紧她。

他们不再相处得小心翼翼，任冰觉得他们以兄妹相称是那么的不合适。

也就在这段时期，任冰开始大胆地表达他对麦迪亚娜的爱恋，他有了一种不得不分离的痛楚感。麦迪亚娜似乎也忘了羞涩的遮掩，也不再担心村庄里疑惑的目光，变得落落大方。

“伊力哈姆弟弟，我们生来就是一家人呢!”

伊利哈尔看清楚了一切，临走时对任乐水说。

任乐水脑海里不断地闪现着养父赛麦提走时的那些景象。当他的骨灰入水，水面反射着碧玉般的光芒，潮湿的空气似乎凝固，雾气中一道明亮的彩虹横跨白水河的两岸，绚烂生辉，几乎伸手可及。并没有雪雨，天空却生出彩虹，非常奇异，七色的光筑起一道拱形的彩门，河流像一条奔向秘境的通道。那一刻，任乐水确信那道彩虹就是养父走向永恒的一种象征。老人给予了任乐水无私的爱，用一生践行着“我爱人人”的理念，他以他的善良帮助周围的人，度过了一生圆满的时光，现在他解脱了，而他崇高的精神足以超越时间和空间，散发出光辉的力量，留在人间，直至永恒。

养父的离去使任乐水觉得孤单。他想唯有效仿他的慈爱和仁义，脱离了小我之心，以自己的生命投身于无尽的忘我境界之中，继续前行，人性的光辉才不会从世间消失，生命才会具有真正的意义。

在任乐水的记忆中，养父个头高大，爽朗乐天，没有一丝的矫揉造作，他从来没有失去对别人的热情，只要他在那里，人们就会感受到安详和威严。他选择离去的方式非常特别，甚至有点儿离经叛道，他拒绝前往寺院，不让按习俗清理他的遗体，让自己的肉身化为灰烬，融进河谷，消融在泥土里。

任乐水、伊利哈尔和麦迪亚娜、任冰见他最后一面。

他柔声说："我的孩子们，事情就要发生了，生命就是这个样子，生和死都是很好的事情，不要悲伤也不要浪费它。"

老人在告别，任乐水很震惊，竟然有人这么坦然地面对死亡。

"我和你们没有距离，一直都在一起。"

说完话，老人凝视一会儿上空，然后缓缓地闭上眼睛，仿佛过去了。

任乐水愣在那儿，思绪万千。

麦迪亚娜搂着爷爷的脖子哭泣起来，老人最后一次睁开眼睛，闪出光芒。

"我们是旅人，是流浪者，不能久候。对不起，我先走一步了，还会相见!"

老人的嘴唇停止了微弱的翕动，不再发声，他走了。

所有的亲人都围在赛麦提的身边。

任乐水彻夜难眠，一个人哭了一整晚，想着死亡的事和自己今后的死，在悲伤当中他慢慢接受了养父离去的现实。在他年少的时候，就已经开始面对死亡，那时候，他根本不敢想象死亡将持续不断地发生。每个人只有一次公平地来到这个世界的机会，人们终将失去家人和自己拥有的每一样东西，这就是死亡！

任乐水又一次思考死亡。

有些人一直在否定死亡，认为死亡是毁灭和失去一切，否定了人生的意义，活在死的恐惧中，死亡成了一种忌讳，说出“死亡”两个字都会招来不幸，避之不及；有些人消极地认为，“明天和死亡哪一个先来，我们一无所知”，死亡是无法摆脱的自然情形，所以及时行乐，轻视死亡，以为“每个人都在走向死亡的路上”，死亡不是什么大不了的事，把人生过得随心所欲。

“死亡并非终点！它赋予现世生活神圣的意义。人生一世，草木一秋，只有对生命有真正和真诚的信仰，人类的生活才具有了终极的意义，才能不丧失长远的目标，才不再为自己眼前的利益而自私地活着。”任乐水想。

任乐水心中堆积了无数的感念，他习惯地打开第一书记日记本，写下了对养父赛麦提·努尔兰的祭文。

让我们来生再见！

父亲，您走了，从此，在我的话语里就没有了“父亲”这个词语。

我是您捡来的养子，您是上天赐予我的恩人，至今我的血脉里还流淌着养母的血液，那是爱的基因。我们一个家庭两个族别却血脉相连，中华民族一直都在这种血浓于水的交往交流交融中生生不息。

您是一个大爱无疆的男人，您的爱超越了族裔，超越了狭隘，像莽莽昆仑一样高耸，散发出人性的光芒，赢得了人们的爱戴。

您是一个无私慈爱的父亲，走过人生八十余载，您心中装的都是他人，您一生都在清理“自私自利”的垃圾，您一生都在为他人奔波，走在“为人民服务”的路上。

您说：“当官不在于位置高低，而在服务群众是不是竭尽全力；当官不在于钱多钱少，而在不浪费报效祖国、为党尽忠的机会；当官不在于求得虚名，而在于在百姓的心中树立起革命者的丰碑。”您是这样说的，也是这样做的，在职时您忘我工作，不计得失，两袖清风；退休后您不恋闹市，隐于乡野，不图虚名，回到近乎贫困的家乡，尽己所能献计献策，教育群众跟党走，带领百姓探寻致富路，奉献着最后的余热，“位卑未敢忘忧国，事定犹须待阖棺”。您把自己奉献给了这块土地，这块土地上的百姓就是您最亲的家人。

“不忘初心，方得始终。”为人民谋幸福，为中华民族谋复兴，一直激励您不断前进，您用一生践行了高尚者的追求，永不懈怠，一往无前！

父亲，您走了，我永失所爱，但您生命的结束依然给人以人性的启示，给了我最好的礼物，让我们能与您一起站在高处，审视心灵，思考“我是谁，从哪里来，到哪里去”的人生命题。

我一直困惑“死亡”是什么？一个人该如何死去？以揭开生命的真相。您用死亡让我相信今生之后一定还有来世，您那些无私的精神会在这个鲜活的世界继续传递，它续写着生命的责任和崇高的道德：您以宽广的心灵爱着这个世界，精神永存；您以高尚的言行鄙视了穷奢极欲者的选择；您以巨掌拍向人群，将装睡的人从美色、金钱和权力的幻觉中唤醒。

您在我心中播种一种力量。死亡不再令人沮丧，它只是生命的事实，我们因您的离去而更加珍惜生命。生命如沙，而我在一粒沙中看到了一个光明的世界，您的音容如花盛开：“圣人无常心，以百姓心为心”，无私无畏，只为天下苍生，活着要利他，承担起自己的责任，帮助人们获得崭新的生命价值，找到意义，以生命为炬，像太阳一样发光，照亮人们前行的路。

这就是您播种在我心中的力量，蕴藏着智慧和大爱的力量，如此无边无际！这个时代更需要这种纯净的力量。您的离世给我以昭示：忘我前行，造福他人，走在人间正道。

世界该是多么美好啊！

如果眼泪可以表达我的敬意和醒悟，我会不停地在您坟前哭泣。而您已经将世界上的一切光荣、喜悦、快乐和幸福都聚集在了我的心里，让我们一起帮助他人。脱贫攻坚将成就我不断修为的梦想。如果有来生，您会看到您智慧的力量和爱的能量回到了人世间，您已经融化在纯净的光辉里，无暇无尽，而我们正与您一起燃烧，在黑暗的地方播下光明，在悲伤的地方播下喜悦。

高贵的生命因死亡而获得永生。

父亲，我是您不同族裔的儿子，我们的爱从来不离不弃！

让我们来生再见！

任乐水泣书

2018年4月4日

三

任乐水和任冰回到了百合提村。

任冰第二天起了个大早去昆仑市区，他知道北京市一直在援建昆仑地区，他想去北京援疆指挥部，找人聊一下他对扶贫的设想，他觉得父亲任乐水的想法很好，但太拘泥于眼前的事物，思路没有打开。父亲任乐水经常对他说："扶贫靠小打小闹只是临渴而掘井。要啃硬骨头，攻坚拔寨不能采用常规思路和办法、按部就班。扶贫贵在精准，成败在于精准，找病根、找贫根，对症下药。"

任冰总在琢磨如何帮父亲，他认为百合提村最艰巨的问题是开发特色产业。他和伯伯伊利哈尔说过他的想法，伯伯给了他北京来投资的企业家李木水的电话。

一见李木水，任冰就知道自己找对了人。

李木水三十来岁，"80后"的年轻人，出生在乌鲁木齐，上学在北京，工作在北京，现在已经是一个上市公司的董事，经营企业非常成功。这几年，李木水喜欢上了和田玉，经常来新疆采购原石，一来二去认识了北京来的援疆干部。那些北京的朋友们一直撺掇他来新疆投资。他对昆仑地区的产业结构认真调研了几个月，发现了这块土地上不被人意识到的商机。说干就干，他来到边远落后贫困的昆仑地区，注册了一个生态农业公司，在戈壁滩上划了几百亩地，摆出大干一场的架势。朋友们怀疑他的决心，李木水一本正经地说，助力脱贫，共同富裕，追求中国梦！其实他知道自己没有那么高大，无利不起早，他需要创造财富实现人生的价值。而现在，在脱贫攻坚的路上，这个了不起的国家给了中华民族每一个人梦想成真的机会，李木水想紧紧抓住它。

李木水看到在戈壁绿洲遍地跑的驴，仿佛看到了遍地亮闪闪的黄金。他到玉龙县考察，那里已经确立把驴产业作为脱贫攻坚的支柱产业，他们的想法不谋而合。李木水着眼长远发展规划，在玉龙县建起了示范养殖基地和果拉驴繁育中心，成立了昆仑奔腾畜产品有限公司。

"我见过你！"一见面，李木水对任冰说。任冰以为他在说笑话，"那时，你才十岁"，任冰目瞪口呆，"你妈妈张雯是我的物理老师"，他们一见如故。

"那你就更应该帮助我父亲，他在玉龙县百合提村当第一书记。"任冰说。

"你爹可是新疆的大学者，也学班超弃文从武了。新疆的干部就是厉害，千锤百炼、百变金刚、百炼成钢，就一个字'服'！"

李木水爽快地答应过几天去百合提村调研一下。因为对养驴脱贫没有信心，村民不相信在戈壁滩上瞎跑了上千年的毛驴能致富。李木水正和乡政府组织养驴观摩活动，一时脱不开身。

"这些村民相信'百闻不如一看'。"李木水说。

"那我过几天就回北京了，拜托您和我家老爷子聊。"

任冰回到村里，心情愉快。

吉庆融已经一周没有看到任冰了。透过窗户，看到了下车的任冰，她恨不得飞出去，却矜持地在院子里等。他们对视一眼，任冰脸上挂着浅浅的笑意。

吉庆融成长在甘肃农村，她的爷爷奶奶生了包括她父亲在内的五个兄弟姐妹。作为老大的父亲早早就成家出来单过，吉庆融作为女孩子，也不是家里最受宠爱的一个，和爷爷奶奶也不常见，因而几年前听到电话那头的父亲哭诉着爷爷去世了时，她的内心并没有多大的波动。此刻她也体会不出任冰的心情。

吉庆融发现任冰这次回来后整天忙碌，一副时不我待的紧迫感。她想找机会见任冰，每天既期待又犹豫，总觉得他像一条鱼，而自己不是他的海洋。

这天，任冰又一溜烟不见了身影。吉庆融突然想起和任冰走过的那条小路，失落地向那里走。路上，加吾兰热情地向她打招呼，吉庆融勉强挤个笑容。

加吾兰跟上来，说："任书记的儿子，像他一样，帅得很！"

吉庆融没有接话。

加吾兰转过身，面对吉庆融说："你看我，也一样帅嘛"。

加吾兰说那话时没有一点儿讨人嫌的自大和油腻感，眼眸清澈，充满真诚，在热烈地期待吉庆融的认可。

吉庆融笑着说："好吧，就封你为咱们村的第一帅哥！"

加吾兰心花怒放，说："那任冰就是亚军了。"

吉庆融一下脸红了。

"我知道了，你喜欢任冰！"

加吾兰毫不顾及女孩害羞的心理。

加吾兰意识到了吉庆融的窘迫，说："我们要不要去看一下苏莱娅？"

"改天吧。"

撂下这句话，吉庆融走了，加吾兰望着她的身影叹息一声。

吉庆融望着任冰上次滑倒的渠水发呆，猜测消失的任冰到底去了哪里。

太阳落山了，大地笼罩在橘黄色的暮霭里。吉庆融甩着马尾，像一个没有长大的孩子踩着自己的影子走路。

突然，吉庆融听到了任冰的说话声，仔细听，还夹杂着一个女孩子的声音。吉庆融的心跳加速，她有一种领地被侵犯的感觉，内心挣扎，想知道这个女孩子究竟是谁？

“哥哥，再见。”

“可别叫我哥哥了啊。”

“那我怎么叫？”

“就叫我任冰。”

“任冰，再见！”

原来任冰在视频聊天。

见到吉庆融，任冰无比惊讶。

任冰拿着画笔和颜料盘，在小渠里淘洗。

“可以亲近，但是不能破坏，这水是浇地用的，你把颜料倒进去不就污染大自然了吗？”

吉庆融一想到任冰手机里女孩的声音，莫名其妙地恼火。

任冰笑起来，说：“吉同志，你往长江里打一个鸡蛋，全国人民就都喝上蛋花汤了吗？”

吉庆融扑哧一声笑出声来。

任冰用神奇的手把眼前的一切都装进了画布里，彩霞飞舞、山峦起伏……

“是送给你视频里的那个女孩吗？”吉庆融脱口而出。

他们一起回村，吉庆融一路在想，怎么才能约任冰一起看星星？回到村委会，加吾兰在门口等吉庆融。

任冰扭头进了宿舍。

晚上，任冰对父亲说他要回北京了。任乐水嘴上“好——好”地应着，心中难过，儿子如风过境，亲情不留痕迹。

吉庆融听说任冰要走，早早起床，精心梳妆，她看着镜中的自己，肤如凝脂，美目顾盼。想当初自己上大学的时候，常常被男生们争相追求，却落花随风。见到任冰这个阳光、幽默的大男孩，她的心情不再黯淡，有一股炽热的力量在内心升腾。

任冰背着行囊出来，边走边跟别人微信视频。吉庆融瞥了一眼，镜头里是一个美丽的维吾尔族女孩。任冰的眼里爱意汹涌。

吉庆融咬着嘴唇，茫然远望。

任冰走了。

吉庆融默默地坐在镜子前，短短的几天，她陷入了对任冰的联想中，而那棵从心里长出来的白杨树，却被一个叫“麦迪亚娜”的女孩连根拔起。

吉庆融的眼泪倾泻而出。

吉庆融回观自己的情感生活，发现几乎是一片空白，她的内心世界那么丰富，可是感情的经历简单到回忆不出内容。从上大学到读研再到参加工作，还在妙龄的时候，自卑感填满了内心，以后生出回头百媚风韵的时候，却保持着一种虚幻的矜持，当她想来一段感天动地的爱情的时候，所有追求者已经望而却步，她的凄楚感在一段段蹉跎的日子里一点点生成。她总觉得自己的青春被无情遗弃，她变得敏感、多情而又伤感，却总以冷艳的面貌示人，没有人知道她在任性地寻找着她想要的却孑然而立。

任冰离开的那段日子，吉庆融精神恍惚，老是走神。脑海里会浮想联翩，那些“花自飘零水自流。一种相思，两处闲愁”的词句引下她无数泪珠。

在一个昏沉的午后，吉庆融一头撞在门框上，眼冒金星，蹲在地上哭了很久。没有人猜出她在哭自己的心。

任乐水忧虑地看着她，不知道应该怎么安慰她。

“你要学会照顾自己，不然我们会担心的。”

吉庆融抬眼看着任乐水慈爱的眼睛，那里面似乎藏着任冰的神情，她放声大哭起来，内心充满感动。

星期天，加吾兰来找吉庆融，邀请她一起去苏莱娅家。吉庆融一直在默念着那个眼睛清澈、嗓音绵绵的小女孩，她毫不犹豫地跟他走了。加吾兰跳起来在空中转了个圈。

他们已经多次来这个有点破旧的院子。去的次数多了，吉庆融会生出一些不舒服的感觉，刚开始她以为自己受不了院落的破败，可是苏莱娅缠着她的时候，她的心底却充满了母爱。后来，她才意识到这个家庭给她一种凄凉的感觉，那种感觉让她难受。艾拉提总是阴沉沉地坐在轮椅上，不时地吼着老婆阿娜尔，嫌弃她照顾不周。阿娜尔整天在那块产不出多少棉粮的后院忙碌。儿子木拉丁对学习一点儿不上心，得闲就拿上弹弓在村口的树林子里转悠。他们全家靠着政府发放的低保勉强维持生计。艾拉提最开心的时候是有人陪他喝酒。他生活里最期待的事，就是等“民族团结一家亲”结对的亲戚上门，送些米面，帮他打扫庭院，临走时再给他一两百块钱。

这是一个看不到生活希望的家庭。

“木拉丁，今后你打算干什么呢？”加吾兰问。

“种地！”

“可是种地也要有文化呀！”

“我妈妈小学都没毕业，不是一样活得好好的？羊吃草，马拉车，老天生我们下来就是除草种地。”

“可这日子多苦啊!”

“爷爷奶奶也是这样过的。”

加吾兰直摇头。艾拉提却胡噜着儿子的头哈哈笑起来，说：“羊羔子吃骆驼刺，不怕扎呢。”

吉庆融非常怜悯艾拉提的生活状态，厌恶这个院落里疯长的懒惰习气。苏莱娅瞪着一双大眼睛，看着这个灰蒙蒙的现实迷迷糊糊。

“这是一个对生活失去期盼的家庭。”

“是啊，我经常来这里，就是想唤醒他们对生活的期盼。眼看上一代没希望了，下一代再不能这样了。”

“我们要搅动这潭死水。”

“以后，我教木拉丁学习，你教苏莱娅学习，把两个孩子管起来。”

“要让大人觉悟起来，要不然孩子也教不好。”

“哎，难啊!”

每次，回到村委会，吉庆融总在想，怎么样才能让艾拉提觉悟呢?

任乐水从容面对着工作中的一切，他的大脑总会想一些深刻的问题。人生苦乐参半，贫穷和苦难才更像真实的生活，只是生命不能向那些苦难屈服，要在无情宇宙的角落奏响生命的凯歌。一切贫困都是真实的悲剧，也是平凡生活的组成部分，不仅仅要面对它，重要的是改变它，平凡的生活才充满了诗意。每个人都会遭遇无数的苦与乐，而灵魂决定了生命的品质。

任乐水的心已不再放在名利上，驻村扶贫让他有一种幸福感，他用心品味自己生活态度的转变，发现乐趣无所不在。他感到自己和外界浮华的事物拉开了距离，找到了一个从容的自己，对生命有了一种新的视野，更加热爱这个火热的人生。

“我的使命就是要在这个火热的生活里，和人们一起追寻对幸福生活的美好梦想。”任乐水想。

吃饭的时候，大家都有点儿沮丧。

“村西头的卡德尔一天不务正业，带着儿子跑到村角的荒地刨荒，说是种红柳。每次给他讲扶贫的道理，他从来不听，这些家伙一点儿希望也没有。”阿解放说。

“种红柳干什么用？防沙吗？”柯蓝问道。

阿解放介绍了卡德尔的情况，家里地少，老婆又是个病秧子，一个女儿在幼儿园，两个女儿上初中，儿子初中毕业无事可干，他担心儿子学坏，就对儿子说种红柳可以产肉苁蓉，可以挣钱，所以在戈壁滩上种了十几亩红柳。

任乐水受了很大的启发。

“一亩地能产多少肉苁蓉？每公斤多少钱？”

算了账，一亩地按三十公斤算，也可以收入六百块钱。

“哪有现金收入？那块土地贫瘠，他又没有技术，收一点儿肉苁蓉，都泡酒喝了，多的都喂了牲口。他只是想把儿子按在地头不出去学坏。”

“人的眼光有限，往往就在于思维的局限，他们的无奈只有自己能够有所体会，穷人缺志是个普遍现象，那我们工作队的作用是干什么的？就是要引领方向，帮他们补‘钙’。”任乐水说道。

任乐水看到了这些贫困户身上多数存在的妥协的态度。他们长期受制于贫困的现状，每天在为吃饱奔波，在苦楚的生活里四处碰壁，渐渐失去了激情和才华，错失了发展的机会，最后只好随波逐流，甘于贫困，一直穷下去。

“你们俩要从大思路上去开展扶贫工作。天天只是教育群众，描绘美好的生活前景有什么用？要找到一条带领他们致富奔小康的路子。我看卡德尔有想法，有梦想，我们扶贫干部就是要把他们组织起来，帮助他们实现他们的梦想。昆仑地区的晨鸣生物科技公司，就是做肉苁蓉保健品的，我们村能不能帮贫困户搭上经济发展的快车？”

任乐水给阿解放和柯蓝布置了工作任务，要求他们拿出一个种植肉苁蓉的项目计划，以及和晨鸣生物公司的合作意向。

“明天，我们一起去卡德尔家调研。”任乐水说。

任乐水从被阿解放小视的农民卡德尔身上，看到了他对未来生活的期盼，只是他还没有找到方法。

什么是穷人？不是那些在物质上一无所有的人，每个人面对穷困的物质窘况、看不到出路的生活，都会沮丧和恐慌，但只要不丧失不断前进的激情，只要满怀憧憬，追随梦想，你就不能算是穷人，就会走向致富奔小康的坦途。

三个人说话时，吉庆融一直在看手机，阿解放有点儿生气。

“大人说话，小孩子要认真听呢。”阿解放说。

吉庆融一下子从另一种状态中清醒过来，任乐水微笑着看着她。

“我也在思考你们的话题。”

“那你说一说，刚才任书记说了些什么？”

吉庆融的脸上飞起一块红晕，夹了一口菜送进嘴里。

“你别转移话题，任书记给我们安排工作，小孩子嘛休息时看会儿手机没啥。再说，我们又没有开会。”柯蓝说。

“我其实也在研究扶贫工作。”吉庆融说。

任乐水觉得小姑娘有点儿强词夺理，没有说话，继续吃饭。饭有点凉了。

“我在研究我们工作的这些词。大家一会儿说‘脱贫攻坚’，一会儿说‘贫困户’，一会儿说‘断穷根、扶穷志’。我就在想这‘贫困’‘贫’‘穷’

这些词到底是什么意思，怎样从字面上理解，所以，刚才，我一直上网在查这些词的意思。”

任乐水饶有兴趣地望一眼吉庆融。吉庆融得到鼓励，解释起来。

“‘贫困’指在经济或精神上的贫乏窘困，称之为贫困，是一种社会物质生活和精神生活贫乏的现象；‘贫’字是穷的意思，跟‘富’相对，也有缺少、不足的意思；‘穷’的造字本义为身居洞穴，身体被迫弯曲、不自由，后引申为物质上困顿的、不得志的、贫困的，又引申为追究、终结、尽、完等。穷人的‘穷’字，本义‘极也’，也就是到了头了。往往‘穷’和‘贫’通用，穷就是贫，贫就是穷。”

任乐水欣赏地认真听吉庆融解释，觉得“90后”的小孩子和大人的思维方式还是不一样，会用现代化的手段查阅知识，迅速认知世界。想一想，自己也没有深究过这些字面的区别，天天讲“扶贫”，也是随大流，知道说什么事情就行了。吉庆融实际给大家上了一课。

“说白了，‘贫’和‘穷’就是两个方面。一是物质上缺失，缺钱缺物；二是精神上缺‘钙’，放弃了希望。我们应该明白，脱贫攻坚的入手处，不但要解决贫困户物质匮乏的困境，还要树立村民摆脱贫困的凌云之志，凝聚人心，走中国特色社会主义道路，实现对美好生活的向往。并非只有贫者才走投无路，失去追求的人生才是走入困境的人生。”任乐水说道。

吉庆融觉得任乐水说到了问题的实质，他总是在不经意间说出高屋建瓴的见解，她突然想到了艾拉提的生活。他那个贫困的家庭不能再那样浑浑噩噩地生活下去。

其实，艾拉提曾经是一个对生活充满信心的男子汉。

百合提村坐落在昆仑山脚下，被戈壁和沙漠包围，祖祖辈辈靠人均几分地生活，接受贫穷的现状已经成为一种习惯。只有倔强的艾拉提不相信老天给了他们土地却不给他们希望，贫瘠的土地并没有挡住他脱贫致富的愿望。当同村的同学初中毕业回乡种地的时候，他却固执地继续上学，考上了高中，前途一片光明。当大学录取通知书下来以后，他的心中充满了对未来的憧憬，这个村庄多少年来没有出过几个大学生，他成了村民的骄傲。可学费却是一个巨大的负担。那些日子，瘦弱的父亲挨家挨户地去借钱，母亲愁眉不展。艾拉提提心吊胆，他决不能够放弃这次改变命运的机会。那个遥远的城市一直是传说一样的名字，他在广播里听城市里传来的新闻，里面的生活千变万化，住着神仙一样的人群，那里有比馕好吃的面包，比牛奶还要甘甜的自来水，还有载歌载舞的美丽姑娘。艾拉提太向往那些美妙的事情，他要过那样的生活。

父亲终于借到了两千块钱学费，颤抖着把钱交给他母亲。母亲将那些散发着香气的蓝色纸币缝在他贴身的裤子里，一遍一遍揉捏着厚厚的裤管，眼泪几乎把裤子湿透。

父亲咳嗽着握着儿子的手，像抓着一只随时要飞掉的野鸟，然后面朝西面的窗口跪下，嘴里虔诚地念叨着。

“儿子，是共产党，你才有了今天，你要好好学习，我们家一定会出一个大卡的（干部），不会一辈子在这个戈壁滩上穷下去。”

艾拉提跪在父亲脚下，向父亲磕了几个响头，义无反顾地走上了求学之路。路上，他唯一担心的是父亲的身体，他觉得父亲的身体没有一点儿温度。他的咳嗽常常给人以窒息般的难受，他安详地接受生活的苦难，也一样安详地接受病痛的折磨。

艾拉提在农学院学的是畜牧专业，到了学校，他才知道那些哞哞叫的牛、撒蹄欢的马、咩咩叫的羊是那么一种复杂的生命，那些为人养命的动物也是娇嫩的生灵，需要人精心照顾。艾拉提如饥似渴地学习，他想学成以后，帮助人们养更多健壮的牲畜，让人人有饭吃，有肉解馋，那些偶尔闻到肉香就口水横流的日子曾经淹没了他十八岁以前的所有记忆。

大学打开了一个崭新的世界。

那些激情澎湃的日子很快就沉没了。一天，艾拉提接到了一份电报，父亲的肺病终于耗尽了他的生气，他即将西去。艾拉提乘了五天汽车，千辛万苦回到村庄。父亲在乡医院的病房里苦苦挣扎，他在等见儿子的最后一面。

父亲见到艾拉提，他想挤出一丝笑容，却用最后的力气说："我回去了！"

艾拉提哭得死去活来。他和村里的老人去寺院给父亲洗尸，父亲已经只剩一具皮包的骨头，他才四十出头，就匆匆离开了这个贫困的世界。他一生被疾病和贫困包围着，他的生命轻得像风一样，他的生命苦楚得像荒野的寒沙。

父亲走了，却留下了一大笔外债。

母亲说："你去上学吧，我来供你上学和还债。"母亲的眼里充满了对未来的不安。

艾拉提趴在父亲阴冷的坟前，哭了一夜，失魂落魄地回到家。过乃孜尔的时候，家里连做一锅抓饭的米都没有了，更别说做抓饭还需要羊肉。他们母子两人凄惨惨地等待前来追思的客人，有些客人带来白面、苞谷面的馕慰问他们；还有些客人悄悄地伏在母亲的耳边嘀咕几句，母亲的脸上充满惊惧和绝望。

艾拉提放弃了学业，他要保护母亲，还要还完家庭的欠债，他不能够用母亲的生命换取他不可预见的未来。

他跪在父亲的坟前，双手伸向空寂的天空："老天，这就是我们穷人的命吗？请你救救我！"艾拉提哭碎了年轻的心。

艾拉提在村庄里浪荡了半年，什么也不做，他知道在那些人均不到一亩的土地上再怎么耕耘，也换不回金子，欠账的日子比塔克拉玛干的沙子还要多。村庄里的人对这个穷鬼避之不及，要债的人络绎不绝，那些曾经的善意荡然无存。穷困已经让人们充满了对他人的厌恶，更何况这个游手好闲的小子游荡在村庄，就像一个可恶的鞭子，时时在抽打着他们，证明当初对他的怜悯是一种多么愚蠢的行为。他去昆仑市的城里，看看还有什么事情可以让他赚到钱。他是学畜牧专业的，整天在骡马市场转。那些卖牛买羊的人天天都有现金收入，这让他羡慕不已。有一天，一个皮货商问他家里有没有羊皮或牛皮，他的心眼打开了。村庄人家的柴火垛上摞着各种各样的动物皮，他看到了绿油油的人民币。

艾拉提回到村庄，厚着脸皮敲开一家一户的门，指天发誓做出承诺，给有动物皮的人家写下欠条。那些人半信半疑地打量他，心想："金子都扔进了河里，再丢几块石头也没有什么损失。"艾拉提在屈辱的叫骂中走家串户，收集齐一捆捆毛皮，赶着毛驴车去了集市。艾拉提开始了从事收购羊皮、牛皮的经商生涯，一张牛皮挣两块钱，一张羊皮挣一块钱，那些动物的毛皮就像财富的泉水源源不断地从四面八方的村庄里流淌出来。

听说艾拉提有了点钱，讨债的人争先恐后地上门催债，生怕他丢下良心，忘了债务。艾拉提原先打算按照父亲留下的借条的先后次序还钱，可是被穷困逼急的乡亲已经迫不及待，家族势力大的人家还会带着所有的兄弟堵在艾拉提的家门口，讨不到债的时候，会打他出气。那些日子，他鼻青脸肿、胆战心惊。

三年以后，艾拉提还完了父亲所有的欠债，吆喝一帮做皮毛生意的朋友喝酒庆贺，幸福的酒啊千杯不醉，他发现酒是一种美妙的辣水，幸福感滔滔不绝地从瓶口流到心底。酒让快乐直上云霄；酒让悲伤无处躲藏；生活有了酒，欢乐无边无际；生活有了酒，忧愁烟消云散。

艾拉提喜欢上了酒。

尽管老人们一再告诫他酒会伤人；尽管念经的人一再威胁他会进火狱，但还有什么比打碎身心的枷锁更有力量的东西。

艾拉提富裕了，他借着政府富民安居房的政策盖起了村庄里第一栋砖瓦房，娶了全村最漂亮的姑娘阿娜尔做了老婆。老婆阿娜尔一年以后给他生下了胖小子木拉丁。

艾拉提一家走在幸福的金光大道上。

村里的乡亲纷纷找上艾拉提家门，请求他带着他们一起发财致富。艾拉提的仇恨不能释怀，也早已看不起这些人，他们的毛发里长满了穷根，骨子里似乎不存善良。仇恨和恐惧让他忘却了多年以前乡亲们对他父亲的善意，他拒绝了那些无助的人。

有的人羡慕他，有的人诅咒他。那些穷了几辈子的老人被他的富裕和无情伤害了自尊，劝诫他不要和命拧，得罪了公平的老天，早晚会惹来灾祸；劝诫他一个人的富裕是魔鬼的欢歌，早晚他会向善良的祖先低头认罪。艾拉提不管不顾，吃在嘴里的肉才是香的，喝在肚里的酒才是美的，让那些嚼舌根的家伙的嘴里塞满西北风吧，让那些东家长西家短的齿缝里流满口水吧。

艾拉提的小日子过得十分惬意，他买了一辆夏利汽车，红色的小汽车在村庄进进出出，像一只甲壳虫飞跃在花丛中，耀得乡亲们的眼瞳冒火。

后来，幸福就没有后来了！

那天，艾拉提像往常一样，在城里的家喝了许多酒。这个带院的房子是刚买不久的新房，他的生活就不应该留在那个羊都吃不饱的村庄里，他要像城里人一样过上舒舒服服的小日子。而那一刻，儿子的电话一次次打来，他要立刻开车从城里回家，母亲一次次试图阻止他的鲁莽，可是他的老婆阿娜尔要生产了，他归心似箭。艾拉提不能让阿娜尔把孩子生在乡医院，他联系好了昆仑市的医院，骄傲的阿娜尔已经是一个凤凰了，怎么能在鸡窝里下蛋！

母亲一边骂他一边不情愿地坐进车里。艾拉提的夏利车风驰电掣，冲进村庄的路口，一头钻进了杨树林。

母亲走了，艾拉提瘫了，苏莱娅降临了人间。

当他能够坐在轮椅上的时候，已是一年以后，他卖掉了城里的房子，治病花光了他所有的积蓄。

乡亲们又开始厌恶这一家穷鬼，躲避和他们交往。

苏莱娅五岁了，艾拉提悟出了一个道理：羊在草原上撒欢，骆驼在沙漠上跋涉，富人有富人的命，穷人有穷人的道儿。挑战命运就是瞎折腾，早晚有一天老天会将你的生活打回原形。

艾拉提想起了那些老人的话，对未来不再抱希望，他已经无力去改变现状了。他看不到木拉丁和苏莱娅的前程。他改变了生活的态度，虔诚地接受了贫困而苦难的生活，只有喝酒的时候，他才会觉得生活有时还有一些色彩。

四

副县长张振民带领的脱贫攻坚督查组又一次来到百合提村，气氛有点儿紧张。

虽然大家嘴上不说，但内心都有点儿反感他，尤其是吉庆融对他不理不睬，一点儿笑容都挤不出，透出点别扭的气氛。任乐水倒是有点儿心疼这个年轻干部，基层工作不容易，脱贫攻坚又是硬任务，对待工作他不来一点儿虚假，一心一意抓落实，只是没有找到方法，与人合作起来不怎么愉快。

在他眼里，农民好像是思想落后、入不敷出、又没技能的服务对象，批评的话没人听，骂了人又担心群众说作风粗暴，所以许多积怨就不自觉地发泄在第一书记和他的团队上。张振民急了，也不管对方是谁，“我撤你的职”“让你灰溜溜走人”张口就来，那架势有点儿一语定乾坤的味道，似乎是一种霸气，但其实有点儿霸道和慌乱。和张振民一样的扶贫干部一大批，他们整月休息不了一个节假日，没有人敢偷懒，在城里办公室好好的一个知书达理的干部，一进了村就变成内白外黑的烤洋芋，内心装着敬职敬业的良苦用心和热血丹心，外表却焦糊糊的一身黑气，焦躁、粗糙，近乎不近人情。

每次见到张振民，任乐水都有一种说不出的感慨，既佩服他的敬业，又不想接受他的工作方法，可是还蛮喜欢这个实干的人——他身上有一种大敌当前的紧张，有一种咬定青山不放松的坚韧，也有一种举轻若重的焦躁。任乐水觉得假以时日，这个干部一定会大有作为，但现在他还缺少登高望远的淡然，少了一种泰然自若的从容。

张振民看出来吉庆融的抵触，就有意查了一些基本数据，边查边批评任乐水。

“你看看你们这些数据，乱七八糟的，懂的人可以看明白，让上级来查，还不是要吃家伙?”

“不乱呀，会Excel的人一看就明白了，表一是贫困户的基本情况，表二、三、四是‘一超过、两不愁、三保障’的基本情况。”吉庆融说。

小姑娘终于说话了，张振民高兴了一秒就垮下脸来，她那意思是自己无知啊。

“你的这些表格，要让一个初中生一看就明白才行，上级来检查，还会让你坐在身边一点点教他们？我这个大学毕业的副县长都看不明白，还要谁来看?”

“那你一定是文科毕业。”吉庆融说。

张振民张了张嘴想骂人，又斜眼看了一眼盯着键盘的漂亮姑娘，一股热血上头，本来就脸黑，变得更加难看。

任乐水笑着说道：“县长，还是我来介绍一下整体情况吧，那些技术上的细节，我们下去整改。”

张振民背着手不说话，去了会议室，在正中的位置坐下。

“县长，你的名字有大气象，‘君子以振民育德’就是要救济万民呀。”任乐水说道。

张振民愣了一下，第一次认真地端详任乐水的脸，他一直觉得眼前的这个人有一种难得的和蔼，但还有一种拒人千里的不屑，听说以前官职不小，犯了错误被降了职，才来到村里。这种人见多识广、看不起人，得不得罪没关系，但可以发挥作用，所以他总是有意无意地挑任乐水的毛病，时刻准备着杀他的锐气。此刻，他突然发现这个工作队的人难惹，小姑娘说他是文科生，一点儿没错，自己当初上的是中文系；任乐水说话用的典，本身就是个故事。

那时候，张振民叫张正敏，他的父母没什么文化，起了个说不出来源的名字，他也一直不觉得有什么不对。后来，上了大学，教古汉语的班主任有一天对他说："正敏啊，你这个名字好，就是没特色，走到哪里都要证明，麻烦不麻烦？那要跟你一辈子的名字要证明什么？也说不清，我看你当了一年班长，很有从政的素质，做人呢，要刚柔相济。有句古话'君子以振民育德'，也就是兼济天下的意思，把名字改了，改成'振民'，那字里带风，什么风？东风！扶摇直上，乘风破浪而天下治也。"还别说，似乎从改了名字以后，张振民的事业就一帆风顺，三十三岁当了副县长，在昆仑地区也是数一数二的年轻干部。他当下的理想是做一任县委书记。求志达道，张振民的名字里有他无言的抱负。

而今天，任乐水一语道破天机。

"这个被人称为大学者的小村官不可小觑！"张振民想。

张振民难得笑了一下，喝了口茶水。

任乐水介绍起脱贫攻坚的情况。

百合提村紧盯脱贫户"一超过、两不愁、三保障"，全村即将退出"一降五通七有"的脱贫摘帽指标，一手抓继续攻坚，集中力量攻克深度贫困堡垒；一手抓防止返贫，持续巩固脱贫成果。全村贫困户八十户四百四十八人，人均耕地不足一亩，村民主要收入来源以转移就业和外出务工为主，以林果业和养殖业为辅。按致贫原因分析，因缺技术致贫；因缺土地致贫；因缺劳力致贫；因缺资金致贫；因病因残致贫。"两不愁三保障"

突出问题得到了部分解决，贫困发生率占百分之三十六。

任乐水说道："贫困村的'五通七有'基本解决。"

这些都是扶贫工作的专门术语，也就是：实现主干道硬化的通路，家家户户实现通照明电和自来水、通宽带和通信网络信号，这是五通目标。七有任务包括：村级党组织要有办公场所做组织阵地，并运转正常；村里有健全的"两委"班子，且能发挥党组织的基层战斗堡垒作用；村集体经济今年收入达到八万八千七百元，有一定的增收产业；村委会有便民活动服务中心或者文化活动室，可以满足村民日常生活的需要；村内有卫生室，并配备医务人员；幼儿园的教师均能使用国家通用语言进行教学。

"精准扶贫的难点在哪里？"张振民问。

"'两不愁'不难。村民家中米、面、油、蛋、肉等基本生活物资均有保障，家中每个人都有两三套四季换洗衣服，'不愁吃、不愁穿'基本达标，实现了安全饮水入户全覆盖。'三保障'也基本保障，适龄的孩子都能上得起学；基本医疗保险及养老保险方面做到了应保尽保，健康扶贫力度大，给一百四十三人办理了慢性病卡；全村农户安全住房有保障，正在稳步推进庭院改造的'三区分离'。"

"你们的难点在'一超过'方面！"张振民说。

"对！要超过人均四千元难度大！关键的问题是产业扶贫有难度，一村一策，这'一策'是硬骨头。"任乐水说。

"问题看得准，下一步如何办就是你这第一书记的责任！成败在此呀！"张振民说。

"我们正在进行三年的发展扶贫产业规划，精准施策。"任乐水说道。

"要有针对性地分类施策"，张振民介绍了县里的做法，又结合百合提村的情况分析了2017年每户年人均纯收入情况，"按照四千元以下、四千至四千五百元、四千五百至五千元和五千元以上四个等级对每户进行'红橙黄绿’预警区间划分。根据每户家庭就业和产业发展情况，进行就业主导型、产业主导型、保障兜底型等不同类型的界定，下真功夫做好持续增收和帮扶，要有只争朝夕的紧迫感。”张振民这一说，任乐水一下子觉得平时咋咋呼呼的小张同志蛮有水平，说起脱贫攻坚一副胸有成竹的淡定。“县长，你这些要求，我们一点儿也不敢耽误。每天按照‘日会诊，周研判，月评估’，紧盯收入、一月一评、四色预警、五步跟进，我们的目标紧盯2019年底全村农牧民人均纯收入均能达到五千元以上。”他们两人一问一答，一下子拉近了距离。

沟通是理解的桥梁。平时，工作队的同志只看到张振民吆五喝六的焦躁相。经过半天交谈，任乐水觉得作为基层父母官的张振民对脱贫攻坚工作的政策了然于心，对问题的思考非常精准。工作队的干部从城市来，有点儿自视甚高的毛病，实际上对基层工作的把握是有盲区的，看问题有时比较主观，还有点儿轻率。区域文化的差异并不能说明农村基层干部能力低，他们那种自强不息、积极进取的精神令人佩服。他们要改变的是与不同层面干部交流的技巧和驾驭整合各方力量的能力。

任乐水对张振民有了新的认识，越发从内心欣赏这个基层干部。

吉庆融默不作声地给张振民添水倒茶，张振民有意无意地表现出一种无视。任乐水内心在笑，却一脸随和。

张振民走了。

“这个县长太年轻，把我们当学生呢？‘产业扶贫’动嘴容易，干起来就是马跑沙包，寸步难行。”阿解放不满地说。

“他说得好呢，产业扶贫，一村一策，该养鸡养鸡，该养羊养羊，不怕农民穷。”柯蓝说。

“鸡叫了千年，羊跑了几辈子，你见过农民富起来吗？要不，我们早该来南疆农村当农民了。”阿解放说。

“是啊，问题不在养鸡养羊。问题在发展什么样的产业，用产业思维替换小农思维，找到一条可持续发展的产业化扶贫之路。”任乐水说。

看到低头不语的吉庆融，任乐水感觉到了她还纠缠在被人教训和无视的委屈中。

“庆融，你说呢？”任乐水故意问道。

“这个张振民不简单，但确实烦人！”吉庆融说。

“包容人缺点，欣赏人长处。张振民是个好苗子。”任乐水说道。

“你想提拔他呀？”阿解放调侃道。

任乐水笑起来，感到自己身上的官僚习气还会时不时地浮上来。

“亚然，通知一下卡德尔，我们下午去他家调研。”

走在路上，亚然一直沉默寡言。他的这个特点早已引起了任乐水的注意。亚然是被乡党委任命的村支部书记，自从任乐水的工作队来了之后，他跑前跑后，从无怨言，也没有因工作上的便利条件，优亲厚友。

亚然眼角有道醒目的疤，身形瘦弱，双手却很白净，见了人，他没有一点儿热情，几乎不发一言。当忙完一天村委会的工作，亚然跨上自行车回家，形单影只。

亚然像一只逆来顺受的马儿，眼神落寞，露出无奈和妥协，他的忧郁与乐观、风趣的村民有着显著的区别。任乐水猜想，他一定是一个有故事的人。任乐水很熟悉他眼里的神情，像某一刻的自己，有些冰冷。

村民说，他是个享不了福的人。

亚然的父亲尼亚孜很小就成了孤儿，吃百家饭长大，却不认命，长大后，贩羊挖煤，倒粮油，挣钱娶了老婆，养大了六个孩子。亚然排行老三，和兄弟姐妹不一样，他生来爱读书。因为他总是耽误了放羊，父亲尼亚孜常常气得把亚然的书扔了。他不和一起放羊的小伙伴厮混，常常躺在草坡上读书，羊在安静地吃草，也因此时不时有几只羊不归圈。

亚然不甘向土地低头。逃避学业，在庄稼地里劳作，是兄弟姐妹的一种轻松的活法，而对亚然却是一种煎熬。漫漫黄土，简单劳动，挖土、抛土、拍平……重复一万次，重复一辈子。这让他绝望，他暗暗发誓，一定要从戈壁滩走出去。

大哥结婚了，娶了邻村的寡妇。那寡妇看着亚然，眼光充满鄙夷。在她眼里懒惰的亚然再用功学习也逃不脱种地的命，还去了城里上高中，让家里欠下一屁股债，如果他都能考上大学，天上的乌鸦都会落白毛。高考那天，她故意没给亚然送饭，让他饿着肚子上了考场。

亚然在地里割麦，尼亚孜问他，有没有把握考上大学？亚然摇了摇头。尼亚孜一口唾沫差点儿啐到儿子脸上，说："这块地就是你的，想离开，门都朝天开！"

亚然被首府一所师范大学的中文系录取了！他喜极而泣，抬头望天，大声号哭，终于可以跟这穷苦的日子告别了！

亚然成了百合提村少有的大学生，鸡窝里飞出了金凤凰，家里却欠了一大堆债。

学了一肚子文化的亚然大学毕业了，成了一名有国家编制的人民教师。他的光荣顶不了家里的债，家里人一直怨着他，连尼亚孜夫妇先后因病去世，家人都归罪于他。

亚然刚开始被分配在乡里的初中，那里离百合提村有十五公里颠簸的山路。他用存了三个月的工资买了一辆飞鸽牌自行车。好运来的时候，苦命人的地头也会开出花，亚然稀里糊涂遇到了他的爱情，同在乡里教书的祖拉叶提美丽又温柔。两人一见钟情，喜结连理。年轻的亚然浑身是劲，每天骑车追着落日的脚步，天黑前回到家，躲进温柔乡。

一串串辛苦却快乐的日子。

儿子克拉出生了。他总是爬上尼亚孜家的院门，眺望着远方，等待骑车的身影穿进视线，欣喜若狂地跑向他们……

克拉到了入学年龄，亚然心里焦急。分居两地的日子不是长久之计。村里小学的校长是亚然的大姐夫，豪气地劝说亚然调动回来，说："你的学校离家远，到我这来，你那么有本事，校长的位子我让给你。"好像那位子是姐夫家里的椅子，亚然不在乎那些，只想一家人亲亲热热地在一个锅里喝肉汤。

亚然还是没有走出百合提村，又回到了这片土地。亚然回到村里小学的时候，二十八岁正当年。

亚然第一天去学校，向校长姐夫报到，姐夫马上换了一副嘴脸："还真以为让你当校长？我这是穷村，没人愿意来，教学质量上不去，我就调不到乡里，你的文化水平高，来了教四五六年级语文，你老婆祖拉叶提教一二三年级，我逃离穷村的理想靠你们俩了。再说，你不还完你家的债就别想到处跑!"

年轻的亚然和祖拉叶提没日没夜地干工作，写不完的教案，批不完的作业。那个时候，医疗水平落后，发过高烧的、磕了碰了的孩子落下了后遗症，班里有几个残疾、智障的学生，亚然使尽浑身解数也难以将成绩带上去。乡里考评，亚然的班级总是排不上好名次。

儿子克拉小时候体弱多病，常常半夜发烧，有时亚然要带上儿子去乡里看急诊。校长姐夫的希望一次次落空，看到亚然就肚子胀，亚然好不容易请个假，到月底他微薄的工资却被扣得所剩无几。

亚然和祖拉叶提的工资收入一直是村里人挂在嘴边的话题。其实，小两口一直在还父亲尼亚孜留下的外债，几个兄弟姐妹时不时拿出一些借条，说是老父亲为他上大学欠的债，祖拉叶提不停地与家人哭闹，家人骂她是坏女人。亚然怕人骂，每个月发了工资先拿了钱去兄弟姐妹家，让他们去还人家的债。只有那一刻，家人才会说祖拉叶提是个漂亮女人，心眼还好。

克拉不管走到哪，听到的都是“你爸和你妈一个月拿一千多块钱，大巴依（地主）呢。”克拉去商店买零食，店主说：“你家有钱，才买五毛钱的东西?”和村里孩子们玩了一身泥巴，大人说：“你家那么富，还穿得脏兮兮，装穷。”孩子们也说：“学校就你背新书包，臭显摆!”那些懵懵懂懂的孩子也由着大人的心思学会了嫉妒。

1998年，在那个全村人均年收入不到几百块的年代，亚然两口子的工资是村民想象里的奇迹，在村民的口中，亚然家的工资像洪水一样每天暴涨，已经从一两千涨到五六千。这种传言使村民产生错觉，似乎农村教师的收入已经很高。

村里的人嘴里不干不净诅咒着亚然一家。他的自行车时常莫名其妙没了气，喝醉酒的人会半夜砸门来“借钱”。

好人亚然一家被孤立起来，亲戚们把他家的收入看得严严实实。那时，亚然一家五口一直在学校一间不足二十平方米的宿舍蜗居着，艰难度日，人生惨淡。

亚然两口子的工资被炒了很多年之后，有人定论：亚然家已经有了十几万存款了。更悲哀的是，他的兄弟姐妹们非常认同这种说法。他们时不时找出写着父亲尼亚孜名字的借条，那些落款时间好些是在老人去世以后的好多年的。他们还会以各种理由找上门来借钱，理直气壮，好像亚然抽不出几沓大钱，他的良心就坏了。

那位曾经许诺把校长位子让给亚然的亲姐夫，经常换着法子找理由借钱。最后发现亚然对他没有一点儿感情也不尊重他，开口借十次钱，最多能有一次拿到钱，他找个理由把亚然一家从学校宿舍赶了出去。亚然一家只好回到几乎倒塌的父亲的老房子里。

没多久，那个寡妇大嫂上门来了，嚷嚷着父亲的老房子是儿子们共有的财产，她要买农用车，非要亚然出四千块钱，他们才能在老房子住。祖拉叶提转身要进屋，他们认为这个没有良心的女人在拒绝，寡妇捡起一块砖头扔向祖拉叶提，亚然急忙拦过去，砖头砸中了他的眼角，血流如注，一家人扭打在一起。亚然还是低了头，经不起家人的良心拷问，从那传说中的“十几万”里凑了四千块，“借”给了寡妇，还答应搬出父亲的老房子。

你所谓的光环，只会在爱你的人心里发光。你的光芒也许是被他人倾轧排挤的原罪。

亚然脸上留下难看的疤，那贫穷的疤刻骨铭心。

贫穷是一种从心底长出来的疾病，会迅速传染，先蒙蔽人的眼睛，再慢慢腐蚀人们的精神，人安心地患着病却不思治疗。

亚然要自己盖房子。找村委会主任批地的时候，村主任说：“你是干部，不能给你批宅基地，要不你辞了教师工作，来当农民，村里缺干部帮我。”

亚然无家可归，抱着祖拉叶提痛哭一场，辞去了真正的国家干部身份当了村干部。最后，亚然在村里的“郊区”建了五十平方米的泥糊红柳的把子房。那里鸟不拉屎，野兔找不到水，再穷的村里人也不会去那盖房，亚然在那安了家，孤零零的。

亚然的路越走越难，生活水平越来越差，他已经心静如水了。

衣食足而知荣辱。在封闭落后的地方，淳朴、厚道只是一种对农村人的脸谱化印象，却忽略了真正的人性挣扎。长期闭塞贫穷的环境下，人性像岩石里的根枝会扭曲生长，那里的人有更强烈的领地意识，有更强的“苦”要一起受的趋同心态，“富人”不是榜样，是被挤兑、打击的对象。

亚然被贫困的现实折腾掉了所有年轻的时光，又像父亲尼亚孜一样融入了百合提村不变的生活，抛弃了离开村庄的非分念头，变得沉默寡言，随顺着这些艰难的日子，那些天高任鸟飞的想法像摔碎的鸟蛋，不生一丝新鲜的生命。好看的祖拉叶提也变得声音高亢，赘肉从她的腰上生出来，缠了一圈又一圈。

“穷”变成了一个理由，成为一种求生的符号，村民们心安理得地年复一年等政府的救济，“穷”成为一件值得的事情。百合提村的深度贫困，像一种疾病，哪怕是苏醒了的人，也会被感染，昏头昏脑地重新回归到穷的行列。

后来，乡里抓基层组织建设，大学毕业的农民亚然被上级发现，提拔他当了两年村委会主任，又培养入党，接着转任了村支部书记。

亚然的故事让任乐水心里发堵。

吉庆融坐在会议室里，双手托腮望着墙上的钟表，时间一圈一圈地流淌，她愁眉不展地看着艾拉提一家的贫困户档案，找致富路子不难，难的是怎么让艾拉提重振生活的信心。

会议桌是几张桌子拼起来的，桌面铺了红色的丝绒布，桌上放着两个花瓶，插了几束仿真花。吉庆融拿过一个花瓶放在自己面前，摩挲着仿真花，闻了闻。她看着五颜六色的花朵，全身突然打了一个激灵，想起了什么，脑海里不断浮现“仿真花”三个字。

吉庆融曾经无意间浏览过一个新闻，讲的是一个坐轮椅的女子靠仿真花重新振作起来，带领乡亲们致富的故事。

吉庆融有些振奋，她在网上搜索关键词，找到这条新闻。

一个因一次意外车祸导致高位截瘫的女老师陶淑然，通过在网上学做淘宝生意，卖起了仿真花，赚了几十万元。2012年以后，她又创办了专业合作社和陶然科技股份公司，在当地政府的支持下搞了二十个花卉组装代理点，建了四个扶贫车间，生产出来的仿真草坪、箱包、仿真花远销欧美，带动三十多个村的一千多名贫困群众、六十名残疾人摘掉了“穷帽子”。

吉庆融感叹道：“真是个厉害的姑娘！是身残志坚、勤劳致富的榜样！”

吉庆融兴奋地拍掌，这个故事太有典型性了，它一定能打动艾拉提。

吉庆融因为加吾兰说过“喜欢任冰”的原因，再没和他说过话，但此刻她相信只要电话拨出去，尴尬就会一扫而光。果然加吾兰声调高昂，连声同意。

吉庆融早早打印好要给艾拉提讲的新闻，演练着进门后的语气，在村委会门口等加吾兰带苏莱娅放学回家。苏莱娅看到吉庆融，就往她怀里钻，她左手牵吉庆融，右手牵加吾兰，三人默契地玩起“荡秋千”。

加吾兰笑容满面，说：“你看我们像不像一家三口？”

吉庆融说：“影子里挺像的。”

加吾兰说：“影子没意思，我要真的！”

吉庆融不再理他。

艾拉提对吉庆融和加吾兰的到来没有表现出一点儿热情。

心急的吉庆融开门见山，说：“艾拉提，你不能再这么下去了！”

艾拉提眼皮都没抬。

“我最近看了一条新闻，给你们两口子读一读。”吉庆融拿出资料读起来，自己的心先沸腾起来。

艾拉提一脸茫然：“难道你让我一个大男人去绣花？我还能跑出去？”

吉庆融皱起眉头：“不是绣花，就是把假花做成真花一样。”

“哦，那我不行，我老婆子行呢。”艾拉提说。

“艾拉提，给你读这个新闻，是为了让你感受这个主人公坚韧不拔、面对困难不屈服的精神。”加吾兰说道。

“我不行，我老婆子可以！”艾拉提连连摆手。

“那你就忍心看她这么辛苦？”吉庆融一下站起来。

艾拉提抬起头来，语调里充满火气：“变成这样子，是我自己愿意的吗？你觉得我一天到晚坐在这个破车子上，我心里高兴得很吗？”

吉庆融像泄了气的皮球。

吉庆融反思，她把一切都想得太简单了，美好的理想并不能把陷在现实泥淖里的人们拉出来。她今天做的事情就像给深井里的艾拉提丢下一根绳子，可他不想抓啊！能有什么办法让艾拉提伸出手，抓住它？

吉庆融一夜未眠。

任乐水对于这种结果并不惊讶。

第二天，吉庆融找到陶然科技股份公司的官网，打通了电话，希望陶淑然能够给艾拉提写封信，鼓励他重新振作起来。

十天以后，阿解放从乡里回来，顺便给吉庆融带回了一个包裹，里面装的是箱包、仿真花、仿真草坪，各样两份，一份是送给吉庆融的样品；另一份是送给艾拉提的礼物。对方说，如果百合提村将来有需要，可以跟陶然公司合作。

吉庆融把包裹放在艾拉提的腿上，说：“你远方的朋友给你寄了礼物，还有信。”

那份用国家通用语言文字写的来信，已经被加吾兰翻译成了维吾尔语。

这突如其来的一幕搞得艾拉提莫名其妙，我哪有什么远方的朋友？

艾拉提打开包裹看到了好看的花束和箱包。

加吾兰读着那封信。

艾拉提：

您好！我是陶淑然，也许你听说过我。我从扶贫干部吉庆融那里得知了你的情况，很遗憾，我们以身体残缺的方式认识彼此。但是何不把这当作是生命的另一种机遇呢？我曾抱怨命运不公，让我失去能奔跑的双腿，但是后来我明白了一个道理，能奔跑的不只有双腿，还有我们的双手和思想。所以，不要把思想、双手和双腿都禁锢在轮椅上。

随信寄去的仿真花和箱包，是我送你的礼物。仿真花是我创业的开始，它是我当初所有的希望，现在我把这份希望传递给你。箱包是我带领乡亲们创业致富的品牌，它甚至代表着一个和你我一样的群体的信心。收下它们，让自己振作起来。

希望有一天我们会见面，那时，我能看到一个全新的你！

你的朋友　陶淑然

艾拉提看到这封信，久久不能平复自己的心情。他一度以为命运已经放弃了他，给了他两条废掉的双腿。可是，他没有想到，和自己无亲无故的汉族姑娘吉庆融会三番五次上门找自己谈心，更没有想到还有一位远方的残疾朋友也在关注自己。看着整日辛苦操劳的妻子，还有两个年幼的孩子，艾拉提内心升起一种强烈的愧疚感，他突然激动起来，想起自己过去意气风发的样子。

我还有手，还有脑子啊，难道就不能重新来过吗！

晚饭时，妻子阿娜尔照常为艾拉提倒酒，艾拉提按住她的手，说："我以后不喝酒了。"

阿娜尔以为听错了，反应过来后，转身坐在门槛上呜呜地哭起来。艾拉提也呜呜地哭起来。

晚饭后，艾拉提拿出纸笔，吃力地写着。他在给吉庆融写信，写着写着，泪水吧嗒吧嗒往下掉，他想起了自己的父母，自己的过去，如果现在所遭受的全是以前行为的报应，那他会接受。从现在开始，他想改变自己，改变整个家庭的命运！

吉庆融一直坐卧不安，第二天午饭后，她看到阿娜尔向自己走来，她送来了艾拉提的信。

吉庆融：

您好！谢谢你为我们家做的一切，我今后会好好努力！

“他的汉字写得真好！”

“他上过大学呢。”

“他真的想改变了？”

“是的，从来没见过他那么认真。他还打算把酒戒了。”

吉庆融的眼泪止不住流下来，两个女人喜极而泣。

那些日子，吉庆融偶尔会给任冰发微信问候，他回复得总是漫不经心，要么在深夜，要么在早晨。吉庆融向自己解释任冰太忙了。

五

“你儿子从小就崇拜你。”李木水说。

李木水来到百合提村，见到任乐水。

“大了以后，我们就成仇人了。他离不开他妈，我却没保护好她。任冰一直怨我。”

任乐水对李木水没有一点儿印象，但李木水说当年有个学习小组，同学们经常去任乐水家，张雯辅导他们。李木水好几次见任乐水晚上匆匆地出差回来，张雯就去厨房给他弄吃的。

“张老师是我心目中的贤妻良母，不像我母亲对我父亲，总是凶巴巴的。”

“那时候，我不是出差，是从克孜尔千佛洞回家，一年难得几次。”

任乐水想起当年每次回家，张雯总是在辅导一群朝气蓬勃的中学生。

任乐水不太愿意和一个晚辈谈这么亲近的话题。李木水聊起他的经历。他在北京的交通大学上了四年学，去了一个技工学校教书，觉得没有前途，又转岗到一个投资公司，之后做起生意。

“我没有什么忧国忧民的志向，父母亲就是普通工人，家里不富裕，在北京花销也大，所以年轻时只想挣些钱。现在勉强糊口，在北京也有了落脚的地儿。”李木水说。

李木水的神情里有一种磊落和自信，还有成为北京人的自豪。

他们谈起了村里的扶贫工作。

“贫穷是疑难杂症，物质穷困，精神萎靡，得有人治。”李木水说。

任乐水会心地笑笑。

“你放弃北京优越的生活就是来治病？蛮高尚的。”

“哪里，还是为了挣钱，这里没大都市压力大。我一点儿不高尚，只是纯粹了点儿，换句话说，换个活法儿。”

任乐水怀疑地摇摇头，李木水笑起来。

“其实，人挣再多的钱也带不走，够吃够用就满足了，一身衣、两只鞋、三顿饭、四尺床，再多了，钱不就一个数字，还是累赘。所以，想出来干些事情，人生是个大舞台，每个角色都演一下，挺好。”

李木水的言论让任乐水再一次惊讶，年纪轻轻的，看问题十分精到。

“那为什么不去别处干？大城市机会要多点儿。”

“想听真话？不要嫌我说话难听，和你们打交道，我经常疑惑你们哪些话是发自心底的，我觉得我们在使用同一种语言、同一种语句的时候表达的思想和心情却大不相同。”

任乐水不置可否。

“我是为了理想，还有博爱之心。这是一个伟大的新时代，中华民族伟大复兴的中国梦即将实现，我想在这个时代里看到自己的身影；我的故乡在新疆，我想为这里的人们干点儿实事，一人富不是富，全国人民奔向小康，才是财富的价值。这个时代给我们创造了把自我融入社会的机会，我们不应该那么自私地活着。”

任乐水对李木水刮目相看，他经常在各种正式的场合听到相同的表达，几乎产生不了共鸣，而此刻，一个民营企业家却用心在说出他的感悟和感恩。任乐水从心底一下子就喜欢上了李木水，难怪任冰说起他直喊佩服。

他们走了几户养驴的人家，李木水习惯地扒开那些驴的嘴唇，看一看牙口，摸一摸驴屁股，揣一揣肥瘠，不怎么说话。

“在我们村建个加工车间怎么样?”

李木水直摇头，他告诉任乐水，驴的品种不行，数量不够，再说他在玉龙县的工厂也还没有满负荷运转。任乐水的心情一下子低落下来。

“驴，在农民眼里就是一头驴，在我们企业家的眼里，它是产业。所以要从产业链上下功夫，功成不必在我，但求有我，要从产业链上思考你们的产业化，还有就是能不能把农民组织起来，把资源整合起来，发展壮大一个产业也是一件极难的事情。再有理想也不能做赔本的生意。”李木水说。

任乐水没了兴致，不再多说话。原以为李木水一来，划块地、建个车间，农民那些收益低下的驴，一下子就可以挣钱了，事情远没有那么简单。刚才对李木水的好感被他骨子里的商人气一扫而光。

李木水走了，任乐水的心情却不能平静下来。他又一次想起张雯，心里有些忧伤，他想起那些纯粹而干净的日子，不沾染一点儿灰尘。张雯毫无征兆地离去，似一枚扎在任乐水心中的钢针，时时会刺痛他，会感觉到活着的孤单。任乐水时常想起这些看似偶然又必须接受的现实，人生旅途中有许多不可避免的遭遇，无法逃避必须面对，要自在地过好当下的生活，像光一样散发光芒，找到真实的自我，照耀他人，才不会丢掉自己。

回忆让眼前不再枯燥和无聊。

任乐水想起他和张雯相见的校园，孤单、固执的男孩和青涩、迷蒙的少女。

任乐水想起他和张雯重逢的克孜尔石窟。在中国最西的一代代僧人从公元三世纪开凿那些石窟，直到公元八九世纪被战争征服了他们的信仰。

古龟兹画师用苍劲粗犷的线条，一笔笔勾画出雄健壮实的骨骼，用赭色描绘出光润的肌肤，又随手一笔勾勒出飘曳的长带，自由飞翔的天人，随心所欲，满壁飞扬；佛本生故事意境空灵，奔逃的猕猴王以身为桥，引渡群猴，赶驼的脚夫以手为炬，指引方向。

那些绚丽的石窟壁画在任乐水心中生长出最鲜艳的花朵——不贪恋红尘，清净地守护着真诚和善良，无怨无悔地去爱。

在那个荒芜的黄沙坡，与石窟一起度过的日子，只有黄沙和白云相伴，还有突然从天而降的爱情，那个青年不曾感到过什么是孤单。自张雯离去，任乐水常常悄悄流泪。以后，他就孤单地走在人群中了，而他却淡定地接纳了生活赐予的一切。

任乐水常常想起张雯的话——别丢下我们。他怎么会丢下他们呢？只有自己会丢下自己，你们一直在我的生命里，我要把对你们的爱还给这个世界。

那时，工作队来村里不久。

三月底的昆仑地区，春天来得早，骆驼刺、白柳和梭梭草渐渐从严冬里苏醒过来，星星点点的绿意从沙漠边缘铺开，人的精神也振奋起来。在初春的季节，村民们迎来了传统的少数民族节日——诺鲁孜节，这是个为庆贺春雨来临而传承的节日，人们的内心涌动着对好日子的期待。

阿解放精心安排了节日活动，一大早在村委会做了一大锅“诺鲁孜”饭。

“一份不够，吃完了再添，不要钱也节约着吃，小心漂亮女人脸蛋子成苹果，男人肚子上长烤肉。”

村民们兴致勃勃。那份可口的饭、那些解馋的肉丁补充了一个冬天缺失的油水。那一天，人们记住了这个头发灰白、声音洪亮、高大威武的驻村干部，小孩子叫他“解放爷爷”。

刁羊比赛开始了，阿解放把一只捆住的小羊放在指定处，发令枪响，两队骑手向小羊飞驰而去，红队首先抢到了小羊，同队队员互相掩护，风驰电掣奔向终点，蓝队骑手开始了围追堵截，骏马飞驰，尘土蔽日。两队人马你争我夺，紧张撕扯，马队左冲右突，红队无法脱身，蓝队无从下手。这时，一个身影闪电般冲过来，他没有去直接抢红队骑手的小羊，而是照着正举着小羊的红队骑手的马屁股抽了一个响鞭，受惊的马一下子直立起来，将红队的骑手从背上摔落，两队的骑手被惊马怔住了，紧握缰绳，调转马头，纷纷躲避。那只小羊从半空中飞落，正犹豫间，蓝队的“闪电”骑手一刹那冲过来，一只手接住小羊，高举起来，一只手策马扬鞭，双脚踩蹬，直立而骑，奔到终点。

按照习俗，阿解放剥了小羊的皮，把肉当场烤熟，请骑手们共享“幸福肉”。他从羊嘴唇上切下一块肉，在混合着咸盐、辣子和孜然的调味料里粘一下，放在一只托盘里，庄重地把象征着最尊贵礼遇的羊唇肉递给“闪电”骑手。

在人们的欢呼声中，阿解放记住了那个叫卡德尔的村民。

村民心中的“解放爷爷”慈爱、威严，一天到晚走家串户，了解民情，总是说：“穷不了几天了，只要跟着共产党，好日子像玉龙喀什河的河水一样满满地来了。”

村民们喜欢这个热心帮助群众的扶贫干部。阿解放的宿舍一天到晚来一些村民，他们七嘴八舌地不但向他讨教挣钱的主意，而且述说起家长里短的纠纷。弄惯了文字的阿解放，一时发现自己的大脑失灵，村民那些针细线短的家务事让人头疼，对脱贫攻坚的新门道又无从下手，急得嘴上起泡，消了又起，见了村民只能客气地打哈哈。

阿解放向任乐水倒苦水。

“帕米尔高原和天山挡住了从西伯利亚刮到昆仑地区的西部和北部的冷空气；昆仑山和喀喇昆仑山从南部阻隔了来自印度洋的暖湿气流，这个干燥闭塞的环境就养不住人，结果这里人的脑子也被禁锢了，固执得很，苦日子不觉得苦，只等待政府救济。”

“发什么牢骚？我们就是要解决他们思想的贫困和生活的贫困，要不有我们扶贫驻村干部什么事？”

“他们像羊羔子一样，只看到眼前的草，想不到冬天的寒冷呢。”

“那我们扶贫干部就带领他们备衣裳。”

阿解放在村民面前一副慈眉善目的乐呵相，内心却不怎么看得起村民对贫困的麻木。

眼看即将入夏，阿解放除了入户调研，对开发产业的事情没理出一点儿眉目。

后来，任乐水说，你琢磨一下肉苁蓉产业。阿解放仿佛恍然大悟，他带着亚然又叫上卡德尔，没日没夜奔忙在村庄边的沙地里，似乎一下子找到了脱贫致富路子。他想尽快把种植红柳肉苁蓉的项目规划出来。

阿解放信心满满，给任乐水汇报了几次。任乐水心中没底，自己找了一大堆昆仑地区和肉苁蓉的资料，认真学习起来。

昆仑地区一直被人们叫作“产玉石的地方”。

玉龙县南接昆仑山，直抵藏北高原，东部北部深入塔克拉玛干腹地，玉龙喀什河与喀拉喀什河似两条银带，环绕着这片四万多平方公里的绿洲。这里春季缺水，经常发生沙尘暴；夏季闹洪涝，炎热干燥；秋冬严重干旱。戈壁横穿，土地沙化，浮尘天气持续。

这些年，昆仑地区许多县依托沙漠资源，利用实施防沙治沙工程的契机，发展红柳肉苁蓉种植产业，成为农民增收的支柱产业之一。肉苁蓉是一种寄生草本植物，可以人工接种在沙漠中的梭梭、红柳、白刺、沙拐枣及蒿类等植物根部，老百姓称它“大芸”。肉苁蓉被称为“沙漠人参”，入药滋补，治女人血崩，为男人壮阳。种好了，平均亩产鲜肉苁蓉上百公斤，亩均收益应该在千元以上，好些农民靠种植肉苁蓉摘掉了贫困户帽子。

春天的红柳地，肉苁蓉开着白色的花、紫色的花，芳香扑鼻。

阿解放终于完成了调研，为了庆祝，去昆仑市区买了几公斤羊肚子烤肉。

这种烤法是沙漠深处的村民发明的。把羊宰杀后，洗干净羊肚子，用盐和孜然做作料，把切好的碎羊肉拌均匀，然后塞进羊肚子里面，用羊肠子把羊肚子的口捆绑好，最后将羊肚子埋在红柳烧透的火灰里烤三四个小时，美味的大餐就出炉了。

阿解放开心，大口吃肉，大杯喝酒，不停地劝人斟满酒杯，大家被他的热情感染。几个月的扶贫工作，每个人都在摸着石头过河，寻找一村一策的产业发展措施。这些在书斋里一览众山小的知识分子，到了村里却像大力士扔鸡毛——有劲使不上，有点儿心急如焚，虽然嘴上不说，但心里窝火。

“我们只需种植一千亩，每户十亩，保证可以完成扶贫任务。”阿解放说道。

任乐水认真听着，一亩红柳地种植肉苁蓉后可以增收一千五百块，户均增收能接近一万五千块，村里也就八十户贫困户，这样算来，搞肉苁蓉产业还是不错的想法。

酒酣耳热，阿解放掏出一个精致的玻璃药瓶——“天时牌康佳片”，金黄色的瓶盖、透明的瓶壁，里面装着一粒粒金色锡纸包装的药丸。

“你们没发现，我的白发变黑了？就是这——农民致富奔小康的定心丸的功劳。”阿解放说。

“怪不得，看到你大脑袋上露出几个黑点点，我还以为是虱子趴在那呢。”柯蓝说。

大家哄笑起来。

任乐水仔细一看，真发现阿解放的头顶上生出些黑发，对这个保健品多了些好感。瓶身有介绍，肉苁蓉提取物有缓解疲劳的功能。阿解放连忙把天时公司推荐给任乐水。这个企业专门从事原产地昆仑地区的肉苁蓉产业化开发，研发了系列保健食品，产品质量达到国际标准，产品畅销，是最受消费者欢迎的“新疆礼物”。

任乐水开心，和阿解放碰一下杯，喝了一大口酒。

“怎么个投资啊？这可要一大笔钱。”吉庆融说道。

“我们和天时公司合作呗，它来投资。他们把五千亩良种繁育基地建在了洛浦县，在我们这建个一千亩的基地也不是难事。”阿解放说道。

任乐水听着他们聊天，心情激动。是啊，只要找到了路子，哪有脱不了贫的。他看了一眼亚然。

“亚然，你们为什么早几年不种红柳肉苁蓉？”

“我们不会种。”

“学呀，谁生下来就张口说话？”阿解放说。

亚然腼腆地笑了一下。

任乐水喝多了酒，脑子里一直浮现着遍野的红柳和村民们喜笑颜开的一张张脸。

第二天，任乐水带着人去了一趟戈壁滩，荒凉的土地上稀稀落落长着些红柳、梭梭草，面积有两千多亩。任乐水一下子喜欢上了这块泛着盐碱，看似贫瘠的土地，他对种植肉苁蓉充满了信心，大家也非常兴奋，只有卡德尔闷声不语。

“你的十亩地为什么赚不来钱？”阿解放问道。

“卖不出去，泡酒用了。种肉苁蓉赚不了钱。”卡德尔说。

“对懒马来说，路永远最远。”阿解放说。

“作为一个扶贫干部，不要动不动骂人，没有懒惰的群众，只有无能的干部。”柯蓝说道。

“懒惰无牙可吃人。”阿解放说道。

队员们吵吵嚷嚷，任乐水也很兴奋，他脑海里一闪念，说：“为什么以前的工作队就没有在这个问题上下功夫？我们得肩负起历史的重任啊！”

“任书记，我们以前想过这件事情，可是干不成。现在一样干不成。”亚然说。

“别光给馕坑里泼冷水——想抓热馕不烫手？你就没干过，不干光想有什么用？”阿解放说。

从亚然和卡德尔的言谈里，弥漫着一种根深蒂固的惰性思维，任乐水感觉出一种消极，他相信只要办法找准了，他一定会帮他们树立起自立自强的意识，从而改变他们贫困的生活状态。

爷爷赛麦提离世后，麦迪亚娜的痛苦像水一样渗透在心底，一直无法适应没有老人的日子，内心空空荡荡的。白天她依旧去学校，笑靥如花。到了晚上，她有一种被抛弃的凄苦，慵懒地发呆，会忘记吃饭，想到自己做的手抓肉再没人吃了，她的眼泪不由自主地落下来。

麦迪亚娜每天最期盼的事情是睡前和任冰视频聊天。没完没了，然后安心入睡，感受到被围绕的关爱，她会从孤独中逃离出来，一瞬间觉得任冰给她带来了全世界，他们一点点地亲密起来。这种不安的依赖和依恋感让她常常思念远方。

偶尔，麦迪亚娜会想起男朋友夏亚尔，内心翻涌起强烈的愧疚。葬礼过后，她还没有和他好好告别，就匆匆分开。夏亚尔回到上海后，断断续续发信息给她。麦迪亚娜感觉他的安慰像是例行公事，自己竟然并不太在意。

对任冰的思念和对夏亚尔的不在乎，让麦迪亚娜意识到自己内心的天平倾斜了。

下班了，麦迪亚娜坐在办公桌前，若有所思地看着手机，打开任冰的朋友圈，点开他的头像，那是任冰画笔下的百合提村。那天他在村庄那边画画，她就在手机那头看着他画画。一股静谧的幸福感涌上麦迪亚娜心头。她又点开了夏亚尔的朋友圈，一句“仅展示最近一个月的朋友圈”，仿佛是夏亚尔心门上的锁，拒她于千里之外。

麦迪亚娜叹了一口气，拨通了夏亚尔的电话。白水市的小村庄和大上海有两个小时的时差，也把他们分割在两个世界。电话那头车水马龙，夏亚尔声音高亢，他正在和同学们聚会，说晚点联系她，就挂断了电话，似乎她的电话有点儿不合时宜。那夜，她没有等到他的信息，她安静地看着天花板，无法入睡。

麦迪亚娜回想起和夏亚尔确定心意的那一天。

北京，晚霞恢宏。

在大街小巷奔跑着刚刚结束高考的高中生们，他们拼命释放出压力。

夏亚尔拉着麦迪亚娜来到老地方，那是一处即将拆迁的院落，他们坐在房顶上。

熙熙攘攘的人群，车来车往的大街，没有比这更美好的时刻。

夏亚尔喊道：“麦迪亚娜，我喜欢你，做我女朋友吧！”

麦迪亚娜双手捂住羞红的脸，额前的碎发随风飞舞。夏亚尔温柔地拿开麦迪亚娜的双手，抚摸着她的脸庞，将她的一缕头发别到耳后，凝视着她。她害羞地点点头。

两人从内地新疆高中班毕业，考上了北京的不同大学。每个周末，他们坐地铁穿越半个城市相见，持续了四年的大学时光。

后来，麦迪亚娜回了新疆，夏亚尔去了上海读研。爷爷见证了他们曲曲折折的感情故事，现在麦迪亚娜再也无人可以倾诉了。

回想起来，夏亚尔似乎很少跟麦迪亚娜敞开心扉，她甚至不知道他对未来的打算。麦迪亚娜决定去上海找他。

麦迪亚娜打电话告诉夏亚尔自己在学校门口的时候，他惊讶无比，告诉了她一个地址，让她去那里找他。

咖啡馆里，帅气大方的夏亚尔穿着制服，左侧胸口戴着“领班”字样的胸牌。

“你不是说你在做家教吗？”

“孩子家离学校太远了，我就换了这份兼职。”

夏亚尔为麦迪亚娜点了一杯咖啡，就去招呼客人了，她的眼睛一直跟随着他，泛起心疼。偶尔经过，他摸一摸她的头，她内心温柔。

夏亚尔在学校附近给麦迪亚娜订了一间房。麦迪亚娜开始担心起来，这是她第一次和他来酒店，尽管以前他有过多次暗示。此刻，她找不到任何理由拒绝，内心忐忑。

麦迪亚娜坐在椅子上，夏亚尔坐在床边，握住麦迪亚娜的手。

“怎么突然来上海？”

“看你！”

他们聊起今后。

“明年你就毕业了，有什么打算？”

麦迪亚娜多么希望夏亚尔此时说出求婚的话。

夏亚尔沉默了一阵，看着窗外。

“我打算留在这里。”

在来的路上，麦迪亚娜就把自己和夏亚尔的结果想了无数遍，但是，他的这个回答却让她意外。

夏亚尔紧握拳头，轻轻地击打着墙壁。

“我有个弃国不归的父亲，还有一个为国牺牲的姨父，我不愿意成为他们当中的任何一个。我只想简简单单、开开心心。”

“你还有你的妈妈，还有弟弟……”

“我这种选择就是为了他们，你也来上海吧，我们一起打拼。”

麦迪亚娜吃惊地看着夏亚尔，这是她从未想过的事情，她毫不犹豫地摇了摇头。

“你一直生活在上海，你不了解新疆的变化有多大，那是我们的家乡，我爱它，我愿意留在那里。”

“你也爱我，对吗?”

夏亚尔露出近似痛苦的表情。

麦迪亚娜避开他的眼神。

“不知道。”

两人沉默良久。

“那我们就此分别吧，各自珍重。”

夏亚尔故意避开了“分手”这个词，语气冰冷。麦迪亚娜心底生寒。

“我不明白你的意思。”

“我们都在追寻自己的梦，我不想耽误你。”

麦迪亚娜的心被撕裂了。

在空荡荡的房间里，麦迪亚娜开始抽泣，任凭眼泪啪嗒啪嗒掉在手背上，这样的结果让她难过。

麦迪亚娜想起夏亚尔突然出现在白水市喀拉苏村的情景。那一刻，她在给孩子们念古诗《相思》，他从她背后突然冒出来，她涌起了一种拥有彼此一生的强烈感觉，这种感觉让她有一种归属感。而现在，时间从麦迪亚娜身边带走了爷爷，又把夏亚尔从她身边抽走。

此刻，麦迪亚娜觉得自己像一个孤苦伶仃的孩子，放声大哭起来。

电话响起来，是任冰打来的。麦迪亚娜已经一整天没有回任冰微信了，看到来电显示，麦迪亚娜心里一阵委屈。

“怎么不回信息，别吓我！还以为你出什么事了呢！”

麦迪亚娜强忍着泪水没有说话。

“一定有事发生。”任冰察觉到了不对劲。

麦迪亚娜哽咽着诉说了一切。

麦迪亚娜一夜无眠，她打开手机，搜索如何度过分手的痛苦期，网友意见一致：要么新欢、要么时间。

“该来的必将经历，人生好长，这才开始！”麦迪亚娜安慰自己。

远方的任冰内心激动，他等这个结果好久了，连夜订了一张去上海的机票。

早晨，一阵清脆的敲门声，任冰到了。

“傻丫头，真担心你愁出事来。”

麦迪亚娜瞬间崩溃，心里充满被人疼爱的感动。

为了消解麦迪亚娜的痛苦，任冰带她去了迪士尼乐园。

他们来到米奇大街主题园区。米奇和一群卡通人物在迎宾大道神采飞扬地迎接客人，白玉兰路灯、米奇喷泉、精彩奇航、童话城堡……动画人物活灵活现地出现在眼前。他们一下子回到了无忧无虑的时光，兴奋起来。

麦迪亚娜开心得像个孩子，和每一位迪士尼人物互动，任冰拍照记录下她微笑的每一个精彩瞬间。

麦迪亚娜和任冰来到奇幻童话城堡，站在露台上，俯瞰梦幻世界园区。突然，一个熟悉的身影闯入麦迪亚娜的眼帘，她揉了揉眼睛，确认了那个搂着戴米奇发箍的姑娘的男人，是夏亚尔！那个姑娘麦迪亚娜认识，她是夏亚尔的大学同学。麦迪亚娜曾开玩笑问夏亚尔："她是不是喜欢你?"夏亚尔不屑地否定了她。

原来这个米奇姑娘才是夏亚尔不回新疆的理由。

生气、委屈和被欺骗的愤怒，所有情绪一下冲进了麦迪亚娜的大脑，涨红了她的脸。

"玩备胎，收拾他!"

麦迪亚娜没有拦住任冰。

任冰上前推了夏亚尔一把，又把麦迪亚娜拉到米奇姑娘面前，说："来，我给你介绍一下，这是我妹麦迪亚娜，昨天还是你男朋友的女朋友!"

米奇姑娘仰头看天，说："我们认识，在北京上学的时候。"

"哦，原来在大学就开始抢了啊!"

任冰抓起夏亚尔的衣领，夏亚尔也不甘示弱："山雀只能看着雄鹰的影子，我的事情你够不着管!"

"你欺负我妹妹，我还能不管?"

任冰挥去一拳，两人厮打在一起。

麦迪亚娜怔怔地站在一旁，突然觉得眼前的夏亚尔如此陌生，像个野兽。

在被警察训诫以后，夏亚尔带着米奇姑娘走了。

麦迪亚娜和任冰坐在石椅上，她突然哭起来，他一把将麦迪亚娜抱在怀里，心如刀割。

"让我做你的男朋友吧!"

麦迪亚娜挣开任冰的怀抱，擦擦眼泪。

"你是我哥哥!"

“我喜欢你，你也喜欢我！对吗?”

麦迪亚娜苦涩地低下了头。

任冰担心麦迪亚娜经不起爷爷去世和失恋的双重打击，邀请她一起去北京看她父亲伊利哈尔。

看到任冰和女儿一起回来，伊利哈尔心中的鼓又敲起来了。回村参加父亲的葬礼时，伊利哈尔就注意到了这对兄妹的亲密无间。

麦迪亚娜来到父亲伊利哈尔在北京的家，她像给爷爷做饭一样给爸爸做了手抓肉、抓饭、拌面。伊利哈尔吃得很香。

他们多年以来分开生活，突然相处在一个屋檐下，两人都有些不适应。伊利哈尔语无伦次地说起任冰，说起夏亚尔。

“只有爱到老的人，没有谈到老的恋爱。散了就散了，皇帝的女儿不愁嫁。”

麦迪亚娜又一次哭起来。

伊利哈尔思来想去，打通了任乐水的电话，两人商量，决定让麦迪亚娜调去任乐水所在的百合提村。

麦迪亚娜哭着点头，在新疆，她唯一的亲人就是叔叔任乐水了，而且她也想看看任冰画笔下的那个村庄。

回疆以后，麦迪亚娜向学校请了长假，去了百合提村。

任乐水常常陷入思考，为什么日新月异的发展都无法改变这里的贫困？看看村庄的环境，政府常年扶贫，村村通了柏油路，电视、无线网络和外面的世界没有两样，家家通电通水了，孩子都有学上了，除了像艾拉提那样极少数的贫困户无能力贷款，住房还是十几年前的抗震安居房外，其他人家几乎都是政府无偿投资几万块，村民自筹一些建起来的宽大结实的富民安居砖瓦房。但为什么他们还是这么贫困？虽然解决了不愁吃不愁穿的问题，但村民手里没有现金，生活依然拮据，遇到了疾病、灾害立刻就陷入了困境。时代在变迁，创造了中国的发展奇迹，而这里的贫困面貌依然如故。

任乐水把自己当作一无所有的村民，在想到底问题出在哪里？现在我和村民一样都是白手起家，而我和他们的区别是为了帮助他们扶贫，我内心充满了希望和得到财富的梦想，虽然他们有很多人梦想着致富，却安于现状。

他的脑海里闪现出一幅幅画面，高耸的电塔、密布的网线、笔直的村路、整齐划一的居民区、贫瘠的土地、沉闷的村民、快乐的孩子……艾拉提、卡德尔和亚然愁苦的脸，那些面孔布满了迷茫、无奈和苦楚。他们像一个个失去了动力的马达，漫不经心地在贫困的坡地下滑，日复一日地期待着好日子的到来，却不反思应该改变些什么，对寻求新的致富之路无动于衷也无可奈何。

在同等的发展环境之下，只要思想沉睡了，财富必将远离这些人群，创造财富的驱动力来自我们的思想，来自我们的大脑。在一些村民的脑子里“赚钱难”“富不了”已经成为思维习惯，以至于几乎丧失了拼命努力的勇气。简单地教育他们，说要找到致富奔小康的路，就犹如要攀登一座险峻的高峰，没有做好出发的准备。而最重要的是思想准备，使贫困户在灵魂深处拥有脱离贫困的渴望，拥有希望和梦想，然后在扶贫过程中，让他们一天天进步，拥有获得感，梦想成真，相信：幸福都是奋斗出来的！

只有从贫困户的心灵深处唤醒脱贫的欲望，他们才会在充满希望的状态下，主动作为，一起去拼搏奋斗。而这一切的转变都必须先帮助他们找到致富的路子，激发出他们的勇气，才能唤起他们的自信。

任乐水翻来覆去思考着这些问题。

第二天，柯蓝开车和任乐水去洛浦县的天时公司。

公司老总雷大壮是个传奇人物，上世纪九十年代博士毕业后，从北京来到新疆，做肉苁蓉研究，一心一意要把学术成果转变为科技实践，立志要发展中国最大的管花肉苁蓉特色产业基地。目前，他们建设的管花肉苁蓉完整产业链是全国最大的，人工种植的红柳不仅防风治沙，而且发展的肉苁蓉产业已经让许多村民脱了贫。

“我们要搭上肉苁蓉产业的快车，就像小马驹奔跑在草原上，一会会儿精准扶贫的任务就完成了。”柯蓝说。

“这个人了不起。天下大事当于大处着眼、小处下手，在新疆，沙漠红柳生长了千百年，没有人因此致富，可人家雷大壮不但有学问还有抱负，把那么平常的一个植物种成了黄金，种在了老百姓的心田里。”任乐水说。

“书记，你也是个大学者，用不着这样吹捧别人。”柯蓝说。

“不是吹捧，我那些学问花拳绣腿，不能学以致用，只能评个职称养家糊口，人家这是科技创新，把学问种在大地上，我泱泱中华就需要这种创新呀。”任乐水说。

他们没有见到雷大壮。他现在是名人，业务繁忙，国内国外飞。任乐水有点儿失望，给李木水打了电话，请他联系雷大壮，约个时间见一面。

任乐水仔细地看了一遍展厅里的企业介绍。

天时公司开发了良种培育基地，人工种植五十万亩红柳，建设了鲜品收储体系和鲜品加工生产线，天时牌康佳片获得了三项国家科技专利，公司实施“公司+院校+基地+农户+工厂”的运营模式，产、学、研、用深度融合，已经解决了十五万人的产业脱贫。

任乐水看得热血沸腾，他觉得自己找到了一个好路子。

“去育种基地看一下。”

“大戈壁滩有什么好看的，不和我们村里的一样？”柯蓝说。

“我们村庄的戈壁滩生产贫困，人家的戈壁滩盛产财富！我看你和村民差不多了，看到的只是眼前的黄沙，看不到未来。人家的产业基地不仅是先进生产力的代表，还是一个旅游点，每增加一个旅游就业人口，就会带来五至七人相关产业链的就业，脱贫的速度是数量级的。我们做扶贫工作，自己的思想要先脱贫。”任乐水说。

柯蓝开车向十几公里以外的红柳基地驰去，路过一个卖馕的小摊，顺便买了几个馕，两个人就着矿泉水一人吃一个干馕，噎得不住地打嗝。

任乐水一直在琢磨天时公司的下一步规划，他们在国家扶贫办的支持下，还要进行一百万亩产业园的建设，可解决一万人的就业，按每户四人计算，可以让四万人脱贫致富。他想自己无论如何要搭上这趟扶贫列车。

“天时牌康佳片吃了助睡眠，消除疲劳，解肝毒，喝酒不醉。阿解放刚来时想老婆整夜睡不着，如今他一躺下像冬眠的熊，呼噜震天，喝起酒来像喝水。”柯蓝说。

“别光想着自己喝酒，什么时候能让村民们天天有肉吃。”任乐水说。

一路上，任乐水脑海中重复着简介里的一句话：北纬三十七度，尽得大自然的灵气，它所穿行而过的地域尽是人类文明荟萃之地。

任乐水沉浸在巨大的震撼之中。那片五十万育种基地，一望无际，布满了以色列先进的滴灌设施，每一株红柳根部都有滴管在计算机的指令下按时按量滴水灌肥，黑色的管网覆盖在田野，鲜艳的红柳生机盎然。

这里的一切完全改变了他对红柳的认知。以前总是看到零星的稀稀落落的野生红柳，蔫头耷脑，偶尔怒放的红柳花显得形单影只、势单力薄，衬托出沙漠的荒凉和生命的顽强。而今天，红柳在他眼里完全成了奔驰在荒漠上的一队队骑手，在向荒芜的大自然宣战。

任乐水对种植红柳充满了期待。

任乐水去县政府找张振民，等了一个小时。眼看到了下午下班时间，张振民才开完会，疲惫地回到办公室，见到任乐水一副爱理不理的样子。

“我把自己抵押给了工作，连给孩子打个电话的时间都没有，等一会儿，我去尿个尿。”张振民说。

“我见到这些官员就头疼。总是一副趾高气扬的样子，都不知道世界有多大。乌鲁木齐一个街道都比这一个县大，马驹子走在山沟，看不到山外边。”柯蓝说。

任乐水顺手拿起一张报纸，社会版在报道祥鹏航空空姐遇害案件。5月6日，一个小姑娘在郑州市航空港区搭乘一辆轿车回市区时遇害，嫌犯是一名滴滴司机。

“丧心病狂！小姑娘是独生女，一个家庭将生活在悲苦中。”

任乐水的心抖了一下，像被人击打了一锤。

“还是我们新疆安全。”柯蓝说。

张振民进来了，听完任乐水种植红柳搞肉苁蓉产业的打算，笑起来。

“就你那二千亩地，没有规模效益，人家企业不会投资，再说红柳产肉苁蓉，也就是大芸，从种植到产生效益要三年时间，你这两年喝西北风呀？理想丰满现实骨瘦如柴，要是行别人早干了，还等你任乐水同志虎口拔牙？”张振民说。

“只图短平快，没有可持续，是不是方向有问题？”任乐水说。

“我说呀这事儿多，都是你们这些闲人找出来的，看门的神仙——管不了庙里事，你不想眼前村民怎么把钱装进口袋的事，想那么远有什么用？今年村民吃什么？你怎么通过每个月的考核关？”张振民说。

任乐水愣了一下，觉得他的说法也对，又好像不能说服自己。

“我们扶贫又不是为了考核。”柯蓝呛道。

“那别的县为什么就让村民依靠肉苁蓉产业脱贫了？”任乐水说。

“肉苁蓉当然可以脱贫，但你们已经失去了机会，就只能解决眼下的问题。一村一策要有可行性，不能一哄而上。”张振民说。

“要谋长远之策，是不是每一届扶贫书记都为了完成指标，把这个有点难和慢的事情放下了，然后就没这方面的想法了。”任乐水说。

“我的理论家，我一届县长五年，剩下这两年搞不定这些复杂的事情，吃到肚子里的馕才是饭。别好大喜功！”张振民说。

张振民露出恼怒的神色。

“再说，项目需要资金，你那两千亩地，开荒要一百二十万，配套滴管设施要八十万，还有其他配套设施少说合计三百万，谁来投入？有那么多钱，还不如分给贫困户。”张振民说。

任乐水的好心情一下子落到冰窟窿里。怎么保证长远利益和短期效益也是一个现实问题。

回到村里，已经是夜里两点，县上的视频会议还在开，好不容易轮到张振民副县长讲话，还是老一套要求各乡镇各村搞“一村一品牌”，每个村搞一个特色项目，不能重复，要搞创新。然后公布了一个项目表，一一对号入座，到了百合提村，竟然是养殖鸵鸟和搞蔬菜大棚。张振民讲了两个小时，却丝毫没有停下来的意思，听得人昏昏欲睡。

任乐水从会场走了，他内心焦急，也很无奈。扶贫要因地制宜，百合提村跟乡里大多数的村一样，差不多的地理条件，差不多的贫困原因，养鸵鸟是什么鬼？搞蔬菜大棚又是哪一出？县上本应该先搞示范点，然后推广到全乡乃至全县，从而产生规模效应。搞什么“一村一品牌”？“一村一策”是找到扶贫之策而不是各搞各的，杂七杂八的项目搞一大堆，除了变成一纸漂亮话，吃亏的到头来还是村民。

任乐水返回会场，一把关掉了视频。

“回去睡觉。”

大家本来敢怒不敢言，任乐水这么一关机，让他们觉得解气、痛快。

不一会儿，一个电话打到工作队，点名找任乐水。

“任乐水同志，你擅自离开会场是什么性质！你是城里来的官，就可以不把我这个县长放在眼里了吗?”张振民吼道。

任乐水静静地听着。

“喂！喂！还在吗?”

“县长同志，我在听。”任乐水轻声说。

张振民一下子泄了气，他吼任乐水，全凭一口来自头顶帽子的气，让他有一种不自信的感觉。每次他们见面，双方有点儿惺惺相惜，也会怒火飞溅。但这次任乐水直接关他的视频，让他快气爆了。任乐水那淡然的语气像一根银针，一瞬间就把他的气撒了，他又矮下来。

“县长同志，扶贫要真扶，花样要不得。玉龙县地处偏远、严重缺水，全县没有一个拿得出手的支柱产业，现在应该从产业规模化上做文章，怎么落实一村一策?不是简单地搞一村一品牌，要因地制宜，围绕产业化做文章，否则搞到最后，乱七八糟的手工作坊一堆，能带来效益的能有几个?”

张振民听不进去，有点儿气急败坏。

“好了！你有意见留给自己，你搞清楚一点儿，我抓的是硬落实，不是征求意见！风险评估、效益评估与你无关。”

任乐水的内心生出无尽的悲凉。扶贫不是在书斋里学屠龙之术！

在4月的月度脱贫攻坚评比中，任乐水所在的村委会被挂了面警示旗，堵得他眼涩。

六

夜光如水，繁星闪烁。

一个柔弱的身影在移动，麦迪亚娜拖着行李箱，走在夜色里。这个倔强的“90后”姑娘一点儿也不向往城市的繁华。

一见任乐水，麦迪亚娜泪水决堤，委屈地扑在他怀里。

“叔叔，全世界都不要我了！”

“傻丫头，还有叔叔呢。”

任乐水轻轻拍拍麦迪亚娜的背。

任乐水下厨做麦迪亚娜最爱吃的青椒肉丝拌面，特意邀请了吉庆融。

吉庆融终于见到了传说中的麦迪亚娜，立刻认出了她，这不正是和任冰视频的那个姑娘吗？醋意翻涌了一下，转瞬即逝，她惊叹于麦迪亚娜的美貌。

“这是我侄女。”任乐水说。

这让吉庆融产生了强烈的好奇，书记怎么会有一个维吾尔族侄女？

麦迪亚娜热情地向吉庆融伸出手。“不速之客”的肌肤似乎被牛奶浸润过，格外洁白，身上散发出好闻的玫瑰香气。吉庆融伸出手，阳光早已在她手上留下痕迹，肤色对比鲜明，她有些窘迫。

麦迪亚娜亲昵地一口一个“叔叔”叫任乐水，吉庆融心生波澜，有种莫名的排斥，却装作若无其事。

麦迪亚娜住进了吉庆融的宿舍。吉庆融的手机响了，显出熟悉的微信头像，任冰说："吉同志，这会儿你应该在村里见到我妹妹麦迪亚娜了，恳请你替我照顾她！"还发了个三个龇牙笑的表情。任乐水父子非同一般地关照麦迪亚娜，还要我把她捧在手里含在嘴里？好不容易接到任冰的信息，还是操心别的姑娘的。

吉庆融回了句："是不是你的作业太少了，我奶奶家隔壁三叔的女儿的羊丢了，你抽空找下？"

麦迪亚娜也在回微信，嘴角一直翘着。吉庆融心生烦躁："麦小姐，我带你去村里转转。"

"好别扭的叫法！叔叔说你比我大一岁，我叫你融融姐，你叫我亚娜妹妹吧。"

麦迪亚娜挽起吉庆融的胳膊。吉庆融被突如其来的热情搞得浑身不自在，借着关门，躲开了麦迪亚娜的手。

吉庆融各种提问，才闹明白任乐水是麦迪亚娜爷爷的养子，他还有个维吾尔语名字"伊力哈姆"。

"我爸爸叫伊利哈尔，我另一个维吾尔族叔叔叫伊利亚尔，也是我爷爷的养子，只有我爸爸是爷爷奶奶亲生的，但我们都是一家人。"麦迪亚娜说。

"怪不得任乐水书记维吾尔语说得那么好，原来还有这样的故事。"

"任冰是你哥哥还是男朋友？"吉庆融问道。

麦迪亚娜羞红了脸。

吉庆融小心翼翼地提及任冰，这是她最想听的。

"你没见过我，可我见过你。……我在任冰的视频通话里见过你。"

听到"任冰"两个字，麦迪亚娜的眼神变得明亮。不知从哪天起，这个人已经渐渐走进了她心里，当这个大男孩对她表白之后，她的内心似乎又有了异样的感觉。

“哈哈，这个任大头，他居然也来过这儿。”麦迪亚娜笑着掩饰。

“你们俩认识多久啦？”

麦迪亚娜说不太清楚，好像没几年又好像很多年。

“他是我哥哥！”

吉庆融的眼中绽放出光彩，这是她最想听的答案。

夜里，麦迪亚娜在回微信。吉庆融一眼就瞥见了那个熟悉的头像——任冰。

这哪里是兄妹呀？吉庆融的心变得冰凉。

任乐水从两个女孩子的言谈里读出了她们的小心思。

任乐水拨通了任冰的电话。

“你没惹麦迪亚娜吧？她来我这哭得好伤心。”

“唉，一时也说不清，直接点说，就是她失恋了。”

“我知道，应该还有别的……”

“要不要听听年轻人的恋爱故事？”

任乐水不接任冰的话茬挂了电话。他内心矛盾，一边希望麦迪亚娜能磁铁般把任冰吸回到他身边，一边也不希望儿子在这里蹉跎青春。

终年积雪的昆仑山耸立在遥远的天边，冷峻而雄伟，雾霭散尽，皑皑白雪发着光，露出冷峭的山峰，苍穹之下，阳光明亮，天空湛蓝。

麦迪亚娜深情地呼吸着空气，仿佛在寻觅任冰的气息。

正是放学的时间，幼儿园门口一个个“小不点”小鸟般唱着跳着，跑向爸爸妈妈的怀抱。

阿娜尔来接女儿苏莱娅。看见吉庆融，苏莱娅跑过来，吉庆融蹲下亲吻了一下女孩的额头。苏莱娅瞪着圆溜溜的大眼睛看一旁的麦迪亚娜，麦迪亚娜蹲下来。

“姐姐，你好漂亮啊!”

苏莱娅情不自禁地捧起麦迪亚娜的脸蛋，奶声奶气地说。麦迪亚娜一把抱起苏莱娅。

“艾拉提最近怎么样?”吉庆融问。

阿娜尔眼神闪躲，抱过苏莱娅匆匆离去。

“哎哟哟，一只金凤凰飞到了村里。”

加吾兰咋咋呼呼现身，盯着麦迪亚娜看，不等吉庆融介绍，就伸出手。

“小姐姐好！我是幼儿园的支教老师加吾兰。”

麦迪亚娜含蓄地点下头。

“别理他，他一见到美女就流口水。”

“花有百样红，人有千样美，我抒情一下而已。”

加吾兰意味深长地望一眼吉庆融，接了她一个白眼。

吉庆融拉着麦迪亚娜回村委会。之前，吉庆融是红花一朵，众星捧月；麦迪亚娜一来，春光明媚。

晚上，吉庆融翻来覆去无法入睡，一边的麦迪亚娜对着手机屏幕嘿嘿发笑。吉庆融没来由地捶打枕头，弄出声响。如果麦迪亚娜没有出现，吉庆融相信自己会将任冰尘封在心里了，可现在这个小女孩时时提醒自己，任冰是她得不到的人，这种感觉让她抓狂。还有油嘴滑舌的加吾兰掺和进来，也够闹心。

“加吾兰、麦迪亚娜!”吉庆融一遍遍默念他们的名字，突然心生一个大胆的想法：要把任冰留给自己!

第二天晚上是支教老师每周来村委会参加政治学习的日子，吉庆融特意早早约了加吾兰，这让加吾兰兴奋不已。

刚落座，“你带的那个美女呢?”加吾兰问。

“人家有名字，叫麦迪亚娜，来学习还是来看人？念念不忘了？都单着，喜欢就认真追。”吉庆融说。

“我要追你，天地良心，日月可鉴，别乱点鸳鸯谱。”

加吾兰一脸认真。

“咱俩？可能吗?”

“怎么就不可能?”

“你是维吾尔族，我是汉族啊!”

“你这老古董的观念。都二十一世纪了，让我们乘着新时代的列车追寻神圣的爱吧，在爱情的国度，年龄、族别犹如浮云……”

“麦迪亚娜人美心善嘴又甜，你人高马大吃相好，你们可以轰轰烈烈。”

吉庆融被自己逗笑了。

“话一到你嘴里就串味儿了。”

“君子成人之美。”

“我允许你喜欢任冰，请你也允许我喜欢你，我们以后都别再提什么麦迪亚娜了。”

加吾兰变得严肃起来。

吉庆融一时语塞，悻悻而去。

麦迪亚娜在办公室帮着填报扶贫材料。

“你哥任冰让我照顾你，真难为我。加吾兰倒是一个会照顾人的好小伙子。”

吉庆融故意强调任冰的哥哥身份，话题转换得生硬。

麦迪亚娜手背支着下巴，若有所思。

“我现在关心的是，如果我能留在这里当老师就好了，可以和我叔叔不分开了!”

“好办，我去给你叔叔说。”

前段时间，县里刚来了一批支教老师被分配去了小学和中学，现在只有村幼儿园还缺老师，尤其是缺经验丰富的老师。麦迪亚娜的想法和任乐水的想法不谋而合。没过多久，麦迪亚娜如愿来到百合提村，当了一名幼儿园老师。

加吾兰怒气冲天，去村委会找吉庆融理论，进了院子他把自行车摔在地上，平时那辆车他爱惜得轻易不让人摸。

吉庆融在电脑前敲字，眼睛盯着屏幕没回头。

“你想甩开我，把麦迪亚娜安排在幼儿园，这是手段吧?”

加吾兰说话字正腔圆，声音不高，右手握拳，食指关节敲打着桌面。

吉庆融的小心思被加吾兰一眼看穿，她怒从心底起。

“幼儿园缺老师，你的情情爱爱能有教育扶贫重要?”

加吾兰根本不相信吉庆融的说辞。她一副事不关己的神态。

空气凝固，他一下子泄了气，像针扎的气球蔫了下来，他觉得自己的心意被践踏了，感情像一件任人摆布的玩具。

“吉同志，有一天我的婚礼您一定会出场!”

加吾兰突然笑起来，眼里闪着泪光。

吉庆融虽然有私心，但加吾兰痛心的眼神让她不安，她反问自己是不是做错了什么。“没有，什么都没错!”她不停地宽慰自己。

麦迪亚娜来到幼儿园，加吾兰当作什么事都没发生，带着她熟悉环境和教学流程。后来，他们常常在一起，研讨课程、做美术手工、打扫卫生甚至一起跳操，两个人看起来十分亲热。

吉庆融的内心像深水里投进了一颗石子。

麦迪亚娜渐渐发现加吾兰一大堆优点，他乐观幽默、思维敏捷、工作认真，是同事们、孩子们和家长心目中的“光明使者”。看到他灿烂的样子，她有时会悄悄地多看几眼。

每天放学后，加吾兰会坐在安静的园区弹吉他。夕阳慢移，映出他长长的身影，他的歌声在风中摇曳，那一刻他显得多情而忧郁。

那天，加班到很晚，加吾兰提出要送麦迪亚娜，她没有拒绝。

加吾兰身着蓝色牛仔衬衣、蓝色牛仔裤，裤管上露出膝盖，脚穿一双亮眼的黄色登山鞋，身形修长，活力四射，古龙香水味隐隐飘散。

麦迪亚娜裙裾飘飘。

他手插裤兜和麦迪亚娜并排走着。

路灯的光时隐时现，地面的影子像黑布烫出的洞。

“你特别像一个人。”

“像谁?”

“我妹妹。”

“她现在在哪?”

“在我心里。”

“什么意思?”

加吾兰从口袋里掏出皮夹子，借着路灯，给麦迪亚娜指了指他和妹妹的照片，女孩皮肤雪白，眉眼深邃，五官轮廓和加吾兰神似，而她的鼻型像极了麦迪亚娜。

麦迪亚娜非常惊讶。

加吾兰边走边说，像是自言自语又像是倾诉。

“我的妹妹克孜要是活着，现在应该大学毕业了。在一个下雪天，醉酒的司机开车碾过了她。”

麦迪亚娜一下子感觉到了加吾兰的痛苦——昨天还能感知到她的温

度，今天却已天人两隔，然后，时间如刀般抽丝剥茧，一下一下割着心，直到痛楚变得麻木。

加吾兰情绪低落，两人一路无语走到村委会门前的小卖部。烤肉架的火苗正旺，摊主热情地召唤着。

“烤两片馕，再要四个羊肉串。”麦迪亚娜点了餐。

飞蛾义无反顾地扑向炭火，瞬间蒸发。

加吾兰有心再走几步去村委会院子叫出吉庆融，但忍住了。

“食物是最温暖的治愈，吃吧。”麦迪亚娜说。

两人在路边畅快地撸串。

“亚娜妹妹约会呢？”

夜幕里传来吉庆融的声音。

麦迪亚娜慌忙解释：“下班太晚了，加吾兰老师就送我回来。”

吉庆融轻蔑地看一眼加吾兰，消失在村委会院子里。

星光闪烁的夜空，燃烧的火焰，浪漫的青年，一切都和吉庆融无关。吉庆融的情绪在酸楚的心底奔腾：这就是男人，见一个爱一个？

女孩子就是这样，不喜欢喜欢自己的人，但也不喜欢喜欢自己的人喜欢别人。

“贫困户档案整理完了没有？”阿解放催促吉庆融。

吉庆融心中的火一下蹿上来，昨天他才安排的工作，今天就催，不是说好周五吗？

“正在做！”吉庆融生硬地说。

她一直觉得阿解放是挡在她面前的一座土丘，时常压得她喘不上气。她天真地以为在村子里自己不直接归阿解放管了，但眼前，任乐水领导大家，阿解放领导吉庆融。

刚入职的时候，吉庆融褪去焦虑，把喜讯告诉母亲，一家人都为她能考上事业单位、留在乌鲁木齐而开心。吉庆融想在这座城市安定下来，她不想回又穷又远的老家，她安慰自己，乌鲁木齐和兰州一样也是座不错的城市，有前途！

吉庆融对未来充满信心！第一天报到，她认识了分管她的领导阿解放，“阿老师”上下打量她，说：“以后叫我阿处长。”吉庆融所在的部门主任级别的科员都下乡了，副调研员阿解放就管吉庆融和另外一位同事。

阿解放坐在办公桌前，吉庆融站着。“记住最重要的两点，一是开会最重要，任何时候通知开会，放下手头的工作立马去；二是别的事情再重要也没有领导安排的事情重要。”吉庆融立马翻出包里的纸笔，“用脑子记！”阿解放语气严厉，像训小学生。吉庆融心想学校里教的都是集体利益比个人利益重要，必要时要牺牲个人利益。她不敢反驳。办公室的冷气也抵不过阿解放的“炙烤”，吉庆融一身汗。

那时，吉庆融的工作是负责出简报，但她一天里没有多少时间能做本职工作，打扫卫生、去食堂打包午饭、去别处送材料……她最不理解的是阿解放为什么不去食堂吃饭，偏要让她每天穿梭在人群中，提着一塑料袋的汤汤水水给他送。常常，吉庆融刚吃一口冷饭，阿解放又在隔壁办公室喊她拿配料，然后满意地说：“吃拉条子就要放点醋。”

日子久了，吉庆融习惯了被阿解放安排工作。

让吉庆融没有想到的是阿解放还让她帮他儿子写一些文章。他儿子在外地上大学，主持词、活动的总结、作文……大文章、“小豆腐”块雪花般向她飞来。吉庆融悉心地帮阿解放儿子写文章。可一遇到工作任务，他又吼道：“一天不务正业，工作你不做吗？”所以吉庆融总是在加班。

吉庆融好强，追求完美，阿解放给她安排了做不完的事。实在忙不过来的时候，她一张口解释，阿解放便一脸怨气，“谁是领导？要不你来当?”吉庆融沉默不语，同事们都是一副看戏的神情，把她看作阿解放的“得力助手”。吉庆融陷入了无助的绝望中。夜晚，她常常面对电脑号啕大哭，用力拍打桌子，双脚狠跺地面，然而，只有钟表滴答滴答的声音在陪伴她。

阿解放让吉庆融变得神经紧张，她想逃离，开始抗拒每一天的到来，每个清晨她都毫无生气地走在路上，黑着脸走进办公室。吉庆融开始尝试反抗，寻找一切能逃离的机会，她报名去农村支教，临行前却被告知被人换了下来，阿解放要去陪儿子半年，他的部室要有人工作。终于，在第三年，吉庆融的机会来了，她报名参加了“访惠聚”驻村工作，结果她和阿解放又一起来到村里扶贫。晴天霹雳!

夜深了，村庄睡去。

吉庆融打了个激灵，突然醒了，看着电脑满屏的数据，她揉了揉眼睛，无数的心酸与委屈涌上心头。

第二天一大早，吉庆融把汇总好数据的优盘拿给阿解放，他头都没有抬，让她把桌子上的一大堆材料拿走，再写一个汇报材料。

“阿处长，我是头骆驼，您也得喂喂草，让休息一下吧!”吉庆融说。

阿解放瞪大眼睛看着吉庆融，说:“现在的年轻人不懂得奉献，干点儿活就撂挑子!”

吉庆融用尽全身的力量把桌上的材料往地上一扔。

“我干得还少吗?”

吉庆融全身发抖，冲出办公室，多年的委屈在这一刻倾泻而出，眼泪鼻涕直流，她用袖口抹了抹脸，向院门口飞快走去。

柯蓝在后面一直追，使了好大的劲才把吉庆融拽回办公室。吉庆融坐在沙发上哭得上气不接下气。

任乐水心疼地看着小姑娘泪水斑驳的脸，递给她一杯开水和纸巾。

“要磨炼，我们都是这么过来的。”任乐水说。

“是折磨！你们这么过来了，就让我们也这么过来？阿解放他就是对我职场PUA!”这是吉庆融第一次没有称呼阿处长。

“什么意思？”

吉庆融对着电脑一顿噼里啪啦，递给任乐水一张A4纸，上面写着：

“PUA源于美国，全称‘Pick-up Artist’，原意是指‘搭讪艺术家’，职场PUA指的是职场中上级对下级的精神控制，会交付给你巨大的‘压力’，下级无论怎么做都会被批评打击，员工逐渐否定自己的价值，从而被迫服从领导的权威和羞辱。”

吉庆融自言自语：“他说我是被他选中的那一个。我一度真的想要去顺从他，但他给我造成巨大的挫败感，让我也否定了我自己。”

吉庆融一吐为快，释放了自己所有的情绪，眼角的清泪颗颗分明。

任乐水一言不发，他原本以为自己阅人无数，吉庆融也被自己一眼看透，但今天才知道吉庆融复杂的心态。

“我找阿解放谈谈。你要快乐起来，以后的日子还长。”

在任乐水心里，吉庆融是一个心眼好、性格好、能力强的孩子，偶尔的任性也不见得是缺点。好家伙，她让阿解放整得险些抑郁。

从那天以后，任乐水对吉庆融多了几分关注。她感受到了他的心疼和关怀。

任乐水虽然不赞同张振民的做法，但也说不出他哪里不对。县上定了的项目是要落实的，有什么办法解决这些形式主义的问题？或者能够解决自己村庄现实的扶贫问题？雷大壮的天时公司和李木水的昆仑奔腾畜产品有限公司的发展路子肯定是对的，那么要如何借助他们的平台把百合提村的经济发展带动起来，让村里的农民参与进去？

这些问题搅得任乐水头痛欲裂。他突然觉得让一大群干部下乡扶贫，首先这些干部要了解经济发展规律，要成为发展经济的行家里手，然后再谈带动农民的事。能力不足，只能摇旗呐喊，予人一杯水，自己得备一桶水。任乐水发现，面对一个小乡村的经济问题，自己这个所谓的学者有点儿束手无措，他决定还是要向企业家去求点真经，打开思路。

来到洛浦县，雷大壮还是不在，工作人员说已经把百合提村扶贫的事情给他汇报过了，他并没有留下什么话。

又起沙尘暴了，刚才还晴空万里，这会儿就遮天蔽日，狂风呼啸，浮尘满天，呛人的空气让人窒息，路面的有效能见度只有几十米。

任乐水悻悻地坐上车发呆。他的自尊心有点儿受损，论名气他任乐水也是大名鼎鼎，此刻，好像在雷大壮眼里他就是个农民，顶多算个村干部。

“这人架子大，又不向他借钱，只是借个道儿。”柯蓝说。

“无平不陂，无往不复。”任乐水说。

“啥意思，叽里咕噜的?”

“什么事都不会一帆风顺。”

“去哪里？现在回去只能跑二十码，要三个小时，还危险。”

“先去昆仑市吧。”

开了两小时车到了市区，他们饥肠辘辘，各要了碗牛肉面，又加了一盘腱子肉。

风小了点，地面乱滚着广告牌和各种垃圾。

“要不是为了工作，谁来这里受罪。”柯蓝说。

任乐水打通李木水的电话。这会儿李木水正在公司里舒服地喝茶。

李木水十分热情，站在十八层楼的落地窗前，介绍昆仑市貌。

玉龙喀什河像飘逸在尘土中的银带从北向南蜿蜒着穿越城市，市中心毛主席接见库尔班大叔的雕像朦朦胧胧，整个市区灰蒙蒙一片。

他们坐在考究的实木茶几边，李木水沏了一壶茶，茶色金黄，入口甘甜。

“这是我珍藏的一级猴魁，缓解咽炎，平肝利尿，软化血管，减肥美容，每天喝几杯，神清气爽。”李木水说。

任乐水想起以前一个朋友送来一瓷壶猴魁茶，还说了个故事。一个名叫魁的人看到一群猴子，每天采一种植物泡湿了，把植物贴在猴王的眼睛上。原来猴王有眼疾，猴子们发现每当猴王的眼睛被植物捂一次，猴王就可以看清小猴子了。这植物就是一种野茶。

“羊有跪乳之恩，鸦有反哺之义。”朋友说。

猴魁茶树生长在安徽九华山，层峦叠嶂，山陡路险，后来，魁训练猴子攀缓悬崖去采茶，猴魁茶因此得名，享誉天下。

他们转入扶贫的话题。

“我觉得要先认清一些问题。我一直不好意思说，怕口出狂言，伤害了扶贫干部。”李木水说道。

“我们是政策都知道，做起来有点老虎吃天——无处下口。文件里说得清楚，扶贫干部首先要落实任务，但那是行政工作；要教育群众，是党建工作。这些都不能少，但还是不明白，我们应该怎么干?”任乐水说。

“我认为，扶贫要先从认识上解决问题，扶贫干什么？从我们企业家的眼里看，扶贫还是一个经济学问题，一种以投资促发展的投资学实践，经济投资就讲究经济效益，落脚点在产业，要创造一种模式，一种可持续增长的乡村经济发展模式。”李木水说道。

任乐水如沐春风，感觉到李木水毕竟是企业家，他的说法和自己感知的现实确实很一致，很多干部有思路、有想法，就是没有投资效益意识，许多时候在以完成工作任务为目标。自己和张振民的矛盾焦点原来也在这个点上。

“扶贫干部不仅仅是一个国家干部，还要有点儿企业家的精神。”

“有点儿意思。”

“比如政府就是投资人，要做长远打算。国家拿那么多钱，你拍拍脑袋，你们这些第一书记蒙着头把事情落地，眼前一时解决了贫困户的吃喝问题，以后呢？总不能让国家一直背着他们跑，要让他们自己跑起来。”

“您说仔细点，让我能听明白。”

“通常投资应该从三个层面选择：安全，舒适，富有。有什么样的选择，就会产生不同的生活水平，一般人的第一选择是安全，第二选择是舒适，第三选择才是变得富有。这就是为什么大多数人最优先考虑的是安逸，也就是懒惰。穷人思维！”

“对！现在的现状是贫困户不愁吃、不愁穿；国家保障了他们的义务教育、基本医疗和住房安全，更多的村民没有把变富作为目的，所以很多人躺在政府的救济床上一动不动。他们不想破坏到手的舒适和安逸的状态，放弃了致富的斗志和勇气。这是不是思想的懒惰？”

“是的，选择快乐很简单，和创造财富比起来，这些事太麻烦，甚至痛苦，还可能失败。宁愿选择快乐的人一大堆。”

“能吃苦也是一种福气啊。不为眼前的困境所累，乐天知命，每当我看到他们那种豪爽、清心寡欲的模样，有时候觉得我们对物质的要求太多了。”

“贫困不是能吃苦，创业才是吃苦，哪能穷着还快乐？只是安于现状而已，是穷乐，钱不一定能让人快乐，但有富足的快乐才是真开心。”

“赞成！我们共产党人干的就是让人民从心底里开心幸福，而不是一时的小满足，我理解扶贫干部要帮助村民做正确的选择，选择顺序是不是：富有，舒适，安全？”

“对！农民要教育，我们要清醒，但一些干部也太顾及眼前的安全了，缺乏承担风险的勇气。要帮助贫困户树立人生的信心，一贫如洗，是因为有些人从心理上认为眼前只存在一个贫困的世界。要改变这种‘我天生在一个贫困的世界’的观念。中国改革开放以后的现实是：这个世界已经足够富足！但有些人为什么还没有脱贫？有什么样的致富观念，就会有什么样的生活现状。”

“那怎么才能改变这种狭隘、无力的状况？”

“一个人越想得到更丰富的物质，就越需要技能，就更要有创新精神和合作精神。靠贫困户自己翻身不太可能，政府要干什么？拉着他们跑，唤醒他们对美好生活的追求，要培养村民创造一个丰富的物质世界的欲望，培养他们正向、积极的思维，迎接更富有挑战性的生活。”

“要从培养技能上下功夫，施以援手，教会他们一技之长，学习适应经济发展的产业技能。教育群众和技能培训的工作我们也都在做，也是扶贫制胜的前两步，确实是对的。”

任乐水介绍了他在村里开展教育群众和进行技能培训的情况。李木水没有打断他，一直陷在沉思里。

“最重要的一步还是我说的要有投资意识。扶贫干部现在手里有项目资金，那么怎么用好？我认为扶贫干部就是国家派给农民的投资人，国家投入的扶贫资金是一种资本，那么投资就是一种计划，一种使贫困户从现在的贫困境地到达建成小康社会目的地的投资计划。”

“我们也在一村一品牌地有计划去发展了。”

“不客气地说，你那是完成某种工作任务，投资就像计划一次旅行，得找到正确的出行方式，做出最好的选择，中央全面建成小康社会的目标是一张扶贫蓝图，而扶贫干部就犹如扶贫建筑师，要设计一张图纸，以产业发展推动一村一策落地的图纸，没有设计图就直接建房是一件不可想象的事情。”

“有点茅塞顿开，以前觉得不太对，但也说不出所以然。现在看来有太多的干部开始扶贫时，没有这个产业投资的理念，有点儿危险。”

“是太危险了！要学会为国家理财，让农民致富，这也是一种治国理政的职业本领。”

“是啊，扶贫干部肩负着千斤重担，不是简单地去完成任务，要能未雨绸缪，帮助村民做赚钱的投资项目。全面建成小康社会是一次千载难逢的历史机遇，不能错失良机，要找到好的发展路径，要预见到扶贫项目投入的风险，扶贫干部不但要有使命感和责任感，还要有经济学的本领。唯有具备极强创业精神，才能给乡村带来翻天覆地、日新月异的变化。木水同志，我这样理解对不对？”

“投资者本身是真正的资产或者负债，能决定财富的缩水或增值。这个概念是投资管理的思维，也许你不太理解，只是我一家之言。”

“那你再讲明白点，投资、项目、企业和产业，我们应该怎么入手？”

“项目的支撑点是建立企业，成功的企业能把村民手中现有的资源优势变成产业发展优势，才能带来源源不断的财富，创业精神是最有价值的扶贫资产。雄厚的扶贫资金是扶贫工作的后盾，你们常常说干部要勇于担当，我觉得还要在善于担当上使点儿劲，要以企业家的方式思考，帮助村民获得致富的契机，让扶贫资金发挥最大效益，形成可持续发展的产业，成为致富的来源。”

一下午，他们慢慢品着茶，你一句我一句地探讨这些复杂的问题，任乐水有点儿茫然的思绪被完全捋顺了，豁然开朗，有种醍醐灌顶的痛快。李木水说的道理是从一个企业家的视角观察和分析的，也是任乐水在各种会议上很难听到的，真知灼见振聋发聩！全社会都在关注着脱贫攻坚，而眼前的企业家以自己的方式思考着这场伟大复兴的革命。

“要让贫困户培养出计划变成富人的思维习惯，我们一起找到把他们带上致富奔小康的途径。”李木水说。

“你也去我们村看过，你从地区和县上的产业规划上，觉得我们应该从哪里突破?”任乐水问道。

李木水没有立刻表态，又斟了一杯茶递给任乐水。

“首先你要知道自己的优势在哪里？怎么样补短板，就像喝茶，春天喝绿茶是个方向，好茶还要慢慢泡，才能泡出味道。”

“不说茶，我对这个没兴趣，我关心村民吃肉的事情。”

“上次我去了你那里，我把你们的扶贫项目表看了一下，又结合地县产业布局研究了一番。我知道，按你的脾性，不到黄河心不死，你一定会来。我的建议，要从解决好眼前和长远的利益、局部与全局的关系思考扶贫工作。”

“我还是雾里看花呀。”

“眼前，要让农民有现金收入，那么你们的蔬菜大棚就得立刻动起来，搞什么？种蘑菇！投入不大，收入可观，一家建五十多平方米的蘑菇房，每天有收入，一个月产五百公斤，每公斤五块钱，你算算一年可以挣多少?”

“对呀，地区有蘑菇基地，有冷库和培训基地。我以前看过他们的经验材料，就是没往这上面想，一直在想种什么菜。”

“那你就知道两年内的中期干什么，五年以后的长期干什么了。”

任乐水等李木水下文，李木水在品茶，不言语了。任乐水有点儿迷惑。

“结合地区产业布局呀，你可以干哪些项目？这就是局部和全局的关系，我总不能把答案一股脑儿说了。你并不理解题意，一样还不会解题。”李木水说。

“有句话叫细节决定成败，那是馊鸡汤，不合逻辑。方向决定成败，细节决定好坏。走了。”

任乐水站起来，握了握李木水的手，那手圆润、温和，让他觉得格外舒服。

他们约定，由李木水出面约雷大壮，商讨百合提村的扶贫工作。

任乐水在大风中走了很久，他的心情十分舒畅。

“人来了这里就是一土人。”

上车时，柯蓝神情落寞地说。

柯蓝往日无忧无虑，此刻却无精打采，判若两人。

任乐水当作没看见，他还在回味李木水的一席话，越想越激动，他急于回到村里重新把扶贫规划再斟酌一次，好好修改一下，理一理找准扶贫关键产业的思路。已经入夏了，所有的工作还没有大动作，这是要命的事情。

“扶贫？我一个月六千块收入眼看没有了，我会不会以后讨饭？”柯蓝说。柯蓝的话非常奇怪。

“想想有人讨饭，我心里难受。我们有句谚语：锅里的肉大家吃，桌子上留一碗肉让过路的人吃，总会有人在饿着。”

柯蓝聊起哈萨克族的民间风俗。

生活在草原上的哈萨克族人心地淳善。他们骑行在草原，养成了关注身边人的习惯，每个人早上骑马走过毡房，要看看路过的毡房天窗，看谁家的天窗没有打开，就一定会进房里去看一眼。牧民早上起来第一件事就是把毡房的窗帘挂上去，迎接一天的好空气和好阳光。天窗高，小孩子是够不到的，如果谁家窗帘没有挂起来，家里的大人就可能遇到了病灾，路过的人都有义务去救助。如果大人出了意外，路人就会把这家孩子送到他亲戚家。如果在茫茫草原找不到亲戚，路人就把孩子收留在自己家中暂时做了儿女，有的就成了一辈子的亲人。

“你看许多牧民家都有几个不是自己生的儿女，都会收养别人家的孩子，这是祖祖辈辈传承的习俗。”

柯蓝说完，就不再说话，小心翼翼地开车。任乐水内心激动，他一直觉得柯蓝身上有一种包容的态度，还有一种与人为善的宽厚。

柯蓝又一次说到工资收入的问题。原来，最近单位在改制，任乐水的单位是事业单位，要在年底前转变成企业。柯蓝四十二岁，提前离岗的政策他享受不了，要一下子变成企业身份，思想上没有转过弯，担心今后收入没保障，退休后收入太少。

“我是够提前离岗的杠杠了，但我是第一书记，能溜号吗？你们呀，思想太守旧，习惯了躺在事业机关旱涝保收。改革就是要让机制更活、大家的收入更高，生活越来越好，当今的中国发展奇迹不全托了改革开放的福？你今天的好日子不就是改革改来的？知识分子啊，有时候就是说理论头头是道，干起来会脱离实践。我看你是理论不清晰，有点儿思想惰性。”任乐水说。

“总不能让我一个骑马放羊的跑到山上炼黄金吧？”柯蓝说。

“你骑什么马？你就是一个国家干部、一个知识分子，怎么受教育这么多年，眼睛里还是草原上那一点儿风景？我们要开上快车奔在中国特色社会主义道路上！不要理论上一套套的，一遇实践问题就犯糊涂。不能学以致用，学习理论有什么用？连我们自己都对自己的美好生活没有期待，我们还怎么教育群众？你主笔的扶贫扶志行动计划不是挺好的吗？怎么落实起来，就两张皮了，我看得先扶你的志。”任乐水说。

刚到村里时，柯蓝负责起草了一个《百合提村扶贫扶志行动计划》。打赢脱贫攻坚战关键在激发贫困群众内生动力，解决群众脱贫主体意识淡薄、“等靠要”的思想和缺乏脱贫能力的问题。工作队制定了十几条措施，制定扶贫扶志，以激发贫困群众脱贫的信心和斗志。那些日子，柯蓝好像一下子激发了活力，他长期搞文字工作，写文章是拿手好戏，熬了几个通宵，把前几届的总结研究个透，把精准扶贫精准脱贫的要求写得鲜活，起草了一个很好的报告。

一时间，村头村尾贴满了响亮的口号："幸福是奋斗出来的""弱鸟先飞""自力更生"。一股清风徐徐吹进人心。在当月的扶贫评比中，百合提村名列前茅。

"你那个扶志行动说得多好，'脱贫攻坚是干出来的''滴水穿石'，还没干你就倒了、撂挑子了。贫困户能相信我们吗?'为了党和人民的利益可以牺牲一切'是我们宣过的誓言，只是转换了个编制身份你就想当逃兵，这哪是我们共产党人的胸怀?这格局!"任乐水说。

"哎，我有时候觉得自己是一匹逃跑的马，有时候觉得自己是一辆坦克，内心里一只兔子山上山下到处蹿呢。"柯蓝说。

"别当胆小的兔子，做个勇敢的人!开着坦克碾压那个叫'贫困'的敌人。"任乐水说。

柯蓝长长地吐口气，双手丢开方向盘，拍一拍自己的胸膛。车突然扭了一下，他惊恐地看一眼任乐水。任乐水不再说话。

吉庆融在那些瓶瓶罐罐前挑她喜欢的可乐。无论心情好坏，只要跳动的气泡穿透肺腑，愉悦感瞬间就被激活，她喜欢那种说不出的舒畅。

阿娜尔也进了小卖部，要买酒。

吉庆融疑惑，艾拉提不是保证戒酒了吗?她注意到阿娜尔的嘴角有伤痕，眼里装满委屈。

阿娜尔哭着说艾拉提打了她。

吉庆融恨意翻滚，又是家暴!从小到大父亲稍不顺心就给母亲一个耳光，母亲头上的刀口、脸上的瘀青、肩上的牙印从没断过。她憎恨父亲。

“为什么打你？”

“他要酒，我不给。”

阿娜尔泪眼汪汪。

“那为什么不和他离婚？”

“我有孩子啊……”

阿娜尔哭得非常伤心，吉庆融觉得自己问了一个傻瓜问题，她妈妈就是为了她和弟弟才没有离婚，一个农村妇女没有生存技能，能怎么样呢？

得有人收拾他！吉庆融骑着电动车载着阿娜尔去了乡派出所，到了门口，阿娜尔犹豫了，拉住吉庆融。

“你心软了？谁心疼你？他下次还会打。”

阿娜尔向警察哭诉，艾拉提脾气暴躁，稍有不顺心就摔碟子砸锅，他发誓戒酒，但酒瘾一来就向阿娜尔要酒，她不理他，他就趁她不注意的时候，抓住她打。

吉庆融以为艾拉提重振了生活信心，没想到那只是三分钟热度。

警察上门调查取证。

昏黄的灯光下，电视发出嗞嗞啦啦的声音，艾拉提面容凶恶。在警察面前，艾拉提像霜打的茄子耷拉着脑袋，一个劲儿地认错。苏莱娅胆怯地在翻着小画书，看到吉庆融进门，她兴奋地尖叫。当艾拉提看到吉庆融掀门帘返回屋子，拿起一个陶瓷茶碗砸向她。吉庆融疼得蹲在地上。

“坏女人！”

吉庆融哭起来，大吼：“你就是个废物，冥顽不灵！”

艾拉提被拘留十天。

阿娜尔内心忐忑，怕艾拉提出来后会变本加厉。“家里没有男人，日子不好过。”阿娜尔哭着说。“他在的时候日子也没有好过过。”吉庆融说。

村委会食堂的厨娘临近产期，吉庆融说服任乐水，让阿娜尔接替了厨娘，还提出等艾拉提出来后，让他当全村人的面向她和阿娜尔道歉。

“欺负残疾人呀，不就是挨了一茶杯吗?”阿解放说。

吉庆融不稀罕艾拉提的道歉，只是村里经常发生丈夫打老婆的情况，她想借这件事情扼住这股歪风，以身说法。

“家暴伤害了个人和家庭，也伤害到后代和社会，要让家暴受害者觉醒。‘哀其不幸，怒其不争’，双方都不懂法，受害者情感上心存侥幸和顾虑。帮扶不愿反抗或逃离的家暴受害者，让家暴受害者树立反家暴信心，施与‘精神扶贫’，让反家暴真正成为社会共识，这也是一项扶贫扶志的工作。”吉庆融说。

大家静静地听。

“庆融说得在理，让阿娜尔出来工作，有了工资，她就知道她的世界不是离不开男人的，她能从中找到自己的价值。把女同志们独立的勇气和志气先扶起来。”任乐水说。

“女人们走出家门挣工资，草原上的羊长出了角，狼崽子也怕呢。”柯蓝说。

任乐水非常欣赏吉庆融这一点，一个女孩子从流血的伤口思考出一个扶志的出口。

吉庆融一身疲惫回到宿舍，对着镜子扒拉头发看伤口，再差一厘米就伤到额头了，她为小脸蛋险些破相而后怕。

麦迪亚娜提着一大袋零食放在了吉庆融的桌子上。

“加吾兰去县城买的慰问品。”

“告诉他干什么呀!”

“地球人都知道。”

一堆零食。娃哈哈、上好佳、大辣条……

“把我当三岁小孩啊。”

“他是有点儿直男了，但你就是他心中的那个小女孩。”

“他呀，对谁都关心。”

两个女孩各怀心思，相视一笑。

吉庆融回微信感谢加吾兰，加吾兰瞬间回复三条语音信息，要她不要太拼命、要保护好自己、有困难就找他。语气温柔，吉庆融心口涌起一股暖意。

阿解放接艾拉提从拘留所出来。

“路都走不了还打女人。男人打女人，狼吃羊一样遭人恨。”

艾拉提缩着脖子一言不发，嫌丢人，不愿意在村民面前做检讨。

“打老婆、打扶贫干部像小母牛翻跟头一样牛气冲天，做检查就像老鼠见猫一样怕在村子里抬不起头？让你做检讨不是让你丢人，是制止不良风气，教育村民爱护自己的家人。”任乐水说。

“穿羊皮袄毛朝外，反面的典型嘛。我腿成这样了，应该别人爱护我。”艾拉提说。

“没腿要爱护，有手就打人？你要怨天尤人到什么时候？老天要真对你不公，双手都给你收走。”阿解放说。

艾拉提自知理亏。

“你必须向她们道歉，别找借口！”

阿解放越说火越大。

艾拉提在赌气，赌任乐水不会丢下他不管。他根本不想低头认错，这才是他最后的面子。

艾拉提没有道歉。

吉庆融异常恼火，她让加吾兰以后每天把苏莱娅送到村委会来，等木拉丁周末回家，也把他接过来。

吉庆融腾出了一间空宿舍，给阿娜尔一家离家出走做准备。

艾拉提一个人回到家中，无人照顾，打不通阿娜尔的电话。他不知道她的电话被吉庆融没收了，他拿起能摸到的东西一通乱扔，折腾了半天，终于累了，开始哭嚎，双手捶打着残疾的腿，想起了阿娜尔的好，哭声更惨。

阿娜尔心软，想偷偷跑回去看一眼。

吉庆融恼怒地说："大家是想让你们家过上好日子。阿娜尔你得把怜悯心藏起来，配合我们一起医治他心头的病。"

吉庆融这一招有点儿狠，任乐水担心出意外，第二天深夜，他带着阿解放去艾拉提家，眼前的场景难以置信，桌子上放了好几个大馕，杯子里的茶水也是热的。有人来过。

原来是吉庆融暗地里安排加吾兰送的吃的。阿解放会心地对任乐水挑一下眉毛，那眼神流露着对吉庆融的肯定。

艾拉提家徒四壁，唯一的光彩便是八张挂在墙上的孩子们的奖状，其中有六张是木拉丁的。

"光看到你儿子天天打鸟，原来蛮厉害的嘛!"

任乐水夸起木拉丁。

"喜鹊的心事放在嘴里，猫头鹰的心事放在夜里。木拉丁和我一样只和自己玩。我腿没坏的时候，还盼着他长大了，我教他踢球呢!"

"现在也可以教啊。"

任乐水循循善诱。

"腿坏了，怎么可能?"

"足球教不了，还可以教别的。"

"教什么?"

"教会他坚强，教会他勇敢。孩子是父母品格的镜子，你以暴力对待他们的妈妈，他们将来也会以暴力对待别人，你浑浑噩噩，他们也会得过且过。”

艾拉提静静地听。

“你的父母如果还在，看到你现在的表现，你不羞愧吗？孩子自卑是因为自己的爸爸不愿意做一只雄鹰。”任乐水戳中了艾拉提的痛处。

艾拉提号啕大哭。以前，他是一米八的汉子，自从车祸后，他变得敏感自卑、脆弱无助。他何尝不知道所有人都在帮他，他何尝不知道自己的行为是多么混蛋，他时而清醒时而混沌。此刻，他悔恨交加。

阿娜尔带着孩子回家了。

“对不起!”艾拉提说。

他们很少以这样的严肃方式对话，阿娜尔有些不自在，默默地推着艾拉提的轮椅进屋。

那几天，艾拉提晚饭过后都在认真写检查，他答应要当着全村人的面做检讨。

检讨大会被安排在周一升国旗后，村委会空地上坐满了人，临上场前，艾拉提浑身紧张，拽了拽阿解放的衣角。

“阿老师，要不你帮我念吧？”

“你的错误我来检讨？狗咬了羊，羊去磕头？”

艾拉提被阿解放推上了主席台，阳光刺眼，他咽了咽口水，一字一句地念检讨书。

吉庆融直摇头，不知道这次艾拉提有几分真心又有几分钟的热度。

七

麦迪亚娜离开北京后，任冰整日无精打采，丢了魂似的。

城市的人都在忙，忙着工作，忙着赶路，忙着挣钱，忙着生存的事，只有他彳亍而行。熙熙攘攘的人群，离开的人和来的人擦肩而过。飙升的房价阻止不了逐梦人的脚步，一波波北漂人泼洒完青春，不再眷恋，绝望而归。搬空的出租房，会在第一时间被填满。人群奔涌进地下，地铁在奔驰，把人们从现实送往理想，再从理想送往现实。地铁的出口像美梦的交换站。

任冰设想过种种他的未来。他想过拥有麦迪亚娜的生活，在乌鲁木齐，不高的房价适合结婚生子，朝九晚五，安逸而又平静，适合波澜不惊地过日子。他也想过一种自在的人生，无拘无束，摆个小摊也好，创业开公司也罢，为自己打工，或许清贫或许富贵，或许一夜成名，或许黄粱一梦，在属于自己的江湖奋斗，活过、爱过，无悔无憾。但在北京这样的都市，自己是什么？是一茬新生的韭菜，还是一朵巨浪中的浪花？

任冰从来没有羡慕过父亲的生活。父亲也从来不一本正经地教育他，阻拦他的选择，父亲不把残梦留给儿子做理想，对这一点，作为儿子相当满意。在任冰的记忆里，父亲在无可选择的日子里奔忙，岁月消失在一些说不清的酒局、摆脱不了的应酬里，没日没夜伏案写字，写那些在他看来没用的文章和材料。父亲的身边一度高朋满座，后来败走麦城，父亲的日子安静下来，宠辱不惊，看淡生死。任冰不知道父亲放下这些需要多么磅礴的情怀，他觉得父亲那时接了地气，但那也不是他想要的生活，他替父亲悲哀。

任冰知道自己要什么，如果选择了安逸与舒适，选择了和父亲一样的路，会开启一个怎样的人生？人生多像一场旷日持久的赌局，奔波半生却看不出输赢。

任冰住在伊利哈尔家，伯伯在北京过得精彩。他娶了一位汉族妻子，但那不是麦迪亚娜的母亲。他们俩和和睦睦，生活习惯出奇一致。伊利哈尔烧得一手好菜，川菜、粤菜、新疆菜，色香味俱全。

面对一桌子美味佳肴，任冰却味如嚼蜡，他的心被麦迪亚娜带到了戈壁荒原。

"吃不惯吗?"

"很可口。"

"怎么心被鹰叼走了，魂不守舍?"

"只是想以后工作的事。"

"工作就不是事，那是年轻人必须翻的山、必须走的路、必须吃的苦。"

任冰微微一笑，长幼之间，隔着一道沟。

任冰入职这家互联网公司半个月了，始终没有找到工作节奏。他不喜欢IT行业，人情寡淡，有新人入职，大家匆匆抬头，礼貌示意，继续伏案，互不干扰。他们做着世上最复杂的工作，却忽略了最简单的人际关系。任冰感到压抑。

任冰总是理想主义，明明讨厌以前的种种不顺遂，离开了却生出一些莫名其妙的眷恋。求变的心有，应变的力却不足，他骂自己犯贱。

任冰和麦迪亚娜微信聊天，他无法理解麦迪亚娜为何要一次次选择离开都市，回到农村，那究竟是一种什么力量?

“可能我想回归生命的本真吧，我的根在农村，回到泥土里挺好。”

“回乌鲁木齐就好了，如果你愿意，我可以再回来!”

“有亲人的地方才有家，在那座山城我一个认识的人也没有，至少百合提村有任叔叔。”

“要不，我回来吧!”

“为我放弃你喜欢的城市，没有理由呀。”

任冰进退两难，他了解倔强的麦迪亚娜，这个女孩并没接纳他。

晚上回到家，任冰垂头丧气。伊利哈尔觉得有必要跟任冰谈一下了。

一壶酒，四个菜。任冰有点儿懵。

“咱新疆的小老窖，咱爷儿俩今天喝一点儿!”

缠着红布盖的小白瓶，像个出嫁的新娘，嘬一口，甘洌醇厚，是家乡熟悉的味道。

任冰的心情一下子好了许多，伊利哈尔大口吃着肉。

“嗯，糖放多了。我想起了我当初来北京的时候也迷茫无助，背包里装满了馕，白开水就着馕填饱肚子，后来馕吃完了，又买不到，天天挨饿。”

“伯伯的辣子鸡烧得真不错。”

“我曾经无数次想要回去，只想为一种口味。我父亲反对说：‘要走出去啊！看看世界，知道祖国有多大，一个故步自封的人很难有未来的啊!’我一下子醒悟了，是啊，被我死死抱住不放的东西，已经被时代甩开太远。所以从那天起，我发誓要冲破禁锢，做一个有视野的中国人，享受大北京给我们创造的美好生活。”

伊利哈尔越说越激动，眼泪在他眼中打转。

“说实话，刚开始我的内心也受到巨大的冲击，但后来视野被打开后，那一刻，我终于成了我，我属于我。”

任冰内心震动，他觉得坐在对面的维吾尔族长辈突然那么高大伟岸。任冰提壶倒酒，两人对觥而饮。

在伊利哈尔的身上，任冰感受到潮汐的力量，一浪一浪，永不疲倦，一旦化为海啸，可以冲毁一切。他想起了爷爷赛麦提，那是一位看透生命的智者，一辈子不随波逐流。伊利哈尔、麦迪亚娜，他们都有着不平凡的灵魂。

伊利哈尔慢慢平静下来，继续讲自己的故事。

“后来，麦迪亚娜的妈妈生了她不久，得了乳腺癌撒手而去。我的生活混乱不堪。”

“爷爷说过，你那时候酗酒。”

“生不如死啊！我回到乌鲁木齐戒酒，就把麦迪亚娜留给了她爷爷。”

“这就是为什么麦迪亚娜一直留在爷爷身边的原因?”

“回北京几年以后，我遇到了你王阿姨。我们相识相爱，有了新家庭，不知不觉间，我竟然在北京三十多年了，成为一个真正的北京人了。如今，我练就了一身厨艺，打开了味蕾，就打开了一扇大门。”

任冰对伊利哈尔伸出大拇指，他觉得此刻自己信心百倍。

恍惚间，伊利哈尔觉得眼前的年轻人就像年轻时候的任乐水，有超乎常人的睿智，还有那种一往无前的劲头。

入睡前，任冰眼前浮现出麦迪亚娜的脸，酒入愁肠，化作思念。他在微信朋友圈发了两句诗，并配了一张梅花绽放的图：

人有生老三千疾，
唯有相思不可医。

吉庆融秒赞，任冰哑然失笑。

麦迪亚娜问："又对谁单相思呢?"

任冰心里顿时暖了起来：

"当然是你!"

"胡思乱想，这么晚了还不睡?"

"今天和伊利哈尔伯伯喝了很多酒。"

"你们俩喝上了?"

"哈，他年轻时有许多精彩的故事呢!"

"不听!"

"我知道自己要选的路了，我要勇敢地往前走。因为，我只有活成自己，才能拥有一片草原，让你驰骋。"

微信那头，麦迪亚娜眼泪像断了线的珍珠一颗颗落下来，她发了一张小女孩用被子蒙头的图片。

被人爱着的感觉真好，不管身在何处，爱意总会穿越千山万水，紧紧地包裹住她，真好!

任冰开始振作起来，在最好的年纪选择了自己的路，就要义无反顾地走下去，不让青春虚度。

每天，任冰随着奔流的人群涌进地下，冲向地铁，冲向梦想，只要出发，未来就在眼前，他开始了在北京的创业生活。

任乐水几天没出门，带着工作队讨论他们的扶贫规划，搞了一个"331"行动计划。第一个"3"是指发展三个产业，种蘑菇、驴养殖和肉苁蓉。第二个"3"是出三个实招，第一招，贯穿始终教育农民，开展扶贫扶志行动；第二招，抓蘑菇种植和抓驴养殖同步开展，一年见初效，两年出成绩；第三招，用三年时间在肉苁蓉上取得突破。那个“1”就是全力以赴完成全面建成小康社会的目标任务。

他们把原来两万字的规划，改成五千字的“331”脱贫攻坚行动方案，分组、分阶段，制定措施，包干到人，共同行动。方案简单明了，任务明确，办法实用。

大家信心百倍。

“以前的方案，读起来就要大半天，说了一堆理论，扶贫项目一大堆，还看不明白自己要干什么，像在山沟里骑马，眼前都是山头，不知道路在哪里。”柯蓝说。

“‘纸上得来终觉浅，绝知此事要躬行。’农民的扶贫扶志教育不是轻而易举的事情，种蘑菇也是新鲜事，让你头疼的事情还在后面呢。”任乐水说。

“要不你来养驴？你比驴犟，好对付。”阿解放说。

“你们的脾气投缘，你养驴合适。”柯蓝调侃道。

他们你一言我一语，互相抢白。吉庆融听到柯蓝损阿解放，心里开心，不自觉地抿着嘴笑。

任乐水想，这个行动计划有些内容和县里的规定动作有出入，还得做张振民的工作，统一纳入县上的项目发展，他那里也难对付。好的初衷并不一定为旁人理解，问题是这个好的初衷还要否定别人的想法，让人接受起来就犹如抽着耳光让人吃饭。

任乐水和阿解放去县政府找张振民，工作人员见了他们很热情，说张书记去乡里了。

“产房传喜讯——生（升）了。当书记了。”

阿解放有点儿意外。

“什么呀，为了加大你们乡的脱贫攻坚力度，张副县长兼任你们团结乡的党委书记了。”工作人员解释说。

任乐水心里嘀咕起来，这不明摆着基层工作不力，政府才加强了督战力量，今后有好戏。

“羊角拴了根红带带，成头羊了，以后工作好办了。”阿解放说。

任乐水苦笑一下，给张振民发了短信，又折回乡党委找他，不时地看一眼手机屏幕，张振民一直没有回短信。

到了乡里，工作人员告诉他们，张书记去了另一个村，任乐水又赶过去，还发了短信，看他一直不回信息，就打了电话，对方挂了线，语音留言说现在不方便接电话。

他们像捉迷藏一样找了张振民一上午，没有找到他，又跟县上的工作人员联系，说第二天县政府有个专题会议，让他们提前来堵他。

“这些官还真是个官，我‘挑担’——一个大干部，我打个电话找他，他半夜都要打回来。大干部是别人捧着，自己谦虚着；小干部是别人躲着，自己高捧着。没听过鹰叫，麻雀总是叽叽喳喳。”

“你也别叽叽喳喳了，彼此适应吧，你以为还在你那书斋里？我怎么没听说过你有个领导亲戚。”

“是个退休的政协领导，发挥余热那种，有什么好吹的？他也从没有多给我一个馕。”

“脱贫攻坚，他们也参政议政，让他在我们村发挥一下余热。只谈世界上存在什么问题，而不去谈可行的方案，只能无路可走。”

“到时候你有什么需要他支持的，就咳嗽一声，他会电打的一样快快来，他热心基层工作。”

阿解放给他“挑担”打了个电话，邀请他方便时来看望一下他。对方爽快答应，说本来就有调研任务，要去昆仑地区，他可以来踩个点。

他们一路聊着回村。虽然任乐水没见到张振民，也没有搞坏他的心情，倒是阿解放满腹牢骚，对基层干部的作风充满不屑。任乐水想起阿解放折腾吉庆融的事，体会出吉庆融当时的不易。

第二天，任乐水早早等在张振民办公室门口，见面，张振民点点头，开了门，边脱外套边问，明白了任乐水的来意，张振民一副不耐烦的模样。

“说多少次了，政府的扶贫计划已经定了，你们落实不就行了。非要把养鸵鸟换成养驴，把种蔬菜换成种蘑菇，还要搞什么绿色环保退耕还林种大芸。几千年了那戈壁滩还是沙包窝，你任乐水就能绿了？”

任乐水不理张振民的焦躁，一五一十地说他的想法。张振民点了根烟悠闲地抽，却也耐心地听起来，要了任乐水的报告匆匆看起来，脸上显出不易察觉的变化。

“钱怎么办？前两个项目都是一百万以内的小项目，那些资金是国家专项投入，你们增加个十几万，我可以向县委汇报，能不能调整也难说。那个大芸项目，走退耕还林项目资金也不够，我一个月八千块工资也解决不了你的问题，再说要干三年，没钱就是纸上谈兵，扶贫来不得半点儿虚假，你们能不能抓铁有痕来点实的？”

“一次性的施舍有用吗？我们工作队走了，村民又回到老样子，就有人又返贫了。”阿解放气呼呼地说。

“怎么是施舍了？是让他们脱贫！我们要让贫困户早日脱贫，不是抱个理想的气球朝天上飞。”张振民不耐烦地说。

“大家理想一致，目标一致，还请张县长多理解多支持。”任乐水说。

张振民欲言又止，留下他们的报告，去开会了。

任乐水琢磨张振民的态度，他虽然反对种大芸，但对前两件事情，他并不完全反对，说明有改变的余地，要促成后一件事情还得加把火。

“阿解放，让你‘挑担’伊敏同志来我们村调研一次。这大芸项目一定得上。”

“其实，张振民说得没错，干好前两个项目，脱贫攻坚的任务也可以完成，何必自找麻烦，小公鸡啄狗——自讨苦吃。”

任乐水陷入沉思。贫穷并不意味着缺钱，它会使人丧失挖掘自身潜力的能力。贫穷是一种陷阱，对于贫困户来说，一旦收入增长的范围受限，他会掉入贫穷陷阱，他会丧失脱离陷阱的动力，甘于贫穷。一次性的帮扶就像一次施舍，只解决了眼前的温饱，似乎让他们在脱贫的路上走快了点，但不能持续地提高收入，并不能改变完全脱离贫困的方向。我们要建成的小康社会是一种比活着更好的状态，是一种高质量的状态，应该为美好生活提供源源不绝的能量。

任乐水坚定了信心。

幼儿园开亲子运动会，阿娜尔要给工作队做饭，没有时间去，吉庆融第二天一大早带着苏莱娅赶到幼儿园。

幼儿园干净整洁，植物被剪塑成各种奇特的动物造型，蓝色、浅黄色和嫩绿色装饰出好看的墙体，圆形、拱形窗户错落有致，走廊里的手工作品花样百出，营造出梦幻又充满童趣的氛围。

吉庆融的少女心一下被激发。

加吾兰和麦迪亚娜在忙碌的人群中格外亮眼。一看到吉庆融，加吾兰开心地跑过来，热情地向她介绍幼儿比赛项目：投篮高手、划小船、扭扭车接力……

吉庆融故意不理他。加吾兰又问起她头上的伤，低头对苏莱娅说：“今天一起参加比赛，我来保护你和吉老师。”苏莱娅拍手叫好，说她有了一个“吉妈妈”，还有一个“加爸爸”了。加吾兰高兴得一把抱起苏莱娅。

“真懂事，这话我爱听。”

升完国旗，比赛开始了。

篮球接力赛上，苏莱娅和小朋友们在竞赛，越障碍，奔跑、冲刺……表现勇敢。

拔河比赛是家长们的较量。

加吾兰和吉庆融代表苏莱娅的父母出战。他站在她身后，她拿起绳子，拉了拉。“你这样不对……”加吾兰从吉庆融身后一把环抱住她，抓着她的手教握绳姿势，吉庆融脸红心跳，急忙挣脱。停留在她手腕的余温让她心里一颤，还是在上次任冰拉她从沟渠里出来的时候，曾经有过一回这种异样的感受。

苏莱娅的“爸爸”“妈妈”赢了！

散场了，加吾兰在收拾整理。以前，加吾兰总给人有点儿爽朗过头的油腔，此刻，他低头认真做事，身上透出一种踏实的感觉，那味道阳光般和煦。

加吾兰说他在大学是校队的主力，他一只手旋转篮球，炫耀地走向吉庆融，滑步、投篮、运球……反复起跳。“哎哟！”加吾兰受伤了，脚踝迅速肿胀起来。

远处的麦迪亚娜急忙跑过来扶他，她一脸心疼让吉庆融不爽。吉庆融装出满不在乎的神情：“一点点小伤，亚娜，你送他去医院吧。”她牵着苏莱娅走了。

加吾兰眼前飘动着吉庆融好看的面容，那些神情像星辰升起一会儿又暗淡下去，炽热的目光一下子扑面而来又瞬间隐去，刹那间热情满怀，又一瞬间顾影自怜。

加吾兰第一眼看到吉庆融，就沦陷了。吉庆融漂亮、冷艳、神秘，浑身散发着迷人的野性，强烈地吸引着他。今天，他第一次亲密接触她，柔软的腰、淡淡的发香、干净的笑颜……他心荡神驰。

加吾兰给吉庆融发了条微信：

愿此间山有木兮卿有意，
昨夜星辰恰似你；
愿世间，春秋与天地，
眼中唯有一个你。

热烈的文字熨热了加吾兰的心。他揣测吉庆融的反应。

好久，吉庆融回复他：

渺小的忧伤和渺小的爱寿命很长，伟大的爱和伟大的忧伤却毁于自身的过于丰富、强烈。

加吾兰一头雾水。

当时，看到麦迪亚娜扶着加吾兰，吉庆融内心焦躁，比上次看到他们一起吃烤肉还扎心，但她却装作毫不在乎。

收到加吾兰直白的诗句，吉庆融心怦怦乱跳，她有种占有的喜悦和得意。麦迪亚娜不再是事了，他心里还是喜欢自己，但吉庆融不想表露出喜悦，就发了几句自以为深奥的话。

灯下，吉庆融和麦迪亚娜各自在忙。

“加吾兰的脚没有大碍吧?”

吉庆融说出了自己的担心，这句话在她嘴里憋了一晚上。

“嗯，医生说没事。”

麦迪亚娜敷着面膜，刷着手机。吉庆融悬着的心安定了下来。

“好久没有听到任冰的消息了，我看他很喜欢你啊。”

麦迪亚娜有点儿烦躁。

“我们是兄妹。”

麦迪亚娜说辞明确，吉庆融的心开始七上八下。

“那你喜欢加吾兰?”

“你说呢?”

吉庆融希望得到麦迪亚娜否定的答复，回答让她难过。

吉庆融习惯性地拿出日记本，笔在乱画，像一把刀剜着她的心尖。当初自己极力撮合麦迪亚娜和加吾兰，现在他们情愫暗生，她却一点儿都高兴不起来。

吉庆融反问自己：“你喜欢加吾兰吗？为什么这么难受?”看着睡去的麦迪亚娜，吉庆融突然心生醋意，麦迪亚娜抢完任冰抢加吾兰，什么都是她的吗？她被自己的这个念头吓了一跳。此刻，吉庆融想不顾一切地冲到加吾兰跟前，亲口确认他对她的心意，保证他没有失守她的“领地”。

她在日记本上抄下几行诗句：

从前的日色变得慢，
车，马，邮件都慢，
一生只够爱一个人。
从前的锁也好看，
钥匙精美有样子，
你锁了，人家就懂了。

吉庆融渴望一生一世一双人的爱情，平平淡淡又细水长流。可她没有见过这样的爱情，记忆中父亲总是骂骂咧咧，母亲嗫嗫嚅嚅。从小到大她甚至不知道怎么跟异性相处，家里的弟弟是父亲的掌中宝，而她自己是被嫌弃的孩子。倔强的个性使她不能和父亲、弟弟好好相处，为此她挨了不少父亲的骂，所以，躲避和逃跑成了她自我保护的方式。她可以独自解决女孩初潮时的问题，也可以打哭给她写情书的男孩。她内心总是提防被伤害，其实又渴望被呵护。

任冰是一颗流星，带给她一些喜悦，然后转瞬即逝。加吾兰却像炽热的火，一次次融化着她心里的坚冰，可她却患得患失。

第二天，吉庆融和任乐水从地里回来，已是晚饭时间。

吉庆融扒拉了两口抓饭，打包了一份，骑着自行车直奔加吾兰宿舍。

快到了，吉庆融心跳加快，开始打退堂鼓，去还是不去？她摇摆不定，但一想到麦迪亚娜，她鼓足勇气敲开了门。

看到吉庆融，加吾兰激动地扔下手中的吉他，站起来。

“心灵感应，算到你会来！”

“得了吧，你。”

吉庆融傲娇地说，面色温柔。

桌子上，一个黄色饭盒里的羊肉汤散发着热气。

“麦迪亚娜做的，她说羊肉汤补身体。”

吉庆融的脸一下子冷下来。

“也是，哪有给病号送抓饭的，太油腻了。我就不打扰你们了！”

吉庆融故意把“你”说成“你们”。

“哎哎哎，我又没惹你。”

加吾兰一把抓住要走的吉庆融。

“晚餐你打算吃哪一份？”

“各样吃一点儿，都尝尝。”

加吾兰笑嘻嘻地说。

“肚子真大！”

吉庆融摔门走了，不甘心地几次回头，没看到加吾兰追出来。她在心里骂加吾兰花心，他心里肯定是装满了娜娜、丽丽和花花。

张振民气呼呼来到村里，认为任乐水不地道，为了施加压力把状告到乌鲁木齐。老领导伊敏点名来百合提村调研，让地区领导都有点儿紧张——他们退休了贡献余热，写一些调研文章，说好了，大家脸上有光；说过了，许多努力都白费，成了反面典型，头上的乌纱都难保。

“就你本事大，有事商量着来嘛，干嘛搬那么大的救兵？嫌自己帽子摘得不够快？”

任乐水看到张振民一脸戾气，笑了笑。

阿解放做了许多工作，终于促成了伊敏成行。当初张振民坚决反对，他知道自己在玉龙县说话有人听，事干错了也没人能把他怎么样。但是任乐水之流非要请个大菩萨，百合提村的脱贫攻坚工作不尽如人意，那老领导来了得高规格接待，走马观花看一下，钱不给一毛，说些漂亮话也罢了，如果不满意，难对付的事情会一大堆。这小地方的工作难免既有特色也有闪失，一旦被抓了小辫子，政府大楼里那把椅子他能不能坐稳还是问题。他张振民草根出身，靠着勤奋老实和才华好不容易有点儿进步，不想掺和一些力不能及无法控制的事情。他极力反对伊敏来调研。阿解放就不理他的茬，说：“反正我们村将情况报告给你乡党委和县政府了。来不来，腿在领导身上长着；管不管，你县长自己看着办。”

张振民怒火中烧，私下认真研究了一遍任乐水的脱贫攻坚计划，突然觉得他的一些想法还真不错，自己从政府层面调整一下，养驴和种蘑菇的事情蛮靠谱。只是搞种植红柳养大芸，虽然前景可观，但投资大、时间长，社会效益和经济效益都是远期效益，他从心底不支持。于是他把自己的想法向书记汇报了，书记不置可否，让他算一算前两项农民增收的账。

“分步实施，因地制宜，农民增收才是硬道理。”书记说。

伊敏要来玉龙县的通知下来了，地区连续做了几次安排，张振民做了几套方案，精疲力竭，来到村里，一肚子气发泄了出来。

“人家领导是来帮我们忙，又不是来吃羊腿。别人求都不来，我们还嫌弃。牛肚子吃胀了用角顶人——乱撒气。”阿解放说。

阿解放说话底气十足，自从伊敏要来的消息传来后，他的眼皮开始朝上抬。这次，伊敏表态了，要为阿解放扶贫助力，让他有一番作为。阿解放哪能让张振民坏了他的菜。

张振民一时尴尬，阿解放一点儿不像他手下的局长们，被骂了还在笑着点头称是。那架势是你打你的猎，我杀我的羊，你要来捣乱我一样动刀子。

“任书记，我看了你们的计划，前两个项目我基本同意，下一步我们一起做项目变更，就是后一个肉苁蓉项目太难整，我看不成熟，这次就不要向老领导提了。”张振民说。

“应该到了，路又不远。”

任乐水笑笑，看向远处的公路。

谁都没有想到，地区主要领导李书记也陪老领导伊敏来到了百合提村。以前，伊敏当地区领导时，李书记是一个县的县委书记，是老领导的直接下级。张振民见到主要领导来，额头直冒汗，想领路怕路不熟，想介绍情况又担心说漏嘴，眼睛一直盯着李书记，生怕把事情搞砸了。

伊敏到驻村工作队的宿舍转了一圈，嚷着要去农民家和地里，一路上不停地问任乐水一些问题，一个上午跑了七八家贫困户，对村里的情况也大致有了些了解。

中午，在工作队食堂吃饭，伊敏的手在身上到处挠，身上被跳蚤咬出了一串串红疙瘩，奇痒难耐。

"振民，工作要抓早抓细抓小。脱贫攻坚这么大的事情都能干好，怎么连个跳蚤也治不了?"李书记说。

"农民卫生习惯不好。"张振民说。

"我看啊，不单是一个习惯问题，我注意到你们三区分离没做好，生活区、养殖区、种植区连成一片，那跳蚤从动物身上下来找亲戚，不就爬到人身上了，既不卫生还传播疾病。跳蚤消灭不了，扶贫质量也不会高。"伊敏说。

"唉，都是我们工作队工作粗糙，政府安排了多次，我们落实不到位。"任乐水说。

张振民认真看一眼任乐水。

"我看百合提村的硬件还是不错的，听任乐水同志介绍'两不愁三保障'已百分之八十达标，贫困发生率已下降到百分之十，这部分是硬骨头。走在村里，谁会相信这还是个贫困村？全村路面硬化、家家通电通自来水、宽带进户，村委会建设标准化了，还有便民活动服务中心、村卫生室，幼儿园建得和城里的一样。这些硬件是实现脱贫退出任务的保证。基础不错。"

伊敏说了一堆百合提村的成绩，就是不往关键问题说。任乐水给阿解放使一下眼色。

"老领导，那么我们工作还不错吗？可一到脱贫攻坚评比还是拿黄旗。"阿解放说。

李书记看一眼张振民。

"阿解放同志，听领导指示，别乱发牢骚。"张振民恼怒地说。

"我也到全疆调研过，牧羊人见到羊群就知道羊的脾气。你这里有三个问题，一是宣传教育没跟上，你们缺信心缺思路，你那些跳蚤在村民的思想里不觉得是个事情，说明他们的文明意识还停滞不前；二是落实产业扶贫政策上特色不突出。养鸵鸟、种蔬菜在这里条件都不具备，我看任乐水养驴种蘑菇的措施比较对路，不但见效快还比较切合实际，比较精准。发展温室大棚和庭院畜牧经济有条件也有优势，可以解决就业的问题，也可以解决缺土地、缺技术等致贫因素，人人有业就、天天有收入；三是政府要有长远规划，做好服务，在扶贫项目上要从全面建成小康社会上做大文章，而不是解决一时的吃吃喝喝。我看搞环保治沙种植肉苁蓉是一种可持续扶贫发展之路，眼前需要一些投入，但可以解决长久发展问题。李书记你比我有发言权，这是我定点调研的点，可不可以做篇大文章，搞出些可以推广的生态扶贫经验？我看有希望。”

老领导边吃边说，那一刻，似乎大家的认识一下子统一起来，几天前还是错综复杂的思绪一下子云开雾散。李书记当即表态要从退耕还林和土地平整资金中统筹一块。

吃过饭，伊敏又要求去看戈壁滩的红柳地。李书记临时有会，提前走了，临走时对张振民说：“要出特色、出成果、出经验，地区全力以赴。”张振民热血沸腾，原以为老领导会找一堆麻烦，本来地区主要领导对他的评价一般，闹不好位置也保不住，可偏偏老领导一来，把一些难办的荆棘给砍了，还被地区领导寄予厚望，这让他很意外。

一行人风尘仆仆来到红柳地，沙土飞扬，遮天蔽日。

烈日下，卡德尔和儿子正赶着一头牛在犁地。伊敏一眼就认出了卡德尔，他热情地拥抱他。卡德尔眼底湿润。

“当年，我当专员的时候他就在这里开荒。十几年了，儿子长成大小伙了，还在这里开地，十几年开了二十几亩地，愚公移山，精神可嘉。可是，现在都农业现代化了，还这样靠耕牛小打小闹，光靠一两个村民的积极性不行！要把农民组织起来，依靠现代大农业集中连片搞开发，带领农民走上现代农业的发展之路，只有那样，才能用先进生产力解决全面建成小康社会的问题，精准扶贫应该是生产方式适应现代生产力的高质量扶贫。”

之前，在张振民眼里，这片戈壁滩就是一块不毛之地，毫无价值。经过一天的陪同调研，他觉出自己的肤浅，肉苁蓉深加工在昆仑地区如火如荼地发展，可玉龙县却从没有在这上面有过大作为，他意识到脱贫攻坚之路要拓宽，首先还要从解放干部的思想上找差距。他感到前所未有的振奋和清醒。

那天，吉庆融气呼呼地走了。加吾兰暗自窃喜，她终于在乎他了。

加吾兰软磨硬泡，邀请吉庆融去乡里一家快餐厅吃饭。他的脚还没有好利索，吉庆融忙活着端水倒茶。他满眼欢喜，很享受这种关心。

看着加吾兰复杂的表情，吉庆融满脸愠色。他对女孩子总是一副天高任鸟飞的架势，热情不减又无动于衷，不主动、不负责、不拒绝，那腔调渣不兮兮，让人喜欢还让人烦恼。

“你难道不知道麦迪亚娜喜欢上你了。”

“这不正合你意，你可以回头找任冰了。”

“爱谁谁。”

吉庆融瞪了加吾兰一眼，突然起身想离开。

“她只是我眼里的一个小妹妹。”

吉庆融不喜欢他把谁都当妹妹的暧昧。

“融融姐，你也在这儿呢！我说你一大早精心打扮。”

麦迪亚娜突然出现，她来乡里寄快递。

“脚还没有好就乱跑，真会关心自己。”

麦迪亚娜在加吾兰旁边坐下。刚才吉庆融在加吾兰面前一直是一副不在乎的样子，麦迪亚娜几句话就戳破了她的伪装，这让她难堪，觉得麦迪亚娜一定是故意的。

一顿饭，索然无味，三人一同回村，各怀心事。吉庆融理不出头绪，她需要一种来自心底的感情，自然流淌。而此刻，那种情感却好像在强行改道，一会儿泛滥，一会儿干涸。

路上，陶淑然的助理给吉庆融打来电话，她们一行要来昆仑地区考察。吉庆融高兴得跳脚，仿佛看到百合提村堆金积玉的样子。

陶淑然一行来到百合提村。吉庆融被眼前的女孩惊艳到，一个典型的南方人，唇红齿白、小巧玲珑。

陶淑然开门见山："任书记，我们此行来新疆是为了开拓仿真花的中亚市场。"他们前期已经调研过，计划把厂子建在昆仑市，厂址定在了玉龙县。

"目前的关键是解决工人的问题。吉庆融介绍了百合提村，我们打算以点带面，解决周边乡村富余劳动力就业问题。"

"太好了，这样妇女们就可以出门挣工资了。"吉庆融兴奋地说。

"不仅仅扶持女同胞，那些闲在家里的男人一样要发挥作用。艾拉提就可以，以家庭作坊的形式生产，我们每周派人来验收。"

陶淑然已经建立了一套成熟的产业模式，企业负责市场营销，百合提村组织劳动力加工，产品验收后，企业现场支付农民加工费。

广场上，陶淑然给村民们上仿真花现场培训课，她边制作边讲解，不一会儿一束美丽的花就做好了。大家内心激动，坐在轮椅上的女孩脸上绽放着笑容。

吉庆融不由分说地把艾拉提推上了主席台，他满脸通红。刚才，阿娜尔带他来的时候，他觉得男人做花丢人，面对眼前同样残疾的女人，艾拉提想找个地洞钻进去。

陶淑然说艾拉提是她的朋友。村民们难以置信——艾拉提怎么能交上陶淑然这样的朋友？有一种癞蛤蟆和天鹅成朋友的感觉。

村民嬉笑起来，却激起了艾拉提的斗志。艾拉提有样学样，也做出了一束一模一样的仿真花。村民们热情高涨，纷纷上台尝试，发现学这门手艺并不难。

任乐水非常欣赏陶淑然。她不仅给村民带来了脱贫机遇，也现身说法教育了村民，她的生命如花般春意盎然，一个生活的强者散发着如火的热情。

陶淑然说："我们生活在一个最幸福的时代，无论是贫穷还是残疾，都无法阻挡我们追求美好生活的脚步。当我的梦想融入了更多人的梦想，当我的个人价值体现在更大的社会价值之中，哪怕是残缺的身体，也能活出完美的人生!"

全场掌声雷动。

村委会和陶淑然的公司签订了协议。

阿解放和柯蓝去考察了一圈适合做加工点的院子，最后想把村委会活动室腾出来做车间。任乐水直摇头，占用活动室会影响村民的正常学习和活动。

吉庆融提出自己的想法，艾拉提家院子大，每次半成品到货后拉到那儿，大家来领，对艾拉提也方便。任乐水看到艾拉提破破烂烂的院子直摇头，那副衰败的样子怎么都和新农村联系不起来。他让柯蓝算了笔账，从工作队的扶贫工作经费里筹了一点儿，几个工作队员又捐了一点儿，花了一万块钱，把院子里里外外修缮了一下，简单地做了"三区分离"，人、畜和果园划出了边界，院子面貌一新。艾拉提自己推着轮椅在院子里转了几圈。

吉庆融想起张振民说过，要有针对性地分类施策脱贫攻坚。而现在百合提村对每户家庭都按照四千元以下、四千至五千元、四千五百至五千元和五千元以上四个等级进行了分类。吉庆融建议，做仿真花要有针对性，可以先将四千元收入以下的贫困家庭组织起来，补齐短板，分类扶贫。

任乐水很赞同。

培训开始了，陶淑然公司派了花艺师到百合提村，村委会一派热火朝天的景象。艾拉提每天坐在前排听课、做笔记，那种投入忘我的状态，让见到他的人觉得他似乎从来就没有在村里出现过。

半成品陆陆续续拉进了艾拉提家。第一次验收，出人意料，百合提村的产品合格率达百分之九十。

艾拉提收到了二百六十块钱加工费。他终于可以通过自己的双手挣钱了，他不再是一个每天混吃等死的废物了，他感受到了自己活着的价值，他和阿娜尔喜极而泣。

一切走上正轨，吉庆融松了一口气，坐在一堆仿真花前，她突然发现微信朋友圈寂静了好些日子。那一刻，她竟然有些想念叽叽喳喳的加吾兰了。这时，苏莱娅从门后露出半个脑袋。

“吉老师，我的外套忘在教室了，你可以陪我去取一下吗?”

吉庆融的心都要融化了，牵着她的手去幼儿园。

紫红色的晚霞铺满天空，天际辽远。

“天空好像偷喝了我爸爸的酒，脸都红了。”

苏莱娅一只手指着天空，一只手捂着嘴笑起来。

落日温柔，风也醉人。

路边商店的奶奶看到吉庆融过来，送给她一朵仿真玫瑰花。奇怪的是，当她们每走过一处院子，都会有人不约而同送给她一朵玫瑰花。苏莱娅一路数着，一朵、两朵……二十四朵，走到幼儿园门口时，吉庆融收了二十五朵玫瑰花。

加吾兰已经等在门口了，他和苏莱娅交换眼神，击掌相庆。

"加老师，我做完了你交给我的作业。我把漂亮的吉老师带来了，还收集齐了二十五朵玫瑰。"

加吾兰对苏莱娅伸出大拇指。

"原来是你们俩在搞鬼？"

加吾兰拿起吉他开始弹唱，苏莱娅拍手跟着唱："祝你生日快乐，祝你生日快乐！"

吉庆融想起来，今天是她的生日。

加吾兰拉起吉庆融的手，走进苏莱娅的教室，播放他提前准备好的视频。加吾兰第一个出场祝福吉庆融生日快乐，接着是几位当红明星……他用特效搞出一台明星荟萃的虚拟视频。

吉庆融有一种全世界祝福她的幸福感，泪水静静地从眼角流出。

"我喜欢。"

"以后我就做你喜欢的事！"

吉庆融感动的样子让加吾兰很满足。

"哇，这个明星是我哥哥的偶像，我认识他！加老师，你朋友都是大明星，你好厉害啊！"苏莱娅尖叫起来。

"吉老师才是我的好朋友，女朋友！"

加吾兰冲吉庆融挑了挑眉，端上蛋糕。

三人一起唱歌，一起许愿。

"你们什么时候手拉手做朋友，成一家人呀？"苏莱娅一边吃蛋糕一边问他们。

吉庆融宠溺地刮了一下苏莱娅的鼻头。

"小孩子说出口的真话，大人却不敢说。"加吾兰说。

加吾兰送吉庆融回村委会，两人都有些不好意思。

吉庆融先说话："给我吧。"

加吾兰抢话："什么？我的心吗？早就在你身上了。现在能给你的只有命了。"

吉庆融内心融化。

"我想珍藏你做的视频。"

"你真的不考虑我和你之间应该有一场轰轰烈烈的爱情？从第一次见你，我就喜欢上了你。"

吉庆融在加吾兰炙热、真挚的表白下，内心矛盾，情不自禁地帮加吾兰整了整衣领，低着头小声说了一句："让我再想想。"

吉庆融手提蛋糕和鲜花，一脸幸福地回到宿舍。

"你的烛光生日可真够浪漫。"

那时，麦迪亚娜待在院子里看着加吾兰在吉庆融面前表演。

"加吾兰喜欢你，你会为他改变一切吗？"

吉庆融刚感到的那一点儿甜蜜，当头被麦迪亚娜泼了一盆冷水。她烦透了，拒绝和麦迪亚娜说话。吉庆融在屋里流泪，麦迪亚娜在门外哭。两个女孩心生嫌隙，谁也不愿意理对方。

麦迪亚娜失眠了，一闪到任冰的画面，她的内心就荡漾起春日晴朗的丝丝暖意，任冰给她的感觉就像一杯温开水，平淡又不可或缺。当加吾兰出现时，她的内心像狂风骤雨般热烈，感觉像一瓶透心凉的雪碧，晶莹的气泡在热血里窜，惊喜又过瘾。

麦迪亚娜非常清楚任冰对自己的心意，也清楚加吾兰对吉庆融的心意。当感受她自己的感情时，心乱如麻。非要在这两个人中选择吗？麦迪亚娜问自己，想起夏亚尔，她委屈的眼泪就从眼角流下来。她太渴望被一个人呵护了，任冰每天只能通过微信发来遥远的问候，再热情的话语也被屏幕打了折扣。自从她见到加吾兰，她的心好像走进了一座游乐园，每天都在开心和畅快之间穿梭，加吾兰的照顾和帮助让她感觉踏实，这种温暖感一直持续到今晚吉庆融出现前。

第二天，麦迪亚娜在紧张和煎熬中度过，她无心回复任冰的微信，只盼着太阳西沉。

“你不喜欢我吗？我不如吉庆融吗？”麦迪亚娜在脑海里一遍一遍演练自己想说的话。

加吾兰被吓了一跳。他没有注意到悄无声息地站在教室里的麦迪亚娜，说：“美女，走路要出声。”

麦迪亚娜被逗笑了，停顿了几秒钟，整理了一下情绪。

“昨天，我看到你给吉庆融过生日了。这样的礼物好特别呀。”

“嗯，她喜欢！”

加吾兰的语气好像在为自己点赞。

“我也喜欢！你也要为我过一次这样的生日，我的要比吉庆融的还好。”

“可以啊，你就像我的亲妹妹，哥哥给妹妹过生日，理所应当啊！到时候啊，我给你举办一个party……”

“你只把我当妹妹？”

“对啊！我第一眼见到你，就感觉你是我妹妹，好像上天又让她回来了。”

加吾兰的表情从兴奋转为深沉又转为激动，他很感激和麦迪亚娜相遇。麦迪亚娜让他找回了做兄长的感觉，激发了他想照顾和保护麦迪亚娜的渴望。当他从吉庆融口中得知麦迪亚娜喜欢自己时，他有了让麦迪亚娜及时回心转意的想法。

“我不是你妹妹！”

麦迪亚娜有些激动。

“你不明白我喜欢吉庆融？为了她我可以放弃我的所有！”

天已经黑了，没有开灯，两人在黑暗中正视了自己的内心。

任冰的电话打了一通又一通。麦迪亚娜像失了魂，她不接电话，不愿意让任冰感到此刻她“朝三暮四”的困惑。

回到宿舍，看到吉庆融时，麦迪亚娜心生嫉妒。

“你赢了，加吾兰喜欢你，喜欢得要死。”

吉庆融也不示弱：“就算他不喜欢我，也不会喜欢你。感情的事情你情我愿!”

吉庆融想起任冰让她心碎的瞬间，都是麦迪亚娜造成的，她现在却吃着碗里的看着锅里的。吉庆融内心生气。

麦迪亚娜把头埋在被子里，放声大哭。她的哭声让吉庆融揪心，这个麦迪亚娜怎么这么霸道？好像别人谁都不能去喜欢，只能让她先挑。

那以后，善良的吉庆融郁郁寡欢，她不忍看到麦迪亚娜失魂落魄的样子，故意和加吾兰保持距离。痴心的加吾兰一头雾水，苦苦地等待着她。

任冰在中关村科技产业园上班，他喜欢站在中国互联网产业高地的感觉。空气里充满电流的味道，数据流在喷涌、吞吐，悄无声息地改变着地球角落的世界。写字楼彻夜灯火通明，还有夜店永不打烊。任冰在这看不见的、看得见的数据丛林中忙碌。

一旦决定要做一件事，就要做到极致，这种倔强印刻在任冰的骨子里。他的公司是做大数据平台的，在这里技术是主流力量，但“码农”却左右不了一个高度市场化的企业。任冰不懂Java和C++。公司赵总学金融出身，谦和大气，管理有方，独具慧眼，让任冰负责运营企划。任冰的工作内容是对口市场与产品研发，将客户的需求提交给产品经理，再交由技术团队去研发。做运营需要良好的沟通能力、表达能力、化解危机的本领，情商显得尤为重要。任冰似乎生来就不缺这些，他能够迅速把脉客户需求，精准反馈。研发出来的产品，几乎是量身定做。

任冰发现大数据真是这个时代最了不起的产物！一套算法，将看似杂乱无章的信息、不易察觉的蛛丝马迹整合在一起，运用技术智能分析，最后得出一个你想要的结论，准确的宏观预测，精准的微观控制，将实践作用发挥到极致。从小到一个公司的考勤管理，大到国家层面某一领域的总体统筹，大数据赋予了一切可能，人类探索知识的脚步一刻也没有停歇，理想变成了随心所欲的现实。

任冰常常想，要是扶贫工作也能借助网络平台，那父亲的驴奶和大芸不愁卖不出去！任冰暗暗关注，寻求契机。

日子过得飞快。转眼间，任冰来公司两个月了，初露锋芒，签下了好几个大客户，政府部门的、国企和事业单位的。大家对他刮目相看，往日那些不苟言笑的"码农"也会投来赞许的目光。这个看似青涩的"外行"给大家带来了实惠。

每天下班，任冰疲惫不堪，站在地铁车厢里会给麦迪亚娜发微信，打发一段嘈杂的时间。

工作没那么复杂，人间的事大不过一阵清风。

大数据时代的诗人！

麦迪亚娜欣赏任冰的洒脱，他犹如驾驭时光的骑士穿梭在网络高速公路，有一种凌波而渡的帅气。

麦迪亚娜是治愈任冰内心疾苦的良药。他想在北京创业，为她种植一片草原，创造属于他和她的美好生活，不留遗憾。想起北京在云端高耸的房价，任冰心烦，他只想给麦迪亚娜在沙漠里端一杯水。

任冰挤进地铁，在那一刻，他与眼前忙碌的人群一起脱离了喧嚣。邻座的男孩不断将掉出耳朵的耳机塞回去；妆容精致的姑娘低着头刷微信；西装男不停地扯袖子，掩饰手腕上的高仿名表；推着小推车的老人一直在不停地找座位……簇成一团的人们却在互不相干地各自奔波，艰辛和幸福的人群聚集在车厢……此刻，地铁承载着每一个人的美好生活。

任冰回到家，伯伯伊利哈尔正在做饭。

伊利哈尔会心一笑，任冰这孩子已经振作起来了。“青椒肉丝，亚娜也喜欢吃这个。”任冰开心地说。伊利哈尔知道他的心思，也打心眼里喜欢他。伊利哈尔夫妻俩忙着给任冰夹菜。任冰眼圈发红，母亲张雯的离去，让他时常生出被遗弃的感觉，在这个城市，一天操劳之后，这样的温情让他不再觉得孤单。

“我们要是一家人多好！”任冰说。

“胡说什么呀，我们本来就是一家人。”王阿姨笑道。

任冰的眼泪滴进饭里。

晚上，任冰又开始做梦，连续剧一样漫长。婚礼上，父亲任乐水和母亲张雯坐在台上，一袭雪白的婚纱，麦迪亚娜娇俏动人，任冰和她互换戒指，时光奔流，她怀孕了，一对双胞胎呱呱落地，孩子长大了，她和他老了，在黄昏的湖边他们手挽着手消失在水波里……

任冰沉浸其中。

早晨，任冰醒来，感觉好像过了一辈子那么久远。他打开微信，想给麦迪亚娜分享那段让人心醉的梦。

对话框弹出一段话，意想不到：

任冰，这段时间我思绪很乱。我能感受到你对我的喜欢。我一直在体会，是不是自己也爱上你了。但我一遍一遍问自己，直到我告诉自己，我对你的感觉，还不是爱那么复杂，也许那只是感动。感动是被真情打动却不是不顾一切地去拥有和奉献，这是一种迷失的感情，会带来伤害，也不会求得结果。抱歉！夏亚尔要来向我道歉了，我的车道是单行道。对不起！我的哥哥。

任冰心如刀割，如坠冰窟。

为什么！我倾尽全力去爱你，而别人只需要轻轻一勾手，你的魂就飞了！

任冰情绪失控。

麦迪亚娜没有回复，任冰打电话过去，无人接听。

任冰觉得一切在瞬间失去了意义。他曾经一直在鼓励自己，在陌生的都市丛林里追逐，心甘情愿地把苦难当甘饴，只为一个爱人。

一块石头，再捂，也会重新冰凉。任冰迷迷糊糊穿好衣服离开。

阳光刺在任冰的脸上，隐隐作痛，他逼着自己不去想麦迪亚娜，一想起那个名字他就心痛，他钻进地铁口。

一天里，任冰茶饭不思，呆坐在办公室。

夜幕降临，任冰出了办公楼，沿街慢行。路灯下，他的影子忽长忽短、忽远忽近，像极了自己忽冷忽热的爱情。

人来人往的路边，一个虔诚的男孩捧着鲜花在表白："我爱你，做我女朋友吧！此生要为你而活！"女孩站在蜡烛中央，感动得流泪，两人紧紧相拥，人们欢呼雀跃。

这一幕格外刺眼，天下熙熙，天下攘攘，利来利往，奔波到死。"此生要为你而活"，多么昂贵的誓言，在任冰眼里却显得无比廉价，看不到保质期！爱情是什么？是漂浮在欲望河流上的一只独木舟！

任冰走进那条老街，这是一条饱经酒精和呕吐物熏染的街道，之前，他忙于打拼从未在这儿驻足。服务生在酒吧门口招揽客人，三五成群的男女放肆欢笑，爆裂的音乐排山倒海，空气里释放的激情似乎吞噬着所有烦恼。

任冰初次来，不知酒力的深浅，谨慎地点了一杯长岛冰茶。调酒师却意味深长地看了任冰一眼。舞台上，肢体摇摆，发丝飞舞，大腿惹眼。酒精和音乐在燃烧。

任冰接过一杯长岛冰茶。

“任冰！”

突然有人叫他，任冰愣了一下，缓慢地转身。良嘉熙！任冰恍如梦中。良嘉熙穿着露肩的晚礼服，裸露的雪白皮肤刺激着任冰的眼球。

“我白天在附近上班，晚上在这家酒吧驻唱。”

任冰错愕不已，他对眼前这个女孩子的印象，还停留在塔克拉玛干沙漠边缘的绿洲村庄，那个美丽善良的支教老师。他们热烈地聊起来。

良嘉熙看了一眼任冰眼前的酒，说：“你怎么敢点这个？”她闪眼剜了调酒师一眼：“凯哥，你可不厚道哦。”调酒师一脸尬笑。

“长岛冰茶”其实是酒名，由五种烈酒调制，酒精度数高，号称三步倒。任冰有些许尴尬，眼前的良嘉熙和调酒师有一句没一句地调侃，让任冰始终无法把印象中的支教女孩和这滥情飙喷的地方联系起来。

良嘉熙给任冰重新点了一杯酒，调酒师眼花缭乱地一番表演，一杯色泽鲜艳的酒勾兑好了。任冰闻了闻，不敢喝。良嘉熙笑得前仰后合，任冰嘬了一小口，嘴里溢满薄荷的浓郁清香，透出朗姆酒的热烈、柠檬的酸涩，口感新鲜、刺激。

“麦迪亚娜好吗？”任冰眼神黯淡下去，良嘉熙猜出了些许滋味，不再多问。任冰小心翼翼地问：“你和谢浩杰怎么样啦？”良嘉熙微笑着摇摇头，说："很久不联系了。"

良嘉熙回到北京，她的先天性心脏病急需治疗，手术费高昂，她没有告诉父母，她上学的花费已经让父母生活吃力。谢浩杰几乎帮不上她，崇高的爱情不生产面包。

"我同时打两份工，等赚够了钱，我就救自己的命。"

良嘉熙云淡风轻，满眼坚定。

任冰湿了眼眶，以前在喀拉苏村，他佩服谢浩杰的勇气，欣赏良嘉熙的超然，但他不了解他们。原来这个美丽的女孩深藏秘密，柔弱的身体里蕴藏着强大的力量。

两个人一下子打开心扉，任冰不再掩饰自己的情伤，述说起无尽的伤痛。

"麦迪亚娜长在我的心里。我在北京苦苦打拼，到头来别人勾一勾手指头，她就跟着跑了，我的心疼死了。"

任冰一把抓起良嘉熙的手按在自己坚实的胸口上，良嘉熙一阵晕眩。任冰一刻不停地要酒。

"你嘴里的女孩子不像麦迪亚娜，女孩子要慢慢哄。"

"今天，想死的心一直在折磨我，可我死了麦迪亚娜也不会为我殉情。"

"那么脆弱，我一个病入膏肓的人都在向'死'说不，你还要自己干掉自己？大好河山没去一处，弱水三千未饮一瓢，为情所殇，难得其所！"

"说得好极了！你走吧，麦迪亚娜！滚蛋吧，夏亚尔！"

任冰大喊着，麦迪亚娜在他眼底飘进飘出，似鲜花盛开，似落叶飘飞。混乱的幻觉涌了上来，他"哇"地吐了一地，栽倒在吧台下。

夏日的北京，闷热异常，夜风燥热。

良嘉熙搀扶着醉酒的任冰，在街头蹒跚而行。

第二天，任冰醒来，他记不清自己昨晚喝了多少酒，吐了多少次，说了什么话。他脑海里一遍遍滚动着一个画面，自己一直在和一个女人纠缠，他不知道那画面是不是酒后的幻觉。任冰难以置信，这是绝对不可能的节奏！

满屋芳香，任冰头疼欲裂。

“醒了？”

良嘉熙走进卧室，温婉地笑着，昨夜他在那笑容里痴狂。任冰第一次认真地看良嘉熙，那些曾经清纯的倩影荡然无存，此刻，她无比妖娆。

“昨晚，我在做梦还是在做……”任冰仿佛自言自语。

“斜风细雨不须归，该上班了！”

“任冰，钥匙在桌上。”

良嘉熙的足音消失在楼道里。

任冰匆忙打开百度，琢磨这首渔歌：“西塞山前白鹭飞，桃花流水鳜鱼肥。青箬笠，绿蓑衣，斜风细雨不须归。”这首描写风景的唐诗，突然让他兴趣盎然，那些意象让他浑身燥热：山前翱翔的白鹭、江水中肥美欢游的鳜鱼、青色箬笠绿色蓑衣的老翁、在斜风细雨直立的钓竿！那些看似怡然自得的雨中春景，却包藏风花雪月的暧昧，让任冰迷失在乐而忘返的遐想中。

任冰看着镜子里的自己，头发蓬乱、面容枯槁。他曾经一度觉得自己是一个特立独行的人，傲睨群雄。此刻，似乎一下子大彻大悟，自己就是个追逐着七情六欲的普通人，上帝在这张脸上没留下一丝惊艳之处，半生不熟的人生浅薄惨淡、刚愎自用，眼前的化相风吹幡动，心乱如麻。

任冰匆匆逃离。

这一天，任冰脑子里全是良嘉熙和麦迪亚娜的叠影，他苦思冥想昨夜的轨迹，一会儿是一阵模糊的呻吟，一会儿是一片混乱的画面，他怎么也理不清晰。

一整天，良嘉熙暗暗垂泪，她不愿回忆却无法忘记，那个男孩一遍遍叫着麦迪亚娜！那个搂着他的女孩一次次哭泣。万物生长！

阿解放对吉庆融生产仿真花从不上心，新疆大地遍地鲜花，没人愿意插一朵假花然后喷上香水摆着。那女孩子倔强异常，总想干一些出人意料的事情，再说任乐水顺着她，阿解放不好明确反对，可这扶贫不是打游戏，输了可就天降大祸，来不得半点儿虚假。

“你去调研一下，看生产仿真花有没有市场？扶贫不能四面出击，要聚焦发力。”

任乐水交代阿解放。

阿解放问吉庆融要数据，吉庆融一下子火冒三丈，她就觉得他鬼主意多，从来不考虑怎么把事情做好，一天就盘算着打击别人，一在一起就让人心生戒备。

“数据没收齐，要不你自己去现场问，都是现成的。”

阿解放觉得眼前的小姑娘变化太大了，当初在城里，自己说什么她都一副认真照办的态度，不知道为什么自从来到村里像变了个人，说话、办事都长脾气了，随时来一出将相和的桥段。

“小羊羔子吃奶——咬得母羊肉疼。这丫头子嗓子里冒烟——呛人。”

任乐水笑起来。

任乐水把吉庆融叫来，让她和阿解放一起做一个生产塑料花的调研报告，认真分析一下在村里搞这个扶贫产业的可行性。

“那艾拉提不是赚了几千块钱了，还能有毛病？”

“雾里看花终隔一层，当初只是想借陶淑然的热情做些群众工作，也想了解一下市场走向。你做的那些群众宣传效果不错，但产业效果怎么

样，要让市场说话。”

吉庆融说了一大堆数字，已经有二十几户人家开始给陶然公司供货，虽然时续时断，但平均收入有两千多块钱，按这个速度推算，解决二十几户的扶贫问题应该有前途。

“调研完再说话。”

阿解放开车拉着吉庆融去县里找陶淑然的工厂，嘴里哼着哈萨克族民歌。吉庆融好生奇怪，他唱出的味道有维吾尔族的粗犷，还有哈萨克族的幽怨。

每当我唱起蓝色的歌，
激情像波涛涌上心窝；
我要用这动人的歌曲，
抒发内心无比的欢乐。
……

歌声打动了吉庆融，觉得眼前的灰白发男人不再那么讨厌。

“庆融啊，我们维吾尔族人讲究仪式，好面子，长幼有序。以前，我只领导你一个，摆个谱，支使你多干活，一是不想惯着你，让你早点儿适应社会；二是过一下当官的瘾，老都老了，总不能让老婆呼来喝去吧。”

吉庆融突然有点儿感动，对阿解放的心机她一点儿没有看出来，就是觉得被欺凌、被挤压，原来那些拐弯抹角的事情里藏着那么些有点儿阴暗的小九九。她笑了笑，擦一下眼角的泪水，内心更加抵触他。

他们一上午跑了几个部门，经信委、发改委、商务局，说到陶淑然似乎都知道一点儿，到底她在哪里投资，投了什么又说不清。吉庆融以为自己在做梦，前些日子陶淑然信心满满说要在玉龙县建厂，而且和百合提村的合同也签了，半成品拉来了几吨，成品也运走了，怎么现实里却没有她一点儿痕迹。她拿起电话，几次想拨过去，又不知道要说什么？她会是个骗子？可农民是赚回了红彤彤的现金，她骗他们干什么？这些问题超出了吉庆融的认知范围，大脑一片混沌。

他们来到昆仑市，在路边找了一家小餐馆，各要了一份干煸炒面。阿解放呼哧呼哧几口吃完了，声音奇大，惬意地喝着大碗砖茶。吉庆融味同嚼蜡，吃了几口丢下筷子，茫然地看着进进出出的人们。

天气燥热，汗味、油烟味、羊肉的膻味在简陋的小餐馆里飘荡，吉庆融冲出屋外，深深地吸几口干热的空气，意识清醒过来。

陶淑然就像窗外的清风，她不会骗人！她一定遇到了难处。吉庆融想。

“现在的人靠不住，到处骗人。”

“可她骗你什么了？难道贫困户受了自力更生的教育不对？连艾拉提都自己动手了，这是欺骗吗？”

“你们这些人，我说不清楚。”

“你就是目光短浅，思想狭隘，什么是‘你们这些人’？陶淑然也是想帮助我们扶贫，这个问题你想过没有？”

吉庆融的语言里充满火药味，阿解放一时无语，不知道说些什么，他原意想说那些人不远万里来这里投资，不就是为了赚钱，哪有那么多高尚的情操，可说着说着话就说岔了。

开车去了开发区，在那里，他们还真找到了陶淑然投资的场地，那只是一块荒地，画出了红线，地上什么建筑物也没有。

“她搞不成，建起来就是亏损。虽然离中亚近，但昆仑地区玉龙县不产塑料原材料，要从兰州买ppc原料运到这里，生产完还要从喀什运出去，整个物流环节都是逆流。那些塑料花就和塑料一样的，没有生命。”

开发区办公室的员工几句话就把陶然公司的未来描绘完了。吉庆融透心凉，阿解放却一脸轻松，继续哼他的哈萨克民歌。

……

歌声就像粼粼的碧波，

日夜不息向四方传播；

花香草深清风微微拂，

欢乐充满我们的生活。

又一次验收塑料花，下周要用的半成品也已堆放在院角，就等下午发给村民。艾拉提躺在院子里晒太阳，心满意足，觉得干劲十足，他想接着再干一会儿。

艾拉提想从尼龙袋子里拿一些花和叶子出来，袋子口扎得很紧，手边没有剪刀，他想都没想就掏出打火机，尼龙袋瞬间被烧了个大窟窿，涤纶、塑料、丝绢做成的塑料花原料被点着了，黑烟肆虐，所有的尼龙袋都烧了起来，火苗直往葡萄架子上蹿。

艾拉提一边大叫，一边甩着自己袖子上的火星，正是午饭时刻，等邻居们赶到，塑料花被烧了个一干二净。所幸艾拉提只是左手腕被烧伤。

上万块的半成品被化为灰烬，吉庆融内心哀叹，村民们群情激愤。艾拉提左手缠着纱布，耷拉着脑袋，他恨不得扇自己几个耳光，怎么蠢到用打火机烧口袋，大家的心血付之一炬，他万念俱灰。

阿解放怒气冲天："艾拉提你还能干成啥？"

按照协议，火灾责任属于村委会，要赔偿陶然公司供货损失。

艾拉提说他的错误他负责。

吉庆融眉毛一挑，一阵惊讶，艾拉提敢作敢当了？最后商量妥当，由村委会先行赔偿，对艾拉提不限还款期限，有多少还多少。

阿娜尔整日以泪洗面，好日子刚来又被不争气的男人一把火烧了，她对眼前这个男人失去了信心。陶然公司那边并没有提出索赔要求，但他们彻底退出了昆仑地区，仿真花也彻底退出了艾拉提和村民的生活。

连着几天，麦迪亚娜惴惴不安，她哪有什么夏亚尔，但任冰信以为真不再联系她。她伤害了任冰，万分悔恨。她一刻不停地梳理自己的情感。她觉得自己又矫情又任性，伤害着所有人，内心备受折磨。

为什么要介入吉庆融和加吾兰的交往中？世界那么大，我为什么蜗居在这个小小的舞台找精彩？我到底怎么了？眼前的一切是我要的吗？要不是自己，他们俩应该出双入对了。想到平日里融融姐对自己百般照顾，麦迪亚娜内心歉疚，决定向吉庆融道歉。吉庆融走访去了，驻村干部忙起来没有周末。麦迪亚娜叹息一声，默默打扫宿舍。

麦迪亚娜撸起袖子帮吉庆融把一摞摞“纸片”规整齐全，随手翻开那本枣红色的笔记本。

“要是能撮合成了麦迪亚娜和加吾兰，任冰退出了……”

“加吾兰又来了，他对麦迪亚娜也很好，心里真不舒服，让他们走到一起吧，也许那是我需要的……”

潦草的笔迹像一根根针，扎进麦迪亚娜的眼里，原本对吉庆融的愧疚瞬间消失。她一直认为吉庆融是一个脾气直爽的女孩子，没想到她深藏心机。她一次次合上日记本，又忍不住好奇心，躲在门后继续看下去，心跳加速。

麦迪亚娜一口气读完了吉庆融的日记，思绪难平，自己被利用！如果装作不知道，是自欺欺人；找她摊牌，又表明自己偷窥了她的日记。

“真有心机！”

麦迪亚娜呆坐在床边一直到天黑，理不出头绪。

吉庆融推门进来开了灯，一眼看到憔悴的麦迪亚娜和她手里的日记本，她上前一把夺过。

“没有经过别人允许，不能动人家的东西，没人教过你吗？”吉庆融非常生气地说。

“没有经过别人允许，不能乱点鸳鸯谱，没人教过你吗？”麦迪亚娜不紧不慢地说。

“你看了我的日记！你在偷我的心！”

“你不锁上，就是为了让人看呗，为了自己那点儿私心，你凭什么决定我跟谁在一起？”

麦迪亚娜不依不饶，吉庆融把日记本往地上一摔。

“话别说那么难听，我干什么了？我干什么了？去幼儿园不是你自己选择的吗？”

“你无耻，你利用我！”

“现在是你和加吾兰在一起了？还是我和任冰相爱了？日记看过瘾了吧，我后面述说的悔恨你没有看到吗？为了你，我快把加吾兰折磨疯了。”

麦迪亚娜开始抽泣。

吉庆融摔门而出，却被灯光下的人影吓了一跳，加吾兰正定定地站在宿舍门口，他一字不漏地听完了两个女孩的争吵。

吉庆融羞愧难当，一路狂奔。

“吉庆融，我在你心里到底算什么？”

加吾兰第一次叫吉庆融的全名，他异常愤怒。

吉庆融停下脚步，仰望夜空，天空混沌，一片黑暗。

“我把你看成生命中最重要的人，你呢？为了任冰，为了麦迪亚娜，随手操弄，随时丢弃，我的感情有那么廉价？”

加吾兰扬长而去，他本以为自己感动天感动地，也一定感动了吉庆融，没有想到她的心底七拐八扭，冰雪一片。

爱情足以让炙热的人们低下高贵的头颅，捧起一颗多情的心无所顾忌地献给对方，有时候却眼睁睁看着被对方扔进尘土里。

加吾兰足底生寒，步步心碎。

张振民铆足了劲替任乐水的两个项目奔波，任乐水乐见其成。没多久，项目调整计划批复下来，下一步该任乐水安心养驴、种蘑菇了。

任乐水喜欢把事情做实的笃定感，一切好听的词汇烟消云散，一切不确定的前景云开雾散，自己像一个匠心独具的造物者，用一手绝活，把不可能的事情变为现实，温暖了努力的人生，成就了一颗纯粹的心。面对排山倒海的挑战，探寻无限的可能性，将每件事情做到极致；面对风云莫测的变化，拿捏有度，在反转生成中选对方向；面对无法预测的未来，把握当下，挖掘潜能，穿越不确定的险途，把自己铸造成器。

这些智慧的感悟，让任乐水时常生出一些空灵感，在自在中穿行，找到终极的使命，每做完一件事情，会体验到内心的至诚和纯粹的真实，那一刻，生命像鲜花一样绽放，世界拥有了全部意义，生命里生长出不死的灵魂，“唯天下至诚，为能尽其性”！

张振民提了两瓶中国最知名品牌的酒来到任乐水宿舍，他们对饮。

张振民拿起任乐水的书法练笔，念道：山上飞泉，漫流山下知何处？乱云无数，留得幽人住。深闭柴门，听尽空檐雨。秋还暮，小窗低户，唯有寒蛩语。

“有文化，就是有点儿暮气。”

“是从容。”

酒很醇，几杯酒下肚，谈兴浓烈。

“你是那种人，看着舒服，做事靠谱，又似乎拒人千里。打的是无影拳，走的是凌波步，很坚韧，很‘老道’。”

“哪有那么玄乎，只是有一种钉钉子精神，有一种心底无私天地宽的坦然。”

“那你说说我有哪些毛病。”

任乐水知道张振民智商不低，想求肯定却反着问话。他想起张振民时而飞扬跋扈，时而意志坚定，时而惊慌失措的表现，一时难以开口，给张振民夹了一个鸡腿，举杯碰了一下，喝了口酒。

“你不错，聪明能干，敢于担当，有理想抱负。”

张振民的眼睛转了几圈，自饮了一杯酒。

“不真诚！说人聪明实际上是说大脑不开窍，缺情商。”

任乐水抿嘴笑了笑。

“苏东坡做官有心得：横看成岭侧成峰，远近高低各不同。不识庐山真面目，只缘身在此山中。这首诗小学生都会读，可学透的没几个。有些人总走迷路，因为在半山观景，人要站在高处，才能知晓山径。”

“你的意思是我看不清方向？”

“没这样聊天的，你自己悟！要明白我们干部应该干什么，怎么干。你看那造牛奶的为什么往牛奶里加三聚氰胺，因为不是为了爱孩子，只是为了利益，说明没信仰。”

“我有信仰！”

“你的信仰是什么？摸着心说！眼前是不是副县长可以早点转正？这件事情在你心里就是大事。”

“不瞒你说，我的理想是当一届县委书记，在属于自己的土地上创造一个老百姓的人间天堂。”

“不是我说话不好听，你的修为差距不是一般的大。我们每个人都应该有超越自己的梦想。但不是为了官职的那点进步，要成大器，竭尽全力，穷尽所能，天降大任于斯人，苦其心志，劳其筋骨，成为一个有责任的人，成为现实的造物者。”

张振民不知道是酒精上头还是领悟力不足，一时没听明白任乐水要说什么。

“结合实际说吧，脱贫攻坚战就是要解决这片土地上百姓的疾苦，我们干部的使命是什么？就是要找到为人民服务的方向，群众的困难就是我们的困难，可我们又有多少人做到了？位置比工作重要，帽子比村民的吃喝重要。你身上有没有这些表现？反正我有！”

张振民大汗淋漓，擦了擦汗，自己独饮了一杯酒。

“我们要知敬畏，首先要敬畏你的百姓呀，赞天地之化育。拿出你的力量，解决人世间的疾苦，就可以与天地同参，顶天立地，写就一个大写的人！”

“我不是一直很努力吗？”

“不够啊，兄弟！脱贫攻坚要干什么？要解决贫困的问题，那是百姓的苦！这些苦难要我们扛起来，只有解决了这些问题，就会让人间开出幸福的花朵，也就实现了每个人的自我超越。你做好了把一个县人民的幸福、痛苦都当成自己生命的内容的准备了吗？”

张振民已经泪流满面。

他出身草根，靠一点儿才华、勤奋和机会好不容易坐到今天的位置，他怕失败，怕失去这些成功的果实，每天谨小慎微如履薄冰，有时候趾高气扬，有时候唯唯诺诺，有时候志得意满，但内心始终不踏实，有种飘在空中的不安定感。但他找不到那些让他虚弱的理由，他自信有一个强大的精神世界，但也只是在忙忙碌碌中才感觉到一种平淡的获得感。任乐水的一席话，似一记闷棍敲醒了他，信仰的强大才是根，而那些信仰要根植于无我的境界，将血脉融入天下苍生的安危之中。

张振民想起了许多历史：在人心崩溃、生灵涂炭的时刻，大漠孤烟，唐三藏千里独行去取经；那个圣人把自己钉在十字架上，只为启迪一代又一代人黑暗的心灵；还有最伟大的中国革命先烈们，为了新中国的梦想，抛头颅洒热血，以生命祭奠共和国的旗帜。原来，一个人来到这个世界，只是为了把灵魂修为得干净一点儿，救赎自己，只为苍生。

张振民体悟了一种大觉醒的欢畅，他内心清净祥和，热血仿佛在燃烧。

任乐水端起杯，念道："冥鸿天际，尘事分付一轻芒！"

张振民大醉而归。

吉庆融觉得自己好傻，那些心情转瞬即逝犹如昙花，不着痕迹却波涛汹涌，她想留住那些美，所以她写日记，写给自己，写给平凡的时光。可麦迪亚娜让她产生了衣不遮体的羞耻感。

吵架以后，吉庆融和麦迪亚娜便不再说话，两个固执的姑娘在心里对峙，屋檐下硬生生地隔出两个世界。那种割裂感让吉庆融坐卧不宁，她决定低头。

麦迪亚娜一直躲着吉庆融，吉庆融只好跑到幼儿园找她。一去就见到麦迪亚娜和加吾兰正在一起设计教案，脑袋快碰到一起。见到吉庆融，加吾兰点下头走了。

"可以接受我的道歉吗？"吉庆融说。

"没必要，我也有错，但是我不会向你道歉。"麦迪亚娜霸道地说。

“那你想怎么样？”吉庆融问。

“顺其自然吧，你和我之间，还有我们的感情。”

这样的结果也是吉庆融想要的。

吉庆融心乱如麻，不知道怎么面对，只想把这些事情放下。她不再写日记，改做短视频记录生活，注册了一个叫“百合提村的融花”的账号。

吉庆融别出心裁设计每天两分钟的短视频，炙热的沙丘、橙色的黄昏、破晓的黎明犹如梦境；小吃摊的熏烟、孩子们的欢笑、欢腾的校园飘散着不一样的烟火；荆棘丛的飞蝶、大红大绿的大篷马车、雨后树桩边的冒头蘑菇，美不胜收；连阿娜尔做的焦黄的抓饭都让人垂涎欲滴。

关注量天天上升，吉庆融开始做直播，村民们的核桃、红枣成为了粉丝案头的零食。

镜头下，百合提村遥远、奇特，像被遗忘的苏醒的村落，岁月一片静好。

加吾兰也注册了一个账号，取名“百合提村的加郎”，只要吉庆融直播，加吾兰就刷礼物。他们知道彼此的账号，一个不说一个不问，两人只在平台里维持着联系。有时加吾兰礼物刷多了，吉庆融发信息：“加郎，刷的礼物都会上交村委会，克制克制。”加吾兰笑笑也不回复，下次照旧。

吉庆融喜欢这种忙忙碌碌充实的感觉，和麦迪亚娜、加吾兰的距离感让她觉得舒服，一切都调整到了最佳状态。

一个周末，吉庆融突然接到了弟弟的电话，母亲开着三轮摩托车接醉酒的父亲回家，与一辆超速的面包车相撞了。

吉庆融瘫坐在椅子上，弟弟的哭喊声让她的心揪着痛，全身发抖，她不敢相信。见到任乐水，吉庆融根本说不出话来，瞬间放声大哭。

最近一班火车是明天早上的，吉庆融心焦如焚，坐在床边发呆。麦迪亚娜把一切都看在眼里，她去找加吾兰借钱，要凑够一万块拿给吉庆融应急。

加吾兰冲进了村委会。

吉庆融神情恍惚，加吾兰订了同趟火车票。

“明天我和你一起回去。”加吾兰语气坚决，不容商量。

第二天，两人一起离开百合提村。

火车上，他们把铺位换在了一起。吉庆融无法接受事实，背对加吾兰蜷缩着身体默默抽泣。

她十分想念母亲，思绪一直在自己成长的岁月里飘荡。母亲整理的菜园、给她做的鸡毛毽子，还有独一无二的耳环，一想到今后可能再也吃不到母亲做的土豆丝了，吉庆融浑身颤抖起来，努力克制着不哭出声。加吾兰心疼地拍着吉庆融的背，像哄小孩子一样安慰她，吉庆融感受到一种安全和舒适，迷迷糊糊闭上了眼睛。

终于回到了那座尘土飞扬的小城。“马踏飞燕”临空而立，这座为彰显大汉帝国“武功军威”而命名的城市，就是吉庆融自懂事以来最想逃离的地方。她的印象里充斥着黄土坡、山羊角和父亲的呵斥声，只是因为母亲，她会偶尔回来。

医院“ICU”的字眼直戳吉庆融的心脏。弟弟告诉她，妈妈的右边肋骨扎进了肺里，导致了肺气肿，左腿粉碎性骨折。

吉庆融不停地哭泣。弟弟注意到姐姐身边的小伙子，深眼窝高鼻梁，高大威猛。

吉庆融的父亲脖子上挂着绷带，走过来。她双手揪住父亲的领口，一字一句地说：“吉家和，我妈要是有个三长两短，别怪我不认你这个爸！”吉家和缩在墙角开始号啕大哭，不知是悔恨还是愧疚。

母亲需要白蛋白维持体征，那药一瓶五百块。吉庆融握着空瓶，仿佛握着母亲的生命。护士在催续费。加吾兰匆忙去缴费。

夜晚，看着ICU的大门一会儿打开一会儿紧闭，吉庆融多么希望那扇令人绝望的大门里会发生奇迹！

加吾兰让吉庆融枕在自己的腿上。此刻她太累了，扭捏和矜持跑得无影无踪，她的脸贴在他的腿上，那中间只隔着一条热乎乎的毛巾。

第二天的清晨，突然从ICU里推出来一位病人，是另外一个女孩的妈妈，女孩不停地向医生鞠躬，眼泪横飞。

此情伤心，吉庆融的眼里满含泪水，在心里一遍遍祈祷，母亲，女儿想你，女儿等你，女儿爱你！不要留下我一个人！

一个护士说："把人抬回去吧。"吉庆融晕厥过去。

月朗星疏，吉庆融像只木偶坐在灵前，不停地烧纸，眼泪一次次滴落，加吾兰拿了条毯子给吉庆融披上，静静地坐在一旁，他的胳膊上也套上了黑色的袖章。

在去往墓地的路上，亲人们哭得歇斯底里，吉庆融神情麻木。直到母亲入土的那一刻，她突然恐惧起来，觉得有一种巨大的力量在残忍地掠夺她对母亲的爱，她张开双臂抱住棺材，跪在地上，开始哭喊："妈妈，妈妈，下辈子做我的孩子好不好，我来疼你爱你，你要记得来找我……"

吉庆融的哭声撕心裂肺，加吾兰紧紧地抱住她，她瘫在加吾兰的怀里……

这里已经不值得吉庆融留恋了。

上火车前，他们一起吃兰州牛肉面。吉庆融看一眼那座小城，目光移动到加吾兰的脸上，她突然想起加吾兰是维吾尔族，吃饭有讲究。

"你这几天怎么吃饭的?"

"有啥吃啥呗。"

加吾兰大气地笑起来。

这几天，吉庆融一直沉浸在自己悲伤的世界，没有想起过照顾加吾兰，心里充满愧疚。

加吾兰摸了摸吉庆融的头，拿出了一个红包。

“你舅舅给我的，说你第一次带男朋友回来，新媳妇和新女婿进门，长辈必须给红包。”

吉庆融万分惊讶，低头沉思了几秒说：“好吧，那红包你该得。”

“什么？什么？你再说一遍。”

加吾兰满脸欣喜。

吉庆融从甘肃回来后，隔三岔五地咳嗽。加吾兰十分担心，坚持让吉庆融和他去乌鲁木齐看病。

八

阿娜尔哭诉火灾把家里仅有的三千块现金给烧了，日子没法过了。那些日子，阿娜尔给工作队做饭有了些现金收入。艾拉提做塑料花也有了些现钱，拿在手里激动得不知道将钱放在哪里好，放在家里怕被偷，放在外面又不保险，窗户下是一堆苞谷棒子，就拿了个纸盒子把钱放进去，埋在苞谷棒子中间。艾拉提时不时把轮椅摇过去，把钱挖出来放在鼻子底下闻一闻，然后再埋回去。没想到防到了天灾没防到人祸。

任乐水安排工作队去村民家走访，看有多少人把现金藏在家里。调查结果出来，令人难以置信，除了一些富裕户有银行卡，大部分人家都是把现金放在家里，院落、棚圈、炕头，五花八门。还有一些人家根本没有现金，将几百块钱揣在兜里，扛着一家的财富到处跑。

“为什么不办银行卡?”任乐水问。

“麻烦，存了银行取钱不方便，还要交手续费。”阿解放说。

“村委会院子应该放一个自动取款机，那样村民就不跑远路了。”柯蓝说。

吉庆融心里一直乱着，生活的变故让她整日心神不宁，她不想说话。听他们说村民不存款的原因好像都是外部的，其实，她来了以后就发现了这个问题，和她老家人一样，村民喜欢现金，钱在家里踏实。但这里的人有一种即时消费的习惯，挣到一笔钱就立刻去买那些平时渴望的消费品，男人买肉买酒买烟，女人买衣服买化妆品买黄金首饰，只考虑今天的快乐，不考虑明天的生活。所以，不是艾山家把盖房子的钱买了酒喝，一家人打得不可开交，就是玉山江家把还化肥的贷款钱买了金项链，被银行工作人员追还贷款追得到处躲。今天要买的东西充满了诱惑，将来的事情先放在那儿，总有办法应付下来。没有计划、缺乏自控力，一点点销蚀着人的自律意识，日子久了，村民间互相攀比，成为一种生活习惯，打上穷人消费的深刻烙印。

“庆融，你有什么好主意?”任乐水问。

“我在想，每个人都是一个独立的、有情感和思想的人。我们做正面教育一点儿没错，可是我们扶贫还要从他们的心理动机入手。”吉庆融说。

“简单的事情，说那么复杂，你就说怎么办。”阿解放说。

“让她说完。”任乐水说。

“不存钱首先是一种落后的生活习惯，是一种态度，反正没有多少钱，走一步是一步，走哪儿是哪儿，对未来不抱希望，心死是最穷的活法；其次表达的是一种对生活的绝望情绪，他们认为已经得不到什么了，没有什么可失去了，对未来的失望就变成了对现实的麻木，变成了虚假的乐观，就有一种及时行乐的放任；最后，在这种潜藏的心态支配下，变成了一种群体的生活习惯。在他们看来，变成富人的目标太遥远了，就不再考虑未来，有点儿现金就非常冲动，几乎丧失了自我控制的能力。”

任乐水没有想到吉庆融对贫困户的思考这么深刻，不存钱是一种穷人的生活习惯，这种方式放弃了未来的资源，也就放弃了对长期目标的思考，会在思想上穷下去，在现实中也会一直穷下去。

“那我们把贫困户的目标设定得近一点，搞一个‘村民存款行动’，先给每家每户做个理财计划，办一张银行卡，每月检查一下他们的消费支出，帮助农民养成合理的消费、存钱习惯，建设一种文明的生活形态。这件事情就交给阿解放和吉庆融。”任乐水说。

阿解放带着吉庆融跑了几次农村信用社，希望农村信用社能在百合提村村委会设置一台自动取款机。工作人员一副爱莫能助的表情，说：“你们扶贫不算成本啊？那个机器里一年存个几万块，还不够我们来回跑的油费。每天要押运员送钱、取钱，你们算算账。”工作人员说的在理。他们有点儿垂头丧气。任乐水也没办法。

李木水到村里确定养驴专业户，他把艾拉提、卡德尔和亚然家都纳入名单中，每户养三头驴，需要一万块钱投入，其中，李木水的奔腾畜产品有限公司先垫付五千块，另外五千块需要农民自己投入。

“我负责收驴奶、收驴肉和收驴皮，你负责按质量标准养驴。这个生意我是赔的，只有到以后养殖成规模了，我才可以收支平衡。”李木水说。

“马克思说，资本来到世间，从头到脚，每个毛孔都滴着血和肮脏的东西。你亏本我就不信。”任乐水说。

李木水意味深长地看一眼任乐水，任乐水一下子觉得自己的话有点儿不合时宜，人家李木水能跑到这个穷乡僻壤，是自己做了许多说服工作，他的奔腾公司早在昆仑地区扎了根，效益不错，并不在乎有没有百合提村的这几十户村民。用常人的话说，是给任乐水一个面子，照顾他们村。可是任乐水固有的对民营企业的偏见，一不小心就暴露出来。

“我话没说完，你任书记这样带着农民干，不愁事业做不大，一定会有点儿盈余，我为逐利而来。”李木水说。

李木水的态度有点儿冲，话里表明了三层意思，成全你任乐水；我也在帮农民；我不做慈善，企业盈利理所当然。任乐水一时哑然。

李木水感到了空气里的不自在，调整一下情绪。

“马克思说过，资本家害怕没有利润或利润太少，就像自然界害怕真空一样。一旦有适当的利润，资本就胆大起来。如果有百分之十的利润，他就保证到处被使用；有百分之二十的利润，它就活跃起来；有百分之五十的利润，它就铤而走险；为了百分之百的利润它就敢践踏一切人间法律；有百分之三百的利润，它就敢犯任何罪行，甚至冒绞首的危险。这些道理千真万确！可我们是中国特色的企业家，我们回馈社会，履行社会责任。”

“我啊，书生弄笔，想法多做法少；你呢，珠藏深渊，安静守常。你的名字就很有气象，木水——木上有水，君子以劳民劝相，有一种源源不断地为天下的境界。”

“任书记懂易理？不简单！我爷爷说我的名字取自《易经》。”

“那部天书是中国智慧。”

他们又聊起养驴的事情，任乐水担心农民手里没有钱，想让那五千块也让李木水垫了。李木水苦笑，在商言商，他还是感到了任乐水和自己思维方式的区别。任乐水身上有干部身上的典型特点，克己奉公、坚韧不拔，可是一谈到发展，总是希望照顾，希望无偿拨款，成本意识淡薄，换句话说存在“等靠要”思想。他们常常看到了村民身上的“等靠要”表现，其实好多共性的思维是传导的。

“你要转换思路，贫困户为什么自主意识不强，因为一切都是政府送的。他们没有成本投入，日子过好了是党的温暖照耀大地，日子过不好有政府兜底，养了一帮懒汉。要让他们参与进来，花自己的钱，在政府支持和帮助下追求美好未来，那样，他们从思想上、从灵魂深处在自救，扶贫才能见真效果，才能立志。所以，你的贫困户的五千块钱，要他们自己出。”李木水说。

“没——钱！怎么办？”

“一是掏他们家底，有多少算多少；二是贷款。我知道银行不愿意给他们贷款。这个我可以帮忙，我担保，你村集体也可以担保。不是什么难事。”

任乐水豁然开朗，突然觉得自己的无知，绞尽脑汁在想扶贫措施，方法不对，力不从心。只知临渊羡鱼，不知退而结网。任乐水有点儿为自己的无能尴尬。

“隔屋撺椽因为隔行，贷款的事情我帮你们来办，那信用社里存了我几百万。”

吉庆融和阿解放一边收集资料，一边陪着李木水跑贷款，领着银行工作人员一家一户调查。不几天，二十户的贷款就下来了，人人手里有了一张银行卡。

“早就应该找李木水，那本事比张振民强多了。打狼的事情找猎人，干嘛要找牧羊人。”阿解放说。

“别胡说八道，你一天不评论一下，世界就不安宁？谋臣猛将各有天责。”任乐水说。

吉庆融脑子里一直记挂她的自动取款机，她把想法说给李木水，他笑一笑没接话。她说了几次，看没有下文，有点儿生气，一天到晚嘟着个嘴不怎么和李木水说话。一个星期以后，信用社来了几个工作人员，在院子里转了几圈，说在大门口安装一台自动取款机。吉庆融的眼珠子都快蹦出来了，她好话说了一堆，信用社的干部根本不听。当她绝望的时候，信用社的人自己找上了门。

“你们不担心赔钱吗?”吉庆融讽刺道。

“不赔，你们找了个金主。他每年和我们一次性核算，一年白投十几万。有能力的多做点慈善就好了，贫富均匀了。”信用社的工作人员说。

行到水穷处，坐看云起时。

吉庆融“耶”地大喊一声，跳起来转了个圈，裙裾飘飘，露出了修长的腿。

柯蓝和卡德尔家结了“民族团结一家亲”的亲戚，柯蓝老大不情愿。他和卡德尔都是四十二岁，在十一届三中全会召开前一年出生的，生肖属蛇。卡德尔生在年初，柯蓝生在年中，柯蓝要叫卡德尔“阿卡”（哥哥），知识分子的自尊心很受伤。柯蓝结这么个穷亲戚，自己家养了一男一女两个孩子，一个上初中，一个上小学，几乎照顾不上，可还得照顾同龄的拖家带口的卡德尔一家。他家四个孩子，大儿子阿迪力二十一岁，终日在村里晃荡，三个女儿，最小的还在幼儿园。柯蓝就没弄明白，为什么他家穷得揭不开锅，还超生了一堆娃儿，日子越过越穷。虽然住在一个村，柯蓝经常送点米面，再给点现金，偶尔还给小孩子买几件衣服，可依然是杯水车薪。柯蓝想不出什么好办法帮他们家脱贫。

阿斯艳一天病恹恹的，初中毕业后嫁给卡德尔，第一胎生了个儿子，第二胎生了个女儿，不想生了。卡德尔不愿意，他看不出儿子阿迪力会有多大本事，盼望再生个儿子，让儿子上高中考大学，以后当个国家干部好给他养老。阿斯艳年纪轻轻得了当地常见的妇女病，不愿意再生，卡德尔就以离婚要挟她。在农村女人没地位，男人是太阳，离了婚抬不起头。阿斯艳拼了命继续生，又生了两个女儿。生到小女儿时，那些神叨叨的人说老天会赐予他们一个儿子，会成为解救他们家贫困的天使。卡德尔的眼睛里充满了火焰，为了躲避计划生育干部，不顾老婆重病怀孕的身体，把她藏在塔克拉玛干沙漠深处的亲戚家。结果差点儿要了阿斯艳的命，幸亏扶贫医疗队送医下乡发现了阿斯艳的危险，急忙送她到昆仑地区人民医院。阿斯艳的命保住了，小女儿的命也保住了，但是阿斯艳被切除了子宫，家里还被罚了一笔超生款。从此日子更加穷困，阿斯艳的身体也彻底垮了，一天到晚吃一大把药。那样的日子穷得可怕，苦得艰难。卡德尔只有带着阿迪力去戈壁滩开荒，一干十几年，幻想着那二十几亩红柳地里能种出黄金。

柯蓝一想起卡德尔的生活心里直打战，不知道那些苦日子什么时候是个头。好在，这次建大棚种蘑菇，把他家纳入了扶贫名单。柯蓝看到了卡德尔家的希望。

要建大棚，项目资金补贴了六千块，可还得村民自己掏三千块。卡德尔家哪有那些现金，就等着柯蓝想办法。柯蓝带着卡德尔跑了几趟信用社，借着给养驴户贷款，磨破嘴皮贷了一千块钱，剩下两千块却没着落。

“你就当养鸽子听哨音，自己垫上。”阿解放说。

“这就是戈壁滩上的暗河，不知道水会流到哪里去。”柯蓝说。

“别那么小气，他是你哥哥呢，算送他好了，反正你脱不了他家的贫，全村脱贫攻坚的任务也完不成。”阿解放说。

柯蓝眼睛一闭替卡德尔交了两千块钱，他知道卡德尔能还上钱是不可能的，就没有再做收回来的打算。卡德尔拿上那沓红红的票子，面无表情，其实他心里翻江倒海，记忆里就没有摸过这么多现金。

“穷人就该穷，生一堆没文化的孩子。老子开荒，儿子继续开荒，就为了喂饱肚子吃口饭。这算是什么活法？”柯蓝说。

“这就是一个大课题，你好好理一理卡德尔为什么穷？为什么越穷越生？以后怎么办？”任乐水给了柯蓝一个课题。

柯蓝每天督查村里的大棚建设，抽出空就跑卡德尔家，从他生活里找原因，写了几次调研报告，都被任乐水打回去了。

“因为穷所以生，因为生所以穷。这不是个车轱辘吗？什么也没有说清楚。以后就靠种蘑菇？这不需要你说，我们就这么干着。”任乐水说。

“你让我编辑图书可以，我知道问题在哪里，你让我研究这个课题，是让骏马拉犁——陷在泥里找不到出路。”柯蓝说。

其实，任乐水也一直在思考卡德尔成为贫困户的原因，他家有典型性，但许多人都忽视了那背后的深层次因素。经济不发达是所有村民致贫的客观原因，这些问题政府在着手解决，可以逐步见效，但还有许多其他原因，要找出来。要一村一策做项目，在经济上谁也保证不了做一个项目就挣钱，即使现在收入好，一旦遇到一点儿波折，收入稍微减少，就又可能返贫。

任乐水看得明白。

卡德尔家的情况是村里人的通病，那些问题藏在深处。首先，村民尤其是贫困户，都有一种养儿防老的传统意识，在这种意识下，人会一直期盼生出一个更好的儿子，所以，不停地生就多了一次靠生物遗传脱贫的机会，超生从一开始就是一部分人最自然的选择；其次，女性没有社会地位，那么在家里，妻子就没有决定权，大男子主义的丈夫会剥夺妻子的决定权，把一个家庭的选择置于一个人的控制之下；再次，女孩子往往都生活在超生的大家庭里，因为防老要儿子，生了女儿就接着再生，最后生出一个贫困大家庭，女人的身体垮了，还要背超生罚款，雪上加霜。

这是一种因为经济发展落后，凭借传统社会观念把控、歧视女性选择权利的畸形社会生态，会一直把贫穷、疾病遗传下去，把男尊女卑的不平等思想传承下去，把不安全感和无助绝望移植下去。生活就像一个怪圈，贫穷在跨代传递。

“养儿防老没有错啊？我们中国人，不管是哪一个民族，都有这个传统。”阿解放说。

“是，这是中国人的传统。但是，社会发展到今天，我们应该让儿子养老还是让社会养老？只有制度的优势、机制的优越才能解决那些埋在人们心灵深处的不安全感。”任乐水说。

“我们现在脱贫攻坚不是一种很好的机制设计吗？”柯蓝说。

“所以，我说怎么把机制用好，也是我们脱贫攻坚的一项艰巨的任务。

如果我们每一个人都能在有效的社会保障体系下生活，谁还生那么多儿子？你们应该知道，我们下一步该干什么了吧。”任乐水说。

“你不是在说针对贫困人口实施的社保倾斜政策，实施社会保险扶贫？”阿解放恍然大悟。

“对！卡德尔老婆阿斯艳小病拖大病扛，要让农民先看病后付费，让他们没钱也能先看上病，地区有政策了，但我们没有应保尽保，对贫困供养人员、重点优抚对象、五保户、重度残疾人和孤儿等建档立卡的贫困人口的底数不清，有些村民享受不到优惠政策。”

“是啊，这项工作我们一直做得不细，上次月度工作排名靠后，也有这个原因。”柯蓝说。

“我们总说‘兜底线、织密网、建机制’，全面建成小康社会要覆盖全民、可持续的多层次社会保障体系，那就要聚焦特殊贫困群体，稳步推进社会保险扶贫工作，尤其要在减轻贫困人员参保缴费负担和医疗费用负担上下功夫。”任乐水说。

以后一段时间里，阿解放和柯蓝把精力放在推广普及新农保上。他们把十六周岁以上的农村居民组织起来学习政策，一次次走家串户，统计数据，让几个已经按月领取养老金的年满六十周岁的男人和年满五十五岁的女人现身说法，一笔笔算账。许多中青年农民如梦初醒，明白了政策，开始自愿报名，积极参保。

“书记，有件大事，你得认真研究拿主意。”

看到村民积极参保了，阿解放借任乐水高兴，提出一个要求。

养老保险缴费由个人、国家和集体补助构成，个人缴费分为五个档次，每年缴费标准为一百元、二百元、三百元、四百元、五百元，政府补贴标准都不低于每人每年三十元，百合提村实行的缴费标准是最低一档。

“我们是不是提一档，每月村民交二百块，村集体补助提高到六十块行不行？鼓励个人缴费，守牢政府补贴，提高集体补助，对贫困户可以再多补一点儿。”

“是啊，任书记，你光让我们做工作，腿都跑细了，农民的想法是集体多交他们就多交。本来嘛，农村土地是集体所有，集体收入为其成员所共有，村委会有责任为本村居民养老保障提供经济支持。”柯蓝说道。

连夜，任乐水召开了村委会专题会议，研究对村民提高缴费补助的问题。

到季度评比时，考核组的干部不敢相信自己的眼睛，短短几个月，任乐水解决了百合提村新农保推进慢的老大难问题。

任乐水的时间都被扶贫工作填满，只有当深夜降临，他才会整理一下当下的思绪，那时候他会想念儿子任冰，会想起张雯的音容笑貌，会有一丝丝悲凉，那颗安静的心会火热起来。他明白自己已经不可能享受常人普通的乐趣，他把自己交给了这个时代。“君子以慎辨物居方”，来到世上走过一趟，各得其位。初心犹在，他关心这个鲜活的世界，当一些愁思涌起来的时候，他去读书和智者对话，思绪飞翔在一个自在的境界，让思想和情感活跃起来，在内心深处感恩眼前美好的一切。

夜静得像浓墨，任乐水生出写字的冲动。他洗干净手，拿出那片歙砚，观赏一阵砚上的雕刻，重峦叠嶂，松叶苍翠，明月高挂，老者安坐山石，握杯独饮，抬头仰望，与天对话。

那画面让任乐水内心清静，他向砚台里滴几滴清水，然后用砚锭在砚堂里画圈研磨出浓黑的墨汁，墨香飘荡。

任乐水拿出毛笔，俯头、躬身、悬臂、开足，提身领气，纵意抒发，笔势奔放。

任乐水喜爱写行书。那种笔势连绵回绕，字形奇变百出的“狂草”，激情四溢、一笔而成，总让人眼花缭乱难以辨认；行草书体放纵流动，点画之间细若丝连，却收放自如、势强形秀、浓淡相融。

任乐水渐渐领悟出行书创造出的优美，这种书法像一位隐士隐于闹市却气韵横生。

一气呵成：

疾风知劲草，板荡识诚臣。

勇夫安识义，智者必怀仁。

练完书法，任乐水安静下来，他关上灯，看着窗外隐藏在黑暗中的昆仑山辽远的山脊，夜深人静，万物空灵。

他的内心一阵战栗，涌起巨大的喜悦。

这座伟岸的高山，摒弃了任乐水对一切肤浅的理解，他的内心总会升起一种伟大的感觉。

生活有时候离得太近了，人们会丧失对事物内在的认识。而这座冷峻、高昂的大山却像一种神谕凌空而至，积着雪的冰川保持了洁白干净的外貌，构成了中国西部最磅礴的群峰。海拔五千米以上的层层雪峰、重重山岭自东向西逐级升高，似一条直通天庭的“天梯”，慕士塔格山傲视天地，冰雪与天相接。在昆仑山以南的三江源头，孕育了黄河、长江和澜沧江，造就了一个民族生命的源流，把生命的秘密藏在莽莽群山之中。

这座幽谷险峻的大山层层叠叠，旷古不变的高原袒露出大自然的大境界。

“西海之南，流沙之滨，赤水之后，黑水之前，有大山，名曰昆仑之丘。”《山海经》的传说，将这座仙山传唱为“中国第一神山”，大昆仑一直在这里，它从不缺少人类的注目。自然之力创造了这片高冷神秘的蛮荒之地。它比最伟大的神话还要宏伟，承载了中华民族的先祖和他们瑰丽的精神世界。

横空出世，气贯长虹；精神不朽，阅尽人间春色。大昆仑，您守护着祖国，我们守卫着您！

此刻，浩大的黑幕包裹着天地，豁达和苍凉感一下子涌进任乐水的心间，他满眼泪水。昆仑山唤醒了蛰伏在任乐水胸口的浩然之气，他突然觉得生命是那么渺小却不可忽略，苍穹之下，人应该站好一个位置，塑造出山一样高远而伟岸的形象。

季夏伏月，火伞高张，万物焦燎。

任冰的日子在碎裂，他能感受到上一秒与下一秒之间的缝隙，时间很慢，他在炎热的夏日里煎熬。

任冰醉酒当歌，心里常常涌起十指连心般的痛楚，五官所在都是心门——嘴吞辣酒，眼流咸泪，耳灌人间喧嚣，鼻吸市井五味，心乱神迷，那些痛撕心裂肺。

那天之后，良嘉熙像云一样漂浮在任冰眼前。这个面容憔悴、多愁善感的姑娘一次次撞击着他的心脏，铿锵有力，有些回忆似乎一下子清晰起来。他宁愿相信那些画面是错乱的，他要留出最后一块干净的空间给麦迪亚娜。

任冰的情绪挂在脸上，他正经历着爱情的悲欢。伊利哈尔看在眼里内心苦楚，亲生骨肉麦迪亚娜从小跟爷爷长大，和自己有些隔膜，那种深藏在血脉里的爱，中间仿佛隔了一座山。他在等待一个相融的契机，就像高铁穿越巍峨的天山，能看到他爱的两个人在自己眼前牵手飞旋。

晚上，伊利哈尔做了丰盛的晚餐。

“你的弟弟伊索从国外回来了。”

“伊索?”

任冰突然想起这个独特家庭里还有一个儿子，伊利哈尔叫他的维吾尔族名字——伊索，王阿姨叫他的汉族名字——王子。“00后”的伊索比任冰小十岁，他三年前去美国念书，今天回国。伊索——王子，任冰联想起那位智者，他的寓言和诗歌在整个地球村传诵至今，《农夫与蛇》《龟兔赛跑》的故事陪伴了他的童年。任冰暗暗赞叹这个不凡的名字。

门“咚咚”被敲响，一个穿着32号湖人队球衣的男孩给王阿姨一个熊抱。

“爸！妈！我回来了！”

“哎！您就是任冰哥吧！我叫伊索，也叫王子，朋友们也叫我王伊索。Whatever！Let it be！唉，对了，你喜欢哪个球队？我是湖人的忠粉，看这件战袍，上面还有科比的亲笔签名。”

初次见面，伊索热情过头，任冰应接不暇，对这个弟弟心生好感。

伊利哈尔扯过“话痨”儿子，搂抱在怀中。

“伊索，你的话像鸟儿一样多。”

“Sorry！Only fish are silent。”

伊索热情不减，埋头在包里翻找给任冰带的礼物，一时间袜子、耳机、口香糖乱飞。

阖家团圆。

看着伯伯一家三口其乐融融的样子，任冰敏感得像一只蜘蛛，默默低头吃饭。家对于任冰来讲，总是不敢触及的心伤，很多情感如沙沉水，一旦翻动让他无法释怀。

霞光散尽，夜幕降临，晚风习习。

伊索缠着任冰去感受大北京的人间烟火，两人直奔簋街。

伊索吞下一大口卤煮，被烫得大叫：“啊！太想念这口了！”

人潮涌动，人间烟火正浓。任冰坐在街头，有时候他分不清，这种生活属于那些一嘴儿京腔的当地人，还是他们这些操持着各种口音的外乡人。

两兄弟胡吃海吹，聊NBA季后赛、聊格莱美榜单、聊“川建国”的Facebook。伊索的见识让人错愕，“00后”气势如潮，滚滚而来。

“听咱爸说你喜欢我姐?”伊索突然说。

任冰措手不及，不知如何回答。

“麦迪亚娜，我亲姐姐，迄小儿就飒，和哥哥您很般配。”

伊索从容、镇定，和十八岁的模样很错搭，那点儿高深有些轻佻和滑稽。任冰才不想跟一个人小话大的小屁孩谈感情的事，他呵呵一笑。

伊索鄙视地看任冰一眼。

“哥哥，我都十八了，女人那点事儿我门儿清!”

伊索的嘴里居然蹦出“女人”这个词，任冰心中愕然。

“您眉头紧锁，是跟我姐在闹危机吧?”

任冰虽有些抗拒，却也想听听这“00后”的想法，说了麦迪亚娜和夏亚尔和好的事情。

“哦，旧情复燃就和您这个新欢翻了。”

“嗨!‘90后’真是胆怯，爱情这东西，就是你情我愿，感觉过后，各走各的，非要搞得悲欢离合。人生苦短，怎么就一辈子要活在别人的感受里，没有为自个儿抻展一下?”

伊索絮絮叨叨地聊起他的情史。他居然和三个“女人”经历过“爱情”。

任冰心不在焉，没心思听小奶孩儿聊生活，他打开手机，麦迪亚娜的信息记录还停留在说分手的那一天，那段文字字字诛心。任冰不知道此时此刻两个人相隔千里，却都在盯着屏幕，期待着屏光闪烁。

“哥呀，情感的事情要赶着上，麻利点儿，心意有变，准完犊子。”

任冰记住了大男孩伊索的话——人终此一生，都在摆脱别人的期待，只为了找到真正的自己。

那一刻，任冰想要找到麦迪亚娜，找到自己，不管结局是什么，都要给自己一个答案，他要去大西北印证些什么。

第二天，任冰登上了去新疆的飞机。

地面之上，山川飞流；云顶之端，天际无界。

见面是最好的情人节。当任冰站在麦迪亚娜面前的时候，麦迪亚娜的心瞬间化作一汪春水。她手心出汗，心跳加速，但她强忍着情绪，向任冰投去一个淡淡的微笑。

任冰如在梦中，她在这里！这一个就是他要的心上人！他冲上去紧紧抱住麦迪亚娜，胳膊发出猛力，箍得麦迪亚娜生疼。

麦迪亚娜不知所措，激动、羞愧、内疚，想表达又无法言说；要接纳却内心挣扎。她从慌乱中清醒过来，毫不犹豫推开任冰，任冰一个踉跄摔倒在地。

麦迪亚娜一双冷眸、一脸疑问和一脸痛苦。那一刻，六月的阳光失去了热度，任冰的心底刮起了寒风。

“为什么？为什么……”

麦迪亚娜一言不发转身跑了，悠远的小路上，艳丽的裙裾飘飘，她的身影消失在金黄色的麦田深处。

任冰的心彻底碎了。

当任乐水从县城回来，他没有找到儿子任冰，儿子发信息说他已经坐在了飞北京的飞机上。

麦迪亚娜伏在任乐水的肩头泣不成声，任乐水在她断断续续的哭诉里明白了一切。

卡德尔的老婆阿斯艳有了医保以后，柯蓝很上心，每天督促卡德尔给她吃药。她的身体渐渐有了好转，脸上有了血色，笑容也变得好看了，家里不再死气沉沉。

柯蓝十分欣慰，但有一件事让他搁不下，这天他专门去他家走访。卡德尔的大女儿初中要毕业了，柯蓝动员她继续上高中，可卡德尔说女孩子上学没用，想让她留在家里种几年地，等有人家相中了，就出嫁。

柯蓝进了门，看到院子里坐着一个陌生人。大家看到柯蓝进来，顿时沉默不语。柯蓝感觉到他们有什么事情瞒着自己，看到桌子上的表格，他明白过来，这是一个上门推销民间贷款的人。这些人嘴上说帮助农民办理小额贷款，给农民解决一时之需，可利息比信用社高两倍。农民挣点钱都不够还利息，一年四季成了放高利贷的长工。

柯蓝没好气地要赶那人走。

“你们银行不给农民贷款，我们干好事，你们不愿意，我现在走了，他们欠的贷款还在账上，你来还啊？”放贷者说。

柯蓝了解了一下，除了已经还的利息，卡德尔还欠放贷者五千块钱，那些钱一直压得卡德尔家喘不过气。为了还钱，放贷者又要求卡德尔再贷一笔款，这就是一个连环坑。柯蓝坚决不让卡德尔签合同。说急了，柯蓝把放贷者向门外推，结果两个人动起手来。

阿解放接到卡德尔的电话，带着村警把放贷者带走了。

“这事情还真难办，就是把人关几天，卡德尔的债也得还啊！”阿解放说。

“宰牛吃肉和让牛犁地就是两码事。你的意思我就白卡（白白）被人打了？他违法乱纪还打人，拘留几天就不行？”柯蓝说。

两个工作队员吵起来，一旁的村警也不知道该怎么处理。柯蓝突然觉得一向平和的阿解放处理事情就没有底线，平时圆滑点儿也就算了，可遇到原则性问题怎么能什么事都息事宁人呢？这让柯蓝有点儿愤怒。

“卡德尔是你亲戚，那欠人家的钱你还？”阿解放说。

柯蓝一时语塞，气得大喘气。

任乐水来到现场。

“胡闹！打人触犯了《治安管理处罚法》，放高利贷也是问题，但怎么个违法，要依法办事。这和先还人家本金是两码事情。依法处置吧。”任乐水说。

放贷者被依法拘留了。

但任乐水却觉得这并不是一个简单的事情。农民不去信用社办小额贷款是一个大问题。眼看种植大棚和驴养殖搞起来了，农民都需要自己投入一块，但农民手里没有钱，好想法还是落不到实处。

“我把卡德尔欠的五千块钱还了，他家的问题就解决了，生产用钱向信用社贷款。”柯蓝说。

“你还那点钱也解决不了问题，我们要了解一下为什么农民不向信用社贷款？问题的症结在哪里？”

工作队调整了工作计划，任乐水带人去信用社，柯蓝和吉庆融对全村农民贷款情况进行摸底。没几天，情况就摸清楚了。

农村信用社小额贷款的对象是农村十八周岁至六十五周岁的人群，拥有能够偿还贷款的能力，具备民事行为能力和劳动能力，申请贷款时无逾期未还贷款。但村里的贫困户几乎都有逾期未还的贷款，信用社为了躲避信贷风险，一方面在不停催还贷，一方面对欠贷户停止了放贷，所以民间借贷就有了市场。

“农村小额贷款本质就是为农村生产服务，必须考虑到农民的切身利益和实际情况。”柯蓝说。

“你那是书生意气，信用社利率已经降得很低了，相当于做公益，但企业经营不是慈善，信用社运营也要成本，否则那些员工也变成贫困户了。想问题要从双赢的角度出发，不是我们穷就穷得理直气壮。”任乐水说。

“为什么民间集资比较盛行？方便。信用社的贷款每月要还本还息，在农民眼里每天都在给信用社干，所以没积极性；再说手续复杂，农民急需资金进行春耕生产，等到符合全部规定后，有时已经错过了最佳的耕种时间，而民间集资当天就给钱，先扣下利息到期后一次性还本，方便。”阿解放说。

“你还为非法集资唱赞歌，那些高利贷违法不说，放款快，但吃农民的老本也快。”

调查中，任乐水了解到，一些农民从信用社贷了款就没计划还，以为到手的都是自己的钱，到秋季丰收了，手里有了现金也不积极还款，指望政府出面可以替他们还。

“我们要从自身找问题，信用社要规避金融风险有他们的规矩，提高服务质量，加大管理力度是他们的事情；我们要教育村民树立诚信意识，培养信誉良好的客户群体，帮助村民能贷上款发展经济，才是我们要做的事情。”任乐水说。

“我们搞社会稳定工作不是采取十户联保吗？那么信用贷款可不可以十户联保？富人+穷人，信用户大户+信用一般户，这样和信用社商量一下。我们也就几十户，搞七八个组就行了。”吉庆融说。

任乐水拍着桌子站起来。

“这个主意好，就这么干。你们拿方案，我去找信用社。”

大家热血沸腾，一下子找到了方向。那几天，工作队员加班加点调档案，查家底，搞出了十个农民贷款合作组，收集了村民贷款需要的身份证、居住证明、收入证明、婚姻证明和借款用途等相关资料。村民的积极性一下子被调动起来。

村支书亚然却高兴不起来，他看着这些穷得一塌糊涂的乡亲的名字直摇头。这几十户人是村里最穷的，也是信誉最差的，他不相信任乐水把他们一结成对子，信用社就放贷了。每年为放贷的事情，他快把信用社的门槛踏破了，那些干部见了亚然都像躲传染病一样。

“任书记，这个办法还不是一样，就是十个穷人变成了一个穷人，十只小羊加起来也不是一只种羊。”亚然说。

“知道我们为什么穷？关键是思想穷！原来是小羊各在各自的槽里吃草，现在是在一个槽里吃添加饲料，把种羊养出来。”任乐水说。

任乐水兴致勃勃地来到信用社，说了自己的想法，主任听了他的思路很感兴趣，觉得眼前的第一书记虽然没搞过金融，但思路清晰，想出的办法还是国际化的方式，不得不佩服。

等了几天，信用社的答复下来了，由于担保人的资产不足，贷款有难度，信用社还得再研究。

“农村小额贷款的主要目的是更好地服务于农民，能不能真正站在农民的角度思考问题，竭尽所能地为农民解决实际困难?”

“我们的目标一致，可是国有国法，家有家规啊。”信用社主任说。

任乐水心里像堵了一块棉花，呼吸不畅，心绪难平。很少有事情让他情绪波动那么大，眼看蘑菇大棚建设已经搞了一半，村民自有资金还没有到位，驴也拉回来几十头，可欠李木水的买驴钱还不知道怎么还？一时间任乐水觉得十分烦躁，有一种力不从心的感觉，脱贫攻坚的压力让他茶饭不思，坐卧不宁。

第二天一早，任乐水去团结乡党委找张振民。

太阳刚上梢头，阳光刺目，天气酷热，树叶卷着，鸟儿停止了鸣叫，出工的村民懒散地走在通往地头的小径。

任乐水内心焦躁。

见到任乐水，张振民有点儿意外，看到他平时不露声色的面容阴沉沉的。

张振民给任乐水倒了杯茶，点上一根烟，谦虚地从座位上走过来和任乐水并排坐在沙发上。任乐水注意到了这个细节，以前，张振民只是坐在办公桌前听任乐水说话。任乐水向他要了一根烟。

“从没见你抽过烟。”

“突然闻到烟香，想找一点儿以前抽烟时的惬意。”

任乐水慢条斯理讲了他去信用社的过程。

张振民听完，笑了起来。

“就这点儿事情把您一个大学者难住了?”

他立刻打电话请信用社主任来他办公室。主任解释了一大堆，张振民认真听完。

“那么简单的事情，干嘛那么官僚主义，十户联保是一种机制创新，你们搞成了，有推广意义。担保资产不足？用村委会资产做抵押担保符合规定吧?”张振民说。

“可以，但是……”

“什么但是，你们按这个思路去干，我用我县长的乌纱担保，准没错。”

主任欲言又止，点着头走了。

张振民一脸轻松，任乐水总觉得不怎么踏实。

果不其然，三天以后，信用社主任亲自上门，告诉任乐水，由于村委会资产前几年已经为一个项目做了抵押，没有资格再为村民的联保进行担保。

任乐水傻眼了。

九

想到要回乌鲁木齐，吉庆融有点儿紧张，离开那儿转眼半年了。驻村前，她退掉了自己的出租屋，在这个城市她无家可归。她在旅馆订了间房。

吉庆融情绪低落，她不知道为什么眼前会不时地浮现出加吾兰的笑脸，情思楚楚。

咚咚的敲门声唤醒了她，加吾兰来了。

“我放心不下你。”

加吾兰摸了摸吉庆融的额头，随手掖了掖她的被角。吉庆融目光落在加吾兰光滑的脖颈和凸出的喉结上，她一下红了脸。

夜幕降临，灯光昏黄暧昧，两人目光亲近。他们从大学时光聊到百合提村，加吾兰言谈风趣，吉庆融的情绪好起来。

突然，加吾兰扶着床头的墙壁，含情脉脉地凝视着吉庆融，他开始吻她。吉庆融浑身触电，空气里充满炙热的气息，她一阵晕眩，他的胡茬轻微刺痛了她，奇异、美妙。

深夜，吉庆融从睡梦中醒来，她回味着那些情景，分不清是梦境还是现实。

第二天，去过医院以后，加吾兰决定带吉庆融去散心，驱车前往离乌鲁木齐市区二十六公里的郊外，那是处于亚洲大陆地理中心，被称为“亚心”的小村庄。

河滩路水泄不通，汽车缓慢前行，前方的红山塔高耸在褐色断崖的山顶，凝视着这座灰蒙蒙的城市。

“你不想了解一下眼前帅哥的‘黑历史’？”

加吾兰断断续续说起来。比起乡下的孩子，加吾兰幸运多了，他出生在乌鲁木齐，西大桥、大银行、南门剧场……那些人们口中的旅游景点就是他儿时的练场。

“十八岁那年，我突然觉得地域辽阔的新疆就是一种地理的说法，这里的视野太窄了，世界好大别有风光，于是我报考了外地的大学，又读了九年书，一路读到博士，毕业后回来当了一名大学老师。”

“为什么不留在外地？”

“找我的爱情。”

“外地没有姑娘？”

“有，但她来到了这里。”

“骗子。”

“实话，妹妹走后，我爹妈只有我一个儿子，我得回来陪他们。父母在不远游。”

吉庆融看一眼加吾兰，他在很认真地开车，一阵沉默。

吉庆融思绪飘荡。

2015年夏天，吉庆融毕业后只身来到乌鲁木齐，工作未定，前途莫测，她常常一个人站在西大桥看着红山上的摩天轮发呆，心情糟糕透了，她感觉世界毫无色彩。

等待招录笔试结果十分煎熬。每天早晨，当第一缕阳光射进窗口，吉庆融惶恐不安，只有找到工作才会给她安全感，七一酱园、刀郎歌里的八楼……只要有面试通知，她都去。

夏日炎炎，公交车上味道令人窒息，吉庆融不在乎那些，只是在拥挤的人群中她感到孤独无助。

吉庆融无牵无挂，冷暖自知。到后来，她把忍受孤独变成了享受一个人的孤独，在雨中体验大雨滂沱的爽快；去蛋糕店找喜欢吃的草莓蛋糕、榴莲酥；在宿舍琢磨做饭，给自己准备可口的午餐。

秋去冬来，吉庆融喜欢上了乌鲁木齐的冬天，没有阳光、雾气沉沉，像人的心，猜不透也摸不着。

在这个城市的第一个冬天，母亲来看她，她好快乐，母亲因为她平生第一次出远门。她带着母亲转遍了整个城市，拌面、抓饭、烤包子……此地独有；米肠子、面肺子、大盘鸡……独具风味；友好路、中山路、长江路……只要母亲在身边，吉庆融才觉得这个城市有了温度，她极力向母亲证明了自己已经独立。

急促的喇叭声把吉庆融从记忆中拉出来，她的眼角泛着泪花。加吾兰沉默着开车，看到吉庆融流泪，他什么也没说，这让吉庆融有一种舒适感。他从不刻意寻找话题，也不故意逃避话题，总是在最需要表达时发声。

“去我家吃饭吧。”

回城时加吾兰邀请吉庆融。

吉庆融有些忐忑，但她想知道是什么样的父母才能培养出一个这么优秀的儿子。

加吾兰把提前准备好的礼物递到吉庆融手里。

“送长辈的礼物。放心吧，妥妥的。”

“妥妥的”是加吾兰的口头禅，以前吉庆融听到这句话，觉得加吾兰在说大话，此刻却有种踏实的感觉。

两位老教授跟吉庆融想象的一样和蔼可亲。晚餐愉快，他们喜欢她，这让吉庆融有点儿激动。

吉庆融走了。

“我今后要娶她。”加吾兰信心满满地说。

加吾兰的父亲坚决反对，这让加吾兰十分意外。

“娃娃，我们都是为了你好！”加吾兰母亲连连摇头。

“爸爸妈妈，你们一直对我说爱情不分族别、年龄！儿子正在这样做。”

“别人都行，就她不行！”父亲语气严厉。

“你父亲的老同学阿解放打来电话，他强烈反对你和吉庆融在一起。”

“多好的姑娘，秀外慧中！让人怜爱还来不及，竟然还有人会去诽谤？难道你们不相信自己的儿子？”

加吾兰情绪激动，摔门而出。

任乐水犯愁，看到那些网络上别人的先进事迹，心里犯嘀咕，为什么别人把脱贫攻坚的事干得风生水起，自己干起来却举步维艰？一瞬间他有点儿怀疑自己的能力。他自信惯了，突然怀疑起自己，心里不顺畅，难道自己选的方向错了，还是一直没有适应农村工作的特点？他把自己关在办公室两天思考这些问题。任乐水找出村里的脱贫攻坚规划，把每一次会议纪要和月小结读一遍，企图找出问题所在。两天以后，他得出结论：方向正确，切合实际，效果明显，只是困难重重。他现在遇到的问题只是一个难题，是小额贷款中的一种创新，过去没人干，现在没有现成经验，路数是对的，但就是担保人问题成了死结。是啊，十户联保中的人都是贫困户，以前也有未还的借贷，信誉就成问题，信用社虽然是为农民服务，但也不能以国有资产流失为代价。这不是因为嫌贫爱富，而是村民本身缺少信誉意识，不遵守市场经济运行规则，造成无法将好想法落地的结果，也是农业经济向工业化转型过程中的矛盾，像一个配备了机械发动机的马达在拉一辆木制的马车。

怎么解开这个死结呢？县长也协调了，信用社依然爱莫能助，自己的村庄又拿不出资产做抵押，找别人，谁又愿意接手这个烫手的山芋？

任乐水却一时想不出办法，从关了两天的办公室里出来，去村里路上散心。

一路上，村民见到任乐水不停地打招呼，妇女们抿嘴一笑问声好，快步走人；男人们不时地伸出双手，热情寒暄；老人们单手抚胸，行躬身礼；孩子们叫着任爷爷好，四处奔跑。一时间，任乐水觉得村庄无限和谐、舒适，他几乎产生了想一辈子在这个边远小村庄生活的想法。而一想到脱贫攻坚的艰巨任务，他的心一沉，那些“小隐隐于野”的想法立刻烟消云散，“物我两忘”是一种心灵升华，并不是要躲避在桃源世外，在这喧嚣的世界里，他不需要大智若愚地迎合什么，他已经不想过多考虑与人的周旋，他能够淡然处之那些没有意义的存在，他想做一个真正的隐者：在时代的洪流中，一直隐匿在水的深处搏击激流，在推进人们幸福大船的力量里有自己激起的浪花。

李木水打来微信语音电话，说他在县里查看驴养殖情况，晚上张振民副县长请他吃饭，他邀请任乐水一起来。

张振民的家人住在昆仑市，他县上的宿舍不大，客厅中间挂了一副隶书字幅：

君子以振民育德

扁方字形尚显稚嫩，“蚕头”“燕尾”的起笔、收笔草草。

“好内容，只是化圆为方、化弧为直不大讲究”任乐水说。

“是啊，隶书从简化篆书而来，由圆转方最难，把握不好篆字的弧势，就难以出波动笔意，笔画转承就缺笔力。”张振民说。

“怎么见了任书记，张县长也成了文化人。”李木水说。

“振民本来就有文化，你看这挂的字，就是他的名字来源，来自大道之源、智慧之门啊。一生当守中正之道。”任乐水说。

“那这个落款‘育德’的家伙该是张县长自己了吧？”李木水说。

张振民嘿嘿笑起来。

“我们当县长的，舞文弄墨有点儿不务正业，所以私下自学书法，随便落个笔名，怕人笑话，不像任书记人家是学者，再天马行空都是适得其所。”张振民说。

“狭隘！现在的人格局不够，难怪毛泽东时代伟人辈出！你看伟人毛主席，人民领袖、大革命家，还是当代伟大的诗人和书法家。”任乐水说。

“一句话，当县长得要有文化。”李木水说。

他们从写书法说起，打开话匣子，谈古论今，一泻千里，三个人有种相见恨晚的感觉。

任乐水从见到李木水就想让他帮自己解决十户联保的问题，可是一直不好意思开口。百合提村欠李木水的钱和情谊太多了，他不好意思提，友谊是有边界的，得寸进尺总让人不敢深交。

酒酣耳热，张振民好像突然灵光一闪。

“李总，帮一步也是帮，帮十步也是帮，行百里者半九十，不如你加入百合提村的八个十户联保组，一个十户组也就贷款五万块，对你不是剔个牙缝里的肉？”张振民说。

李木水正把一块鸡肉往嘴里塞，一下子杵在那儿，沉默了一下，又大口嚼起来，顺手把张振民的茶杯里的茶水倒了，加了满满一茶杯白酒，递给他，端起自己的酒杯，碰了一下。

“成交，谁叫我们心怀天下！但你很自私。”李木水说。

任乐水匆忙把自己茶杯里的茶水倒尽，加上一茶杯白酒。

“舍命陪君子!”

他们一阵痛饮。

任乐水解决了长时间无法解决的难题，百合提村的大棚建设热火朝天地干起来。

加吾兰脚步沉重，漫无目的地走在大街上，不知不觉来到吉庆融住的旅店旁。他不知道该怎么面对她，她一定沉浸在一种甜蜜的情愫中，而家人的反对突如其来。他走进街边小店，要了几串烤肉和一瓶雪碧，郁闷难耐。

窗外，风在轻轻地吹，树叶沙沙作响，空气里飘洒着慵懒的气息。

回想父母说过的话，他对阿解放充满怒火。他和她走到今天多么不易，在村庄的那些日日夜夜他都在疯狂地想念她。

加吾兰的父亲打来电话，疾言厉色呵斥他不切实际的想法，要求他不能再和吉庆融见面。加吾兰的胸口被一口气堵着，有一种被挤压的窒息感，他大吼起来。

这一幕，被坐在角落吃饭的吉庆融看在眼里。加吾兰和他父亲的争吵，句句戳心。

吉庆融神情呆滞地回到旅馆，连夜上了回昆仑市的火车。

车厢拥挤，人声鼎沸。

吉庆融黯然神伤，车厢好像长长的冰洞，充满寒气，她的身体一直在打抖。

她想不明白为什么知书达理的加吾兰的父母会理智尽失？她闭着眼

睛，无力地靠在车厢壁。民族、习俗、出生地？吉庆融内心翻腾起各种各样的设想。她想起曾经的经历，有人给她介绍过一个高大帅气的男孩，他们很合拍，他父母亲一个是个小官，一个是个大学教授，可当男孩母亲知道吉庆融来自农村时，说他们门不当户不对，让她很受伤。加吾兰的父母会是什么原因？

这座城市斗志昂扬，有人却似乎四处壁垒，外来的人漂泊着难以扎根。生存的压力让人们习惯寻找归属感，会把有一套写着自己名字的房子作为安全的保证，不管是向银行贷款还是向别人借钱，那是人生要完成的大任务。可对于每个月不足三千块工资的年轻人来说，房子就是座大山。吉庆融无依无靠，她对拥有一套自己的房子充满期待，这既是安身之所，也是在城市生存的名片，可两年过去了，她的银行卡并没有增加更多的“零”，现在反而又因工作原因必须回到农村。日子过得扎心，现在连刚要萌发的爱情也无处安放。

吉庆融把加吾兰的电话拉到了黑名单里。

三天三夜，加吾兰满世界寻找吉庆融。麦迪亚娜告诉他，吉庆融回村了。晚上，加吾兰拨通麦迪亚娜的电话，麦迪亚娜把手机递给吉庆融，加吾兰一刻不停地述说他的担忧，吉庆融却一派轻松，简单问候几句，挂断了电话。

加吾兰心如死灰。他发微信给她，信息显示他已被删除。

回村后的吉庆融失去了活力，闷闷不乐，心不在焉，交代给她的工作转眼就忘了，眼前过往的场景像一幅静止的画面，她像一个局外人无法融入，总是一个人默默发呆。

任乐水最先发现吉庆融的变化，“亚娜多关心关心庆融，她的状态让人担心。”麦迪亚娜不愿掺和到吉庆融与加吾兰的纠缠中，她想即使两人吵架，最坏的结果也就是失恋。

“失恋是人生必修课，每个人都得接受成长的痛苦。”

麦迪亚娜嘴上那样说，心里却担心，晚上两人在宿舍的时候，她试着找话题，吉庆融却总是答非所问。

吉庆融病了。

她感觉自己浑身不舒服，先开始是心悸，宿舍隔音不好，她整夜失眠，迷迷糊糊，她不知道一个晚上睡着过没有。她频繁出现心悸，经常在凌晨四五点的时候突然心跳加剧，每到这时她就会用力地皱着眉头大口呼吸，心悸过后身体会抽搐几下，然后她会控制不住地痛哭，为了不吵醒麦迪亚娜，她紧咬被角，每一次心悸发作，她都以为自己要猝死过去。接着就是心口疼，走路疼站着疼躺着疼坐着疼含胸疼挺背疼，疼痛时她的身体会发一身冷汗。每次哭完之后，疼痛感更加严重，全身钻心地疼，冷汗打湿了她所有贴身的衣服。没过多久，她的嗓子也开始难受，异物感刺激她不停地清嗓子，直到声音沙哑。

吉庆融做任何事都无法开心。买了喜欢的东西，却懒得拆快递；没有食欲，勉强地吃很少一点儿食物，味同嚼蜡，刚吃半个苹果就立刻呕吐起来。

有一次，她汇报工作，断断续续。“吉庆融从乌鲁木齐回来后魂掉了一半，好像命也快没了！爱情能够摧毁一切！”阿解放慢悠悠地说。换作以前吉庆融会怒目反讽，可现在她感官迟钝，毫无反应。

柯蓝看不过阿解放的刻薄，给吉庆融倒了一杯热水，拍了拍她的肩膀安慰她。这一拍像是千斤担压在了吉庆融的身上，痛得她喘不过气来，连拿杯子的力气都没有了，她起身走出会议室，可她吃力得迈不动脚，腿一软坐在了地上。

吉庆融每天都在经受这种痛不欲生的折磨。她害怕夜晚降临，黑夜让她绝望和无助，像有无数野狗开始疯狂地撕咬、啃噬身心，痛到她无力抵抗，她大把大把地吃止疼片，期待药物能带来片刻舒适，可是药物不起一点儿作用。天亮了她又开始难过，她想努力控制自己的情绪，但无法控制，只要脑海中产生控制自己情绪的想法，立刻泪流满面。

吉庆融迅速消瘦。

任乐水意识到了问题的严重性，他安排麦迪亚娜带她回乌鲁木齐看病。

乌鲁木齐雾霭沉沉，汽车尾气弥漫在大街小巷，灰蒙蒙的天空像被巨大的幕布笼罩着，树叶毫无生气地挂在树枝头，零星的落叶懒散地铺在地面。

加吾兰见到吉庆融，她目光呆滞，他心如刀绞，拉着她的手落泪。

当医生的母亲对加吾兰说："带她去心理医学科，她可能患上了抑郁症。"

加吾兰开车送吉庆融就医，差点撞上前面插队的车，他踩刹车、按喇叭，刺耳的声音像触动了吉庆融身体的开关，她浑身不适，坐卧难安，焦躁地捶打自己，痛哭流涕。麦迪亚娜紧紧抱住吉庆融。

做完心理测试和脑电波测试，吉庆融被确诊为中度抑郁症。

加吾兰的父母坚决反对他和吉庆融交往，"你不要再操心那个姑娘了，年轻人太莽撞，你看不清生活的不易，那不是幸福，早点放手。"他和父母争吵不休。他搬出父母家，决定要义无反顾地陪吉庆融走出困境。

加吾兰租了房，房租很贵，但好在拎包入住。麦迪亚娜把吉庆融交给加吾兰，商量让吉庆融暂时和加吾兰合租，问吉庆融的意见，她一言不语，冷若冰霜。

麦迪亚娜回村庄了。

晚上，加吾兰在灯光下认真地研究着欧兰宁和左洛复的用法用量。吉庆融好不容易睡着了，睡梦中她眉头紧锁，眼角挂着泪水。加吾兰端详着她忧伤的面容，双手捂脸默默哭泣。

“我要一直陪着你，愿意一起承受你所有的苦难，与你风雨同舟。”加吾兰在心底说。

加吾兰记录下吉庆融每天的状态。他学习了很多有关抑郁症的知识，做好了心理准备，但内心却备受痛苦折磨。

吉庆融又把自己关在房间里，“融融开门呀，你已经好几个小时没有吃东西了。”

吉庆融蜷缩在床上哭，她渴望他的怀抱，但一想到过去，她的心一直往下坠。加吾兰心急如焚，他用力踹开卧室的门，一把抱住吉庆融，陪着她痛哭，她身体冰冷僵硬：“融融，你折磨我吧，别再折磨你自己！”

妈妈去世的时候，吉庆融觉得这个世界上再没有人懂自己的委屈。此刻，加吾兰就这么抱着她、安慰她，吉庆融放声大哭。

“我一个人来乌鲁木齐，一无所有，我以为好好努力就会改变，两年过去了我还是两手空空，独自一人，要我怎么样才有公平，我的努力就是个笑话。”

“你有我啊！”

吉庆融冷笑一声。

“你也在逃离，因为我来自农村，你是书香门第，还因为我们有不同的习俗，所以我理所当然地应该被反对被抛弃？”

吉庆融情绪越来越激动，她拿出钱包，把一沓现金和银行卡摔到加吾兰面前。

“我无法选择出生，但可以选择生活，现在你拿去我的所有吧，包括我可怜的尊严，我终于失去你了，可以不再担心失去一切了。”

“融融，我的父母只是因为听了阿解放的挑唆。”

“阿解放很无耻！但是那些挑唆怎么会那么有力量？是挑唆阻碍了选

择？还是选择选择了挑唆？是人心在寻找方向！”

吉庆融情绪再一次激动起来。她回想起过往和阿解放的种种遭遇，心中充满恨意，无助而绝望，她瘫坐在地上。

加吾兰耐心听吉庆融发泄，说：“我想知道以前的你，那些时光好像一直和我连着。”

吉庆融心中涌起被人关怀的温暖。她讲起那些没人知道的经历，从八岁讲到十八岁，她时而哭泣，时而大笑，那些叙事让吉庆融的情绪不再糟糕。

加吾兰内心坚定了呵护她一辈子的想法。他一把将吉庆融拥进怀里，他有力的喉结突兀地挺在她眼前，一股暖流从她从耳根生出，如骤雨拍打船篷般剧烈。

吉庆融平静下来，“你的眼睛会紧紧拴住心在漂泊的好男儿”，吉庆融笑起来，冒了一个鼻涕泡。

药物反应强烈，吉庆融经常呕吐，头脑发昏，神情麻木。晚上，加吾兰打地铺睡在吉庆融的床边，她会捶打自己的身体，向加吾兰证明她的身体是一个只能发出回响的躯壳，加吾兰心疼地抱着她，哄她入睡。白天，加吾兰叫她一起做饭、一起浇花。吉庆融的神态开始转变，但一下子变得黏人，加吾兰走到哪儿，她就牵着他的衣角跟到哪儿，像一个受到惊吓的小女孩。

加吾兰向学校请了长假照顾她，母亲来找他，哭着劝：“我们就你一个孩子了，不要再伤大人的心，想一想你做的事情值不值？”

“是你们在伤我的心，她是我的命！”

吉庆融在一天天恢复。她麻木的神经有了触感，一次，她的手指被油烫着后大声喊痛，在以前她会一言不发。加吾兰心痛地握住她烫伤的手，她的精气神活过来了。他喜极而泣。

有一天，吉庆融充满自责地对加吾兰说："对不起！"

"不要道歉，你很棒，你什么样子我都喜欢。"

加吾兰帮助吉庆融慢慢地从极度自卑和缺乏安全感的不安中走出来。他没有想到眼前生病的女孩会让自己变得如此有耐心，他心中一次次涌起爱恋她的热浪。

卡德尔家的事情让柯蓝放心不下，他大女儿玛依拉初中毕业了在家等着嫁人，儿子阿迪力整天在戈壁滩上乱窜，这样下去穷日子哪是个头啊？

柯蓝来到卡德尔家。

新修的砖墙上换了两扇大铁门，左扇装饰了一只阳刻的飞龙；右扇装饰了一只阴刻的凤凰。推门进去，长长的葡萄长廊直通后院。长廊的两面是住宅，屋山头是五分地的大棚，大棚后面是一个三分地的果园。大棚里的棚架上种满蘑菇，果园里刚改造完的老核桃树上已经结出新枝。今年工作队把庭院改造抓起来，进行"三区分离"，家家户户对住宅区、养殖区和种植区重新规划、改造，院子整齐划一，人畜不再混居，大棚种了蔬菜、蘑菇等经济作物，果园也有了收成，跳蚤不再从养殖区向家里蹿，一家一户的庭院经济得到发展，卫生状况好起来，村容村貌大为改观。

卡德尔见到柯蓝，行了一个抚胸礼，把柯蓝让到门前的板床坐下。床上放着木制的茶几，头顶的葡萄架上挂着一串串金黄圆润的木纳格葡萄。

柯蓝脱了鞋，盘腿坐在板床上，阿斯艳沏了一大碗砖茶端上来。

"老哥啊，我这个牧民的后代现在也习惯喝砖茶了，可回到家还是喜欢飘着奶香、浮着奶皮的奶茶。"柯蓝说。

"胡杨林里喝胡杨汁，戈壁滩上喝盐碱水，走到哪活到哪吧，你们知识分子就是讲究，入乡随俗，天山南北都是新疆人。"卡德尔说。

柯蓝看一眼卡德尔，露出吃惊的表情。卡德尔平时不怎么爱说话，一张口却有一种霸气。柯蓝突然意识到眼前这个久被贫困生活压抑的汉子，神情里已渐渐脱去了愁容，他的精神从逆来顺受的困境里走出来了。

他们聊起今年的收入，头顶架子上的葡萄除了保证一家人的水果供应，还得了两千块现金收入。算下来大棚里的蘑菇，一年有两万四千块收入，再加上大田里的棉花收入，今年，他家有了三万块收入。全家人均收入五千块钱。

“你这不是就脱贫了吗?”柯蓝说。

卡德尔嘴唇颤抖了一下，没有说出话，眼睛里的眼泪流下来，突然有点儿不好意思，用手抹了一把眼泪，笑起来。

“工作队好，驻村干部好，共产党好!”卡德尔说。

卡德尔从怀里拿出一个信封，里面装着两千块钱。“还你的”，他递给柯蓝。柯蓝毫不犹豫地装进了自己口袋。

“阿斯艳，把我存的酒拿来，把我的冬不拉拿来，小马驹跑上了山岗，卡德尔走上了致富路，庆贺一下!”

阿斯艳忙着炒菜。卡德尔赶紧拿出一袋油炸大豆，一盘花生米，他们哥俩喝起来。

喝了一会儿，柯蓝拿起他心爱的冬不拉。

这是一种哈萨克族民间最流行的一种双弦木制弹拨乐器，用一整块红松木凿成，琴头略大，琴杆不足一米，音箱呈半梨形，圆底，构造简单轻巧，雕刻了精细的装饰纹，镶嵌了美观碧绿的绿松石。

柯蓝亲吻了一下琴弦，右手弹拨，左手按弦，用大拇指以外的其余指头和指尖并成一排由上往下扫出，同时击弦，冬不拉明亮浑厚地响起来。

“我唱一首《蓝色的河》。”

每当我唱起蓝色的河，

激情像波涛涌上心窝；
我要用这动人的歌曲，
抒发内心无比的欢乐。
歌声飞过那蓝色的河，
姑娘在对岸和我对歌；
歌声在蔚蓝天际回旋，
我们心中荡漾着欢悦。
歌声就像粼粼的碧波，
日夜不息向四方传播；
花香草深清风微微拂，
欢乐充满我们的生活。

柯蓝弹唱完，抬头仰望着天空，幸福感在遥远的天际从天而降。

院子里响起噼里啪啦的掌声，儿子阿迪力和女儿玛依拉不知什么时候站在院子里听柯蓝弹唱。

柯蓝一下子拉起玛依拉的手。

“给叔叔说，你想上学吗?”

玛依拉看一眼爸爸，低下头，点点头。

“好，以冬不拉的名义保证，你的学费我来掏，我已经给你联系了白水市职业技术学院。有知识的人胸有成竹，无知的人贫困潦倒。知识改变命运呀，一定要学有所成。”

柯蓝又一下子拉起阿迪力的手。

“县上要安排一批务工人员去乌鲁木齐的工厂就业，我已给你报了名，每个月交了社保后还发三千块工资。你一定要去，学点儿手艺，当个现代工人，有了技能才能养家糊口。戈壁滩掏不出金子，智者出自青年，宝石

出自山石中。”

阿迪力大喊一声，跳起来，转了一个圈。

卡德尔有点儿回不过神来，看着眼前欢快的一对儿女，他慢慢地咧开嘴笑起来。

“弟弟，我听你的，政府从来都会给老百姓找到好门路。以后，幸福的日子太阳一样高高挂着！”

柯蓝回到村委会兴奋得无法入睡，和卡德尔结亲快一年了，一个是维吾尔族人家，一个是哈萨克族出身，交流时用共同的语言——国家通用语言。可是以前，情感和思想上磕磕绊绊，好多在柯蓝看似简单的道理，在卡德尔那儿就行不通，尤其是在让她女儿上学和儿子外出务工的事情上，卡德尔像看护小马驹一样把孩子绑得死死的，不愿意让他们离开自己的一亩三分地。女儿完成了九年义务制教育，只等着嫁人，儿子继续跟着他在没有多少收成的农田里种地。柯蓝想起那些哈萨克族谚语：教育——知识的源泉，知识——生活的明灯；骏马要在奔跑中成长，雄鹰会在展翅高飞中成长；心死比眼瞎更可怕。在柯蓝看来，学习知识和掌握科学是人生的一个重要内容，成为一个有知识的人、有能力的人是一种本能的追求。

好在，今天，一直以来的工作没白做，他终于说服了卡德尔一家。柯蓝感到轻松，虽然他还要自掏腰包帮贫助教，但是他明白，只有打开了卡德尔一家的眼界，他们能够主动地学习知识、学习技能，投身于建设者的大军，才能改变这个家庭无所作为的穷困，自己才担当起了脱贫攻坚的责任。

柯蓝敲开任乐水的门，任乐水正在读书。

“书记，难怪你理论水平那么高，半夜了还在读治国理政原著，做学习笔记。”柯蓝说。

“学思践贯通，知信行统一。不是嘴上说一说，要真学、真信、真用，学深悟透，伟大的理论指导伟大的实践，学以致用，中国道路才前途光明，中华民族伟大复兴的中国梦才能早日实现。”任乐水说。

“精准扶贫就是伟大壮举，我们共产党人像神一样的存在。”柯蓝说。

“高度挺高啊。”任乐水说。

柯蓝简单把下午去卡德尔家的事情汇报了，任乐水高兴地拍了拍柯蓝。

“我就喜欢你身上的宽厚和韧劲，心胸宽广的人内心犹如宝矿。”任乐水说。

柯蓝笑起来。

“书记，您说的是我们哈萨克族谚语，还有下半句，心胸狭窄的人心如石头。”

“是吗？我也不知道什么时候学会了这句话。在新疆，中华民族共同体意识都融入了生活中，你中有我，我中有你，多元一体的中华文化思维已经渗透在日常里了。”任乐水说。

“书记就是个理论家，一张口就能用简单的生活现象印证高明的理论。”柯蓝说。

“哎，你还别说，过去我和维吾尔族同志交往多，知己知彼；现在，我对哈萨克族人的思维习惯、生活方式充满了好奇。给我说说。”任乐水说。

“天下一家人，只是彼此有点儿小特点。”柯蓝说。

柯蓝渐渐打开话匣子，慢慢聊起来，任乐水聚精会神地听。

…………

“我们的老辈们习惯口口相教前辈的智慧，于是就流传下来了。”

“通过家庭教育获得社会教育，父母对孩子进行伦理道德教育，尊老爱幼，牢记祖先的名字和系谱；对孩子从小进行劳动教育，‘劳动带来幸福'，培养具体的劳动本领，适应社会生产和分工，学会放牧、骑马，学会做毡房、打铁的生活本领。"

"我们热爱劳动，坚韧而勤劳；我们弹奏音乐，内秀而诗意。每个人都像一个诗人。"柯蓝说。

"五十六个民族五十六朵花，朵朵艳丽多彩，祖国大家庭里我们相濡以沫。"任乐水说。

"以前，卡德尔和我结亲还有点儿不乐意，觉得我这个来自草原的人干不了什么大事，不相信我会帮他脱贫致富。游牧已经是很久很久的传说了，没想到他还那样看人。"柯蓝说。

"是啊，过去，旧观念、落后思想限制了人们的交往，更别说交流交融！我们共产党人天生就应该是为人民服务的，要打破一切禁锢的锁链，凝心聚力开天辟地；精准扶贫是人类扶贫史上的创举，脱贫攻坚不但要扶贫，还要扶志，更要扶心，让我们在祖国温暖的怀抱下，一个不能少地全部脱贫，创造人间奇迹。"任乐水说。

"今天，卡德尔一家人的转变让我觉得我们的工作真是太了不起了，原来为人民服务是一件这么快乐和有意义的事情。"柯蓝说。

"共产党人的快乐是一种具有崇高境界的快乐，如日月之华、不朽之光。"任乐水说。

柯蓝口渴，急着找水喝，顺手把任乐水杯子里的半杯水喝个精光。任乐水闻到了他呼出的酒气。

"我看你是喝了酒快乐。"

"酒是快乐的火焰，痛苦的苦水，要毫不犹豫地为美好生活干杯！"

任乐水打开门把柯蓝送了出去。

吉庆融慵懒地躺在床上，享受着和煦的阳光。柯蓝发微信问她什么时候回村，她一下子回到现实，她几乎快要忘记自己在哪里了，城市与乡村、现代与传统，她似乎游离在两个世界之外。

吉庆融想起在校园的日子，那时她成绩优秀，如鱼得水，是同学们学习的“三好学生”标兵。她心怀感恩，接纳着师生间的纯真善良，生活美好而简单。她对未来充满信心。

吉庆融想起几天前和闺蜜的通话，读研时她们关系最好。闺蜜毕业后考进了兰州一家银行做行政工作，实习工资都是吉庆融正式工资的两倍，这样的高收入让她羡慕不已。现在，闺蜜却辞了工作，在家复习考博。

吉庆融惊讶不已。

“人啊，官再大、钱再多，比不上顺心。这里的人钩心斗角，没人真心盼你好，无能就被踩，优秀就拉你下来，个个都在假面舞会上笑逐颜开，心里……”她骂了一句脏话。

吉庆融笑了，闺蜜学会了骂人，不可想象。

“你跟谁学的说这么脏的话？”

“我几乎被摧残完了，哪顾得讲究文雅。我一颗洁净的心已经浑浊不堪，现实逼得我抑郁。”

“我也抑郁了……”

“工作之后才知道学校是一个干净的象牙塔。我辞职考博再回去，我要躲开这个喧闹的现实。”

两人在抑郁症上找到了共同的感受，互诉衷肠。

抑郁像火苗在吉庆融心底燃烧，她顺着那火光看到了底部堆积的柴草：学校教的是知识，火热生活给出了不讲道理的道理，自己的思维和情感的通道被严酷的现实堵住了出口，而那些情感却顽强地喷涌，初心的理想和追逐利益的现实在角力，她狭小的精神世界被撕裂得七零八落。她拿起纸和笔认真地复盘那些扭曲的感受，写下体会：

不敢表达自己的想法，“听话的孩子有糖吃”，听老师的话、听父母的话、听长辈的话、听领导的话，任何人都是一个权威者的形象；不求回报地付出，颗粒无收却不敢面对失败的苦楚；一边特立独行，一边忍受不了被排斥的孤独……

吉庆融看到了一个透明的玻璃小人，小心翼翼在社会的丛林中蹒跚、踌躇，身上盘绕着两根透明的管道里，一股是热血在奔流，一股是眼泪在流淌，令人悲戚心伤。

吉庆融的灵魂仿佛分离出肉体，化作一个智者，教导着眼前的玻璃小人，她感受到了那个玻璃心的小女孩在说：“放过自己，给你力量!”在无边无际的黑暗里，一束光射在小女孩的脸上，她顺着光不停向前奔跑，她在跳跃、在抗争、在闪躲，她看到了绿色的大地，光环包围着她，天空闪烁着金色的光芒，纯洁而热烈。

吉庆融写下她的觉醒：

在最黑暗的那段人生，是我自己把自己拉出深渊，没有救你的人，我就做那个人。

吉庆融呼吸到了自由的空气！她从病躯里苏醒过来。

十

百合提村的蘑菇种植初见成效，驴养殖也有了起色。任乐水督促工作队员天天入户督查，生怕有一点儿闪失。仔细算了个账，到年底全村的八十户深度贫困户已经可以达到昆仑地区的脱贫标准，这让他欣慰。等明年春天地县乡初验后，回头补齐短板，就等待自治区来验收了。虽然还有一些具体的小问题，但基本不影响大局。任乐水心里吃了定心丸，但总觉得这样的扶贫方式还是初步的进步，要想巩固、提高扶贫成果，还得下大力气，脱贫攻坚要经得起历史考验，得有可持续发展的产业支持，着眼从乡村振兴战略远景看大势，第一位的要抓产业兴旺这一环节。现在百合提村的扶贫产业并不强、产品优势也不明显、科技支撑能力不足，基础依然薄弱。他信心满满地想在构建现代农业的产业体系、生产体系、经营体系上再做点文章，将一二三产业融合起来，那样，脱贫攻坚的路才能越走越宽。他又一次思考起红柳种植和大芸产业。

万里无云，天空湛蓝。

任乐水来到县政府，张振民还是一如既往地忙，任乐水等他，看楼道里的“脱贫攻坚倒计时考核表”，艰巨的工作任务，随着时间推移，一个个在销号。他认真琢磨版面上的两句口号，“脱贫攻坚，党心所向，民心所依”“消除贫困，改善民生，共同富裕”，红色的字体似乎散发出无尽的光芒，从任乐水的眼底穿透到心底。他一阵激动，仿佛看见千千万万个战士高举红旗翻越沟壑纵横的山谷冲向山顶，他看到了高举红旗冲锋的自己，他的眼泪哗啦啦流下来。

一只手搭在任乐水的肩上，张振民不知什么时候站在他背后。

“这一组组枯燥的数字，凝聚了多少人的心血和汗水，凝聚了多少干部的智慧和奉献，又凝聚了多少人的无私和爱。这就是我们这个时代的信仰！”张振民说。

任乐水悄悄把眼泪擦干，张振民装着没看见，掏出钥匙开门。

张振民不再像以前一样坐在办公桌对面和任乐水说话，而是和任乐水并排坐在沙发上聊天。

“又有什么新气象?”

“直说，我还是想着我那两千亩地的红柳和大芸。”

“红柳地的退耕还林项目已经报上去了，但还缺三分之一的资金，这个你要去筹些，我帮不上忙。”

“我去找雷大壮。”

“无利不起早，人家一个民营老板不太会管这些事情。”

“他是现代企业家，我那点儿地，他的胸怀应该装得下。”

张振民不置可否地笑起来。

“书记啊，您是一个有那么深修为的共产党员，积善成德，我佩服。可是，我还是不明白，说起来，我没有您的高度或者境界，你们驴养殖和蘑菇种植项目已经很好地解决了所有贫困户的脱贫问题，为什么自己要自讨苦吃，自加压力，非要做大芸项目?”

“我们现在是浅层次扶贫，经不起大波折。如果搞了大芸项目，跨上现代农业的快车，就找到了一条可持续发展的乡村振兴之路。”

“‘产业兴旺、生态宜居、乡风文明、治理有效、生活富裕’，这是国家提出的实施乡村振兴战略的总要求，但应该是实现小康社会以后的下一步的发展问题。”

“不！有条件就要未雨绸缪，通过发展壮大乡村产业，激发农村创新创业活力，加快补齐农村民生短板。这些都是高质量扶贫的任务，脱贫攻坚不是简单完成任务，是在创新中国特色社会主义的脱贫之路，也是治国理政的伟大实践，我们没有理由懈怠。时代给了我们创造历史的机遇，时不我待，要创造辉煌，不辜负这个伟大时代的恩赐。”

“我无法说服你，说吧，需要我干什么？”

“陪我一起说服雷大壮。”

“昨天雷大壮还来过，那我们去他厂里堵他。”

他们坐车去几十公里以外的天时公司。张振民一上车就闭起眼眯瞪起来，一会儿就打起了鼾。任乐水本打算汇报一下村里的脱贫攻坚成果，看着他疲惫的样子，不忍心吵醒他。

“昨天晚上，县长开完党组会又回乡里安排落实，一晚上就睡了三个小时，铁打的人也会散架啊。”司机说。

“可不是嘛，昨天晚上的视频会议，我们都在一个会议上，他边听各村的汇报边点评，我不汇报时还可以打个盹儿，他不行。”

“当县长就是看着光鲜，操别人家的心。他二十多天没回昆仑市的家了，管了别人家，照顾不了自己家。”司机说。

“县长管了大家，也是管自己家，父母官吗。”

“我没那么高的觉悟，我只求老婆孩子热炕头。”司机说。

任乐水不再接司机的话，他们不在一个精神层面。他陷入思考之中：共产党人是革命者、建设者，是改革开放的开拓者。他们原本也是有七情六欲的普通人，然而他们把自己交给了国家，把自己的荣辱得失和人民的幸福连接在一起，不再计较一己得失，心中只有一个目标——践行初心使命。信仰的力量，让一批又一批的共产党人托起了伟大的中国梦，带领整个民族走在伟大复兴的道路上。普通人理解不了他们的内心，只有矢志不渝的理想像一座灯塔在指引他们义无反顾地前行。

一下车，张振民就在楼前喊起来："雷博士，本县长来检查工作，给你带来了一个大学者，还不快点儿下来。"

张振民吆喝着，任乐水看着他爽朗的模样笑起来。这时的张振民有点儿当县长的霸道，还有点儿对贤者的尊重，更有一种在自己土地上的自信。

等了一会儿，出来一个工作人员，拿了两瓶矿泉水递给他们，说雷大壮董事长昨天晚上回北京了。

"胡说，兔子也没跑这么快，昨天上午还在我办公室说事。"

"兔子，昨天晚上跑了。"工作人员说。

"跑得了和尚跑不了庙。"

张振民拿起电话打给雷大壮，告诉他自己和百合提村的第一书记要去北京出差，顺道去拜访他。他们约好了第三天见面的时间。

"你们俩的缘分在北京，你去那儿找他吧。"

"我什么都没准备呀。"

"准备什么，让你去看儿子还不高兴？顺便把工作谈了。人家刘备还三顾茅庐，你去他老窝，一下子就没距离了，什么事情都好谈。"

任乐水不得不佩服张振民狡黠里的机智和果断。基层干部有时有着不可小觑的应变能力。

任乐水犹豫要不要去北京。自己千辛万苦申请的红柳治沙项目，张振民落实好了所有前期工作，要落地还有许多事要做，种苗、栽植、大芸种植的技术培训……可至今连雷大壮的面也没见着，去北京找他！任乐水又不知该如何面对伊利哈尔哥哥。一想起哥哥，任乐水涌出许多复杂的情感，他会一次次想起张雯，想起上个世纪八十年代的那些日子。

七月流火，毕业季。世界一派热烈，任乐水却躲避在他幽怨的世界里。走在乌鲁木齐二道桥的大街上，他常常觉得寂寞，那些当地民歌、那些小贩的吆喝在街头飘荡，他的眼里是一个静默的世界，那一刻，他明白除了青春自己一无所有，这个世界是空寂的，所有的同学都在展望未来，而他却像一个旁观者在观望着幽深的心底。

任乐水在等待毕业分配。他一直穿梭在历史深处，那些惊天动地改变历史的事件、那些金戈铁马创造奇迹的英雄，像生活里围绕在身边的故事和人物与他对话。他迷恋这些迁移的、久远的时光，他在那里找寻到自己的喜怒哀乐。而在现实里，他走在这个热闹纷繁的街头，仿佛孤单一人，这个世界和他几乎没有什么关联。唯一让他牵挂的只有曾经让他爱恋的那个姑娘，而枣花她在哪儿呢？不用再想念她了，她深深地刺痛了他的心。她曾是他心中唯一的亲人，他二十二年来的生命只是在等待她的出现，她改变了他自艾自怜的生活态度，使他明白自己还会去爱，还会有人珍惜他那份单薄而热烈的情感。

突然有一天，这一切都消散了。他的枣花、他的姑娘、他注入生命的激情和爱恋，在一个六月飘雪的寒冷日子戛然而止。她说我们的一切都是那么不同，虽然你说一口流利的维吾尔语，也无法改变这个社会对不同习俗的认同。她捅破了那些他一直担忧又不愿直视的问题。他一直在恐惧、担心和躲避那些自己无法控制的社情民意，但他相信爱情，那些足以穿越时空、穿透心灵的情感可以化铁为犁，融化坚如磐石的现实。原来，那只是他一厢情愿的痴想。

枣花走得如此坚定，就像他爱她一样义无反顾。他痛不欲生，为什么？只因为自己那个企图颠覆他生活的混账哥哥伊利哈尔。他痛恨他，是什么样的命运让他们在一个屋檐下生活，曾经相信相亲相爱到永远。而在他获得了他想象中的爱，哥哥却抢走了它，犹如当面撕碎了他画出的美好世界的素描。那一刻，他痛不欲生，爱恨交加。

当去克孜尔千佛洞研究院工作的分配通知下来以后，他悄悄地打好行囊，躲进了那条印刻着历史痕迹的黄土沟。一瞬间，他觉得那雕刻在洞里的壁画佛像就是他的前世今生，足以安静地陪伴他了无色彩的今生。而后来，一个来洞里参观的同学告诉他，伊利哈尔和枣花散了，他毕业后去了北京，她留在乌鲁木齐当了中学老师。

任乐水苦笑着，这就是命！谁能抢去不属于自己的东西？包括爱情和灵魂。

又过了几年，任乐水心如止水，他觉得这些洞穴中的一窟会成为他的家，除了晚上睡觉回到宿舍，他把所有的时间和精力都留在那些昏暗的洞窟里。

然后，那一天，枣花来了，走进了那个洞窟。洞壁被阳光照亮，佛生故事中的主人以手为炬，在为他人照亮前路，火炬光芒四射。

在那个被佛光照亮的洞窟里，任乐水和张雯一起找回了他们一度丢失的时光，他们的生命连接起来。

任乐水从来没有问过伊利哈尔离开枣花的原因。几十年以后，张雯像一只候鸟一样飞去了另一个世界，他才有了一种想了解那段故事的好奇，他不想让许多事在假装无视或者糊里糊涂中沉寂，他知道那是他难以了却的心结。

再过几天，他必须认真面对自己陌生已久的哥哥。

三天后，任乐水准时来到后海。

环湖建筑古色古香，垂柳依依，碧波荡漾，风光绮丽。任乐水突然陷入自己在大西北半生却从来没有升起过的被美景陶醉的静谧祥和感，北京以她从容不迫的非凡气度震撼了他。

任乐水进了什刹海孔乙己酒楼。

这是一座地道的杭帮菜馆。雷大壮保持着一种礼节性的热情，他面圆耳阔，声音浑厚，腰板挺直，西装革履，沉稳厚重。任乐水有种见到老朋友的舒适感。

雷大壮点了酒楼的特色美食，油酱毛蟹、梅干菜焖肉、油炸臭豆腐……菜品精致清淡，又要了壶绍兴花雕，温热的黄酒香气四溢，软糯的茴香豆让人回想起趴在柜台喝酒的落魄文人孔乙己。窗外，竹叶婆娑，恍若江南幽静的小院。

“其实，几十年以后，我们比孔乙己富裕多了，但还是吃这几样东西，人啊并不需要太多的物质，人类延续的只是一种文明。”雷大壮说道。

“一个人活着就是为了让他人活得更好。”任乐水说道。

雷大壮双手抱拳，表达佩服之意。任乐水举起瓷杯和雷大壮碰一下，黄酒入口，温热甜润。雷大壮说起任乐水几次找他的经历，面露歉意，寒暄了几句，谈起正事。听完任乐水的诉求，雷大壮沉思了一会儿。

“好吧，我们拥有一个共同目标——脱贫攻坚。我投资入股一百万到百合提村，算入股集体企业，按混改模式运营，我来帮你们设计经营模式，产生效益后按比例分红，我回去后签合同。”

任乐水没想到雷大壮这么爽快。他明明知道这笔投入要分红不知等到猴年马月，直接就是做了慈善。情怀，完全为了共同的情怀！

“还有，你这样干，从长期看会产生不错的效益，但眼前好像只是给后任栽树，一时见不到成效。我不知道你怎么进行价值判断，但对你个人的政绩似乎并不加分。”

“我从到村里扶贫开始，就不再考虑个人的得失，只想为村民做点儿实事。”

雷大壮点点头，露出赞叹的神情。

“像你这样纯粹的人不多了，有点儿新疆人的仗义，但很辛苦，还容易被人误解。好吧！我理解你，我来帮你，给你们村一个天时牌康佳片销售点，一年供一万盒，一盒毛利五十块，也有五十万利润，售后结账，五五分成，一年可以解决二三十家贫困户的脱贫问题，立马见效。你也名利双收。”

意外之喜，任乐水简直不相信自己的耳朵，天上掉下了个金灿灿的馕。任乐水紧紧握住雷大壮的手，努力克制住激动的情绪，拿起酒杯和雷大壮频频碰杯，甘甜柔和的黄酒绵绵入口，任乐水觉得孔乙己喝的酒是世上最美味的佳酿。

最后，任乐水还是忍不住好奇。

“雷董事长，难道你一点儿都不担心您的资金收益?”

“我当初投资新疆只是想把手头的科技成果转化为推动社会发展的生产力，没有想到会带来这么丰厚的经济效益。你和我有着一样的理想主义情节，就是让梦想扎根，为那块土地上人们的幸福而努力。我们都在播种，虽然方式不一样，但都在播种人间大爱。‘我将无我’是人类生存的大智慧，我们一起践行它。”

任乐水内心涌出通透的舒畅感，他们脚踏着同一块坚实的土地，都在仰望星空，探寻生而为人的某种意义。他们的心境在一个高处紧紧地契合在一起。

结束了工作，任乐水打电话告诉哥哥伊利哈尔自己来北京了。

听到弟弟任乐水来北京的消息，伊利哈尔喜出望外，直接开车去宾馆把任乐水接到家里。任乐水第一次见到伊利哈尔的妻子王怡。她长着好看的美人脸，面带微笑，又不失知识分子的淡然。

王怡做了几道简单的家常菜，凉菜只有拍黄瓜和油炸花生米。伊利哈尔开了瓶北京二锅头，两人喝上了。

伊利哈尔笑道："伊力哈姆弟弟，这么多年来您这是第一次回家啊!"

任乐水眼角湿润，两个在大学校门口赌气分手的青年，三十年后正式重聚，哥哥伊利哈尔已在首都扎了根。

他们端起酒杯碰一碰，算是对那些岁月的问候，两个人宽厚地笑。

"难怪，你的日子过得红红火火，嫂子一脸旺夫相。"任乐水说。

"哪儿呀，人家伊利哈尔说他是仙人下凡来救我的。"王怡说。

"都是玩笑话儿，贫嘴儿，不就是时代好，天下好，才有了我们的家好。"伊利哈尔说。

"你是骆驼的蹄子走得远，成北京人了。"任乐水说。

"做中国人自豪啊，做北京人更自豪啊!"伊利哈尔说。

王怡吃完饭，回书房写论文去了。任乐水一下子觉得一个人面对伊利哈尔有点儿尴尬，不停地碰杯。酒酣耳热，任乐水躲躲闪闪地说起了毕业那段事情。

"就知道你心里一直缠着这些事，都多久的皇历了，还提它干嘛呢?您家任冰开始追我家麦迪亚娜了，您还在忆苦思甜!"伊利哈尔说。

"堵，心堵！三十年了，心肌老缺氧。"任乐水说。

"您学历史，学史明理！那八十年代，思想和情感都昏天黑地的，您找个回族姑娘，想和社会斗？高墙无门！哪儿哪儿都是问题，您能活安生？因为是我家的养子，您不认家，把母亲都气没了……不说了，都过去了，当时就是担心您受不了社会的委屈。不是横刀夺爱，是济世匡时。"伊利哈尔说。

那一刻，任乐水的脑门轰响，一道闪电斩断了横亘在他意识深处的一棵枯树。他泪如雨下。

任乐水平静下来看到伊利哈尔的眼里也噙满泪水。

“还真佩服您，就娶了张雯。坚定是一种精神，也是一种生命的态度。新疆有您这样的一批干部在守着，必将会长治久安!”伊利哈尔说。

“是啊，我们守着，才有你在北京的幸福生活。”任乐水说。

“是啊，当初大学毕业，父亲对我影响很大，他那些民族团结思想不但正确而且超越了他的时代，老人家让我来北京工作，就是希望我学些本领，站在高处，观察大走向，从更高更长远的哲学和实践角度思考如何打牢树立中华民族共同体意识基础的大问题。我这一来，就研究了一辈子，成了地地道道的北京人。做个中国人真是无比幸福的事情，此生无悔入华夏，来生还愿在中华家!”

他们开始讨论国家大事，任乐水也是学富五车的学者，这一刻他有一种找到知音的感觉，他们对国家的爱，对中华民族的爱，对家人的爱是那么息息相通，他找回了最亲的亲人。

“孩子们恋爱的事情，我们大人别阻拦，也别意气用事。但我的内心是希望两个孩子成一家。我自己的家庭就是这么来的，孩子们更有条件传承这种传统和血脉。”伊利哈尔说。

“麦迪亚娜的美貌，任冰的聪明。”任乐水说。

“看吧，学史明理，您就没学透。歧视女孩家呀？应该是我女儿的绝世独立，倾城倾国；您儿子的郎艳独绝，力拔山河。”

任乐水仰天大笑。

任冰回到北京，那种“无聊成独卧，弹指韶光过”的孤寂让他度日如年，情丝寸断。任冰羞于回味那些让他觉得自己愚蠢的过去，他曾经一往情深，而爱情并没有创造人生的奇迹。

任冰不再牵挂那些情感，一头扎进工作里。大数据时代创造了无限的机会，让成功变得近在咫尺。任冰每天早上起来就开始整理思路，思考这些数据对于他事业的意义，他在探索那些对于他和公司的价值，寻找一个别人还未涉足的领地。任冰像不知疲倦的机器奔波在各大客户间，签下一个个订单，业绩飙升。他被委以重任，成了际云公司行政副总兼区域总经理，负责华南与西北地区的市场拓展。任冰喜欢IT行业职场简单粗暴的规则：干就是了！无须照料那些虚与委蛇的人情世故。升职加薪看好能创造业绩的人，哪怕你初出茅庐。

一天，任冰接到了一份来自新疆的订单。任冰又一次想起那个伤心之地，他犹豫了一阵，依然收拾好行囊。

正要出发，接到父亲任乐水的电话，他来北京了。任冰回到伊利哈尔家，父子两人相视一笑。

任冰不停地看表。

"有什么事就去忙吧！"

任冰有点儿不好意思，"对不起啊，爸！上次不告而别，我下午要去趟乌鲁木齐出差。本想着顺道看您，谁知您来这了。"

任乐水心里一阵失望："嗯，没事，忙你的去吧。"

"您来北京干嘛？"任冰问。

任乐水说起和雷大壮的合作。

"这次，天时公司董事长雷大壮见到我很感动，不但答应帮助我种植两千亩红柳大芸，而且照顾我在大芸没取得效益前，允许百合提村搞个天时牌康佳片销售点，直接让利给村民。"任乐水说。

"好大气，爸爸净遇好人。"任冰说。

"好人都在同样的维度里，因为同频，所以遇见。雷大壮把科技转化为生产力，通过精准扶贫实现为社会谋福祉的人生理想。"任乐水说。

任冰顿时来了兴趣："爸！销售的事情完全可以交给我来做！"

任乐水疑惑地看着任冰。

任冰说道："爸！听过直播带货吗，这是目前效果最直接、变现最快的销售模式！您听说过吗？"

对"直播带货"这个事任乐水不感冒，在他的认知里，这种交易形式不是正经买卖，商品流通要遵循市场的基本逻辑：产地—加工—运输—市场—销售。再说了，扶贫产业是政治任务，哪容得半点儿戏。

任乐水指指手表："小心别错过航班。"

任冰意兴阑珊，走了。

一路上，任冰却一直在想一件事，父亲在乡村里待得太久，全然不知世界在以什么样的速度更迭，传统经济模式在大数据时代不断被颠覆。扶贫也要有新的思维模式和发展方式才能站在新时代的前沿。

到了乌鲁木齐已经是晚上十点，任冰有一丝'近乡情更怯'的感觉。

已是深秋，暑气未褪，余热正浓，夕阳西下，浓密灰暗的云层透出余晖，云彩如镶嵌了金边，博格达峰耸立在东边的天际，郁郁苍苍，大气、安详的气息洒满整个城市。

任冰回到在乌鲁木齐的家，在母亲的遗像前上了香，静静坐着，心生悲伤，泪眼迷离。母亲张雯系着围裙，在喊他和父亲吃饭，任冰答应着……他清醒过来，屋子里只有他低沉的抽泣声。

第二天，任冰如约赶到客户单位。

"任冰，是你！"

任冰居然遇到了谢浩杰，世界就是个村庄，真小！

"哈哈！兄弟，你啥时候去的北京？当了大老板了啊！"

"哈哈！工人而已！冤家聚头，怎么这是你的单位？"

"一言难尽。好啦！既然是你，我要避嫌了，换个人来跟你谈。"

谢浩杰让别人和任冰谈，交代完，他做了个打电话的手势，转身走了。

洽谈进行得并不顺利。这家单位想要一个企业内部运营管理的平台，主要实现集员工绩效考核、考勤管理、科研立项、员工成长档案为一体的大数据平台。这样的数据管理平台，任冰不知做了多少，本是轻车熟路的。但对方却坚持一条，要这个平台的底层算法代码，算法代码是公司的命脉。对于这个霸王条款，任冰无法抉择。对方说，因为他们是保密单位，平台必须在自己的服务器上运行，必须要有全部的权限，由他们自己维护。要底层算法数据，万一以后平台出了问题，还是际云公司背锅。任冰犯了难，小心翼翼地周旋，平台的算法有专利保护，绝不能开源给用户。

任冰向公司请示，老总却说："你看着办！"

任冰内心忐忑，他从来没有独自决定过这样的项目。双方终于达成了一个共识：甲方（用户）拥有对平台的数据、资料、功能的全部权限并独立使用，平台交付使用后乙方（际云公司）维护一年，一年后无偿开源给甲方，甲方不得用于商业用途，不可泄露机密，开源后乙方不承担因甲方不当操作等原因产生的一切后果。

终于签订了合同，获利可观。大风起兮云飞扬！任冰精准地踏着大数据时代的节拍。

谢浩杰和任冰再一次见面，谢浩杰明显苍老了一圈，人有些萎靡。驻村结束后，谢浩杰申请调动，从研究院出来，到这家国有企业任职。

"还在等良嘉熙？"

"失联很久了。"

谢浩杰苦笑了一下。

"我在北京见过她。"

“她还好吗?!”

听到“良嘉熙”三个字，谢浩杰的眼睛像一口枯竭的老井，迸出一道光，瞬间溢满春水，那一丝亮光转瞬即逝，那些情感仿佛过于遥远，又立刻陷入暗淡的深涧。

作为区域总经理，任冰第一次独立完成了一个大项目，他回到北京，情场失意，职场得志，成就感满满。

任冰想起谢浩杰，无限感慨，莫非人间之爱总是弄人，一处相思两处闲愁，痴情总被无情误。任冰把良嘉熙的联系方式发给了谢浩杰。

任冰回到伯伯伊利哈尔家，送父亲任乐水去机场回新疆。

“你的项目成了?”

“当然，也不看看是谁的儿子。”

任冰意气风发。

“其实我一直在琢磨扶贫的事，在想如何让大数据为脱贫攻坚赋能。百年不遇之大变局，大数据和扶贫，都是时代的课题。我一直有个想法，要建设一个脱贫攻坚的产销平台，先从昆仑地区做起，辐射全疆，把天山南北的特色农产品包装、推广，线上、线下一齐发力，形成产业闭环，最终建成一套农产品产销生态系统。”任冰说道。

“所以要换个思维，比如大芸，天时公司把它打造成养生保健产品，溢价翻番。我们借助大数据平台搞销售就不难，跟快递公司谈合作，再请当地的网红主播来进行直播带货!”任冰说道。

任乐水非常欣慰，时代赋予这些年轻后生勃勃生机，正是开疆拓土的力量!

任乐水认真地说：“好！那你怎么做?”

“这样，我索性跟您谈个生意吧!”

…………

任乐水带着和儿子一起规划好的“项目”返回新疆。任乐水认真研究起这种生长在沙漠梭梭根部的寄生植物——肉苁蓉，被老百姓称为“大芸”的“沙漠软黄金”，对老人、女人有很好的保健效果，固本培元、延年益寿，更是那些烟酒缠身、疲劳过度、熬夜上火人群的滋养品。

任冰的电话追过来，他的营销平台建设项目已经启动了，当务之急要找一位合适的网红来助推。任冰找出最火的几家社交平台推荐的人选，可惜大西北的网红大多只是停留在唱歌、跳舞、拍搞笑视频的阶段，还没有向带货发展。任冰筛选出三家平台，继续找合适的主播，终于找出两位真正具备带货能力的主播，但经纪人开出了天价。

任冰有点儿泄气。

“慢慢来，事缓则圆。”任乐水说。

周末，伯伯伊利哈尔打来电话，说弟弟伊索要回国了。搞笑的小弟弟依然激情四射，不时发表一些与年龄不相当的“人生感悟”。吃过晚饭，伊索照旧拉着任冰去街头逛，这次他带任冰来到后海。

晚风习习，波光粼粼，暧昧的街道到处飘散着酒精的味道，夹杂着断断续续的音乐声。

他们进到那间时髦的酒吧，歌手弹着吉他在唱：

你可否凝望，
一个忧郁的少年和你，
一别匆匆的模样，
……

“好听，有点儿穿越的忧伤。”任冰说。

“刚唱响的歌，我美国留学的哥们谱的曲子。《后海》——爱而不得的失意。”伊索说。

伊索有丰富的酒吧经验，他点了一杯烈酒。

“哥，能喝不?”任冰连连摆手。

伊索哈哈大笑，点了一杯酒给任冰。

“哥，这个酒精度数低，味道还不赖。这两款都不贵，但十分考验调酒师对于温度、浓度、酸甜度的把控。”

一阵花式操作，两杯酒上桌。

“后海的调酒师，果然名不虚传。”

伊索喝了一口。忽然，任冰闻到一阵熟悉的茉莉花味。

“良嘉熙!”

那晚，任冰一直在期待这个人。

第二天，吉庆融就要回村子，加吾兰帮她收拾行李。望着加吾兰的身影，吉庆融有些恍惚，这些日子她和加吾兰的关系迅速拉近，这让她感觉不真实，分不清自己对加吾兰的感情有多少是感激、多少是依赖，还剩多少是喜爱。她想得头疼，让一切留给时间吧，她不再想这些让她迷茫的感受。

加吾兰要和吉庆融一起回村里，他说要去会会阿解放，有些事情必须当面说清楚。他像所有新疆男人一样，拥有“儿子娃娃”的刚烈性格。

火车奔驰，吉庆融思绪万千，时间就像此刻的绿皮火车，不管你情不情愿，它都会拉着你往前行，一些人是过客，一些人只能陪伴你一段旅程，遥远的旅程何处是归途？又有谁会陪你到永远？吉庆融内心悲伤。

“融融姐姐!”

“瓦力斯江?”

“缘分！我知道你和我爸在一起驻村。”

“你应该读大三了吧？”

吉庆融压根儿没料到能在火车上见到这个帅气的维吾尔族小伙子。

“我给你发微信，你怎么都不回？”

吉庆融的脸一下涨红了，她想起瓦力斯江常常发微信腻烦地问候她这个“姐姐”。

“这是我们阿解放处长的儿子，瓦力斯江。”吉庆融对加吾兰说道。

“我去看我爸。”

瓦力斯江热情地伸出手，加吾兰用力地握了握，上下打量他。眼前的男孩子大高个儿，身穿宝蓝色的上衣，黑色的牛仔裤，脚蹬一双白色的篮球鞋；卷发、蓝眸、高鼻梁配上他棱角分明的脸，青春阳光的气息扑面而来。

听说他是阿解放的儿子，加吾兰心里不爽，露出不易察觉的厌烦。瓦力斯江毫不遮掩对吉庆融的热情，加吾兰心底冒火。

熄灯了，瓦力斯江依依不舍地离开。

“你们很熟啊？”加吾兰明显不悦。

“他爸挺讨厌的，而他只是个帅气的小男孩。”

阿解放早早等在火车站，没想到一下子等来了三个人。

“怎么，不欢迎啊？”加吾兰把包往后坐一扔。

瓦力斯江没有注意到加吾兰的情绪变化，给父亲阿解放一个大大的拥抱。

路边风景正好，笔直的柏油路通向村庄，路这边，白花花的棉田一眼望不到尽头，路那边红灿灿的大枣挂满枝头，一派丰收景象。

瓦力斯江赞不绝口。

“融融姐，你一定要带我去村里好好转转。”

“不行，你的姐姐很累。”加吾兰说。

瓦力斯江一脸疑惑，为什么加吾兰要替吉庆融做决定？

大病初愈的吉庆融和先前判若两人，任乐水心情激动，拉着吉庆融端详，那颗悬着的心落地了。

柯蓝备酒，大家真心实意地祝贺吉庆融康复。麦迪亚娜坐在吉庆融身边仔细照顾她，不时为她添菜。吉庆融健康地回来了，大家像过节一样开心，吉庆融倍感温馨，泪眼婆娑。

瓦力斯江的目光一直追随着吉庆融，阿解放装着没看到，不停地催促儿子吃肉。

加吾兰不胜酒力，已喝得满面通红，他端起酒杯，拉住阿解放的手臂说："领导啊，感谢你对我们融融的关心，你看她现在多好、多健康。多亏了你啊！"

那种腔调和着酒气散发出嘲讽的味道，阿解放的脸红一阵白一阵。

"加吾兰，喝酒可以但说酒话不行。"任乐水笑着说。

加吾兰向任乐水摇手，说："我没醉，只是有些心里话要告诉阿领导。"

吉庆融试图阻止加吾兰。他拍了拍她的肩膀，说："你这么有品位，衣冠楚楚，但怎么做一些龌龊的事情？"

阿解放一摔筷子，火冒三丈站起来。

加吾兰把酒杯往地上一扔："为什么要在我爸妈面前说吉庆融的不是？"

瓦力斯江愣住了，"爸，您做了些什么？"

阿解放吼了瓦力斯江一句："问你呀！"瓦力斯江一头雾水。

任乐水及时制止了这场闹剧。有些隐秘的感情是不能拿来戏谑的。

加吾兰的莽撞让吉庆融生气。加吾兰说他在一个一个破除拦在吉庆融面前的障碍。两人不欢而散。

第二天一大早，加吾兰飞回了乌鲁木齐。

夜晚，阿解放父子俩相顾无言，许久，瓦力斯江打破沉默。

“怎么会有我的事情?”

“你喜欢那个姑娘，就像鸽子喜欢苞谷，你爹能看不明白?”

瓦力斯江的秘密被父亲发现了，羞愧难当，怒吼起来。

“我连喜欢人的自由都没有了吗?”

“这个女娃娃嘛确实优秀，但不是一家人，进不了一家门，她怎么能迷住那么多维吾尔族小伙子？你一个、加吾兰一个。我见一对，拆两个!”

父子俩的对话充满火药味，瓦力斯江受不了父亲狭隘、武断，更受不了他对自己美妙感情的羞辱，他小心翼翼地细心呵护着他喜欢吉庆融的小小秘密，却被父亲像践踏秧苗一样残忍地踩在脚下。瓦力斯江摔门而去。

阿解放顺手抓起矿泉水瓶砸向了门槛。

瓦力斯江在吉庆融宿舍门前徘徊，没有勇气敲门。

那年暑假的一个雨天，吉庆融去阿解放家送单位发的福利，瓦力斯江眼前一道闪电，好漂亮的姑娘！应阿解放的要求，吉庆融一直在帮他儿子瓦力斯江写各种文案和文章，那些经她手的作品，总是妙笔生花，让瓦力斯江获得了巨大的进步和不少的荣誉，他们在网络上认识了。没想到现实中的姑娘美得倾国倾城。

雨水打湿了吉庆融的牛仔裙和帆布鞋。

“一个女孩提这么多东西，真是不好意思。”瓦力斯江充满歉疚。

“下次，不好意思就自己去拿，别麻烦别人。”

那个烦人的雨天，吉庆融对阿解放的厌恶感无法抑止，她一股脑儿地发泄在了瓦力斯江身上。瓦力斯江挠了挠头，嘿嘿地笑起来，他心底飞溅出火苗。

那个雨天，他们第一次见面。

那以后，吉庆融像游走在雾气弥漫的仙境，走进瓦力斯江的心坎，他对她念念不忘。她不像校园里的幼稚的女生，她身上有一种清冷的疏离感，这令瓦力斯江十分着迷，他开始好奇她缥缈的世界。

后来，他们渐渐熟络起来，瓦力斯江会在父亲不在的时候去单位取东西，那只是理由，是为了去见吉庆融。每次见面，瓦力斯江都想找个理由多待一会儿，但吉庆融总是两句话就把他打发走，这让瓦力斯江感受到深深的挫败。

炎热的暑假，瓦力斯江不再期待打篮球，他期待微信闪烁的信号，他总是第一时间拿起手机，他最想看到她的消息。他变得好学，总是找一些稀奇古怪的问题发给吉庆融，那是获得她关注的最好的办法。可吉庆融的回复总是“嗯”“好”“保重”，瓦力斯江不明白，她为什么不愿意理他。

瓦力斯江便想办法让吉庆融开心，用最笨拙的办法，匿名寄东西、点外卖，体贴无微不至。

频繁的快递让吉庆融感到莫名其妙。她找不出送礼物的人来，内心慌张，不敢接受。

阿解放注意到了儿子的异样，关注他的一举一动。

瓦力斯江并不想让别人知道他心底生出的这份情愫，尤其是不想让父亲阿解放知道。从小到大在他心目中，父亲就是权威的象征，在父亲严厉的教导下，瓦力斯江成了品学兼优的孩子，如愿考上了父亲心仪的大学。离开父母后，瓦力斯江松了一口气，可以做自己想做的事情，但多年的依赖，让他在做决定之前总是习惯性地问父亲一句：“这样做行吗？”威严、古板是瓦力斯江对父亲的全部认知。但关于吉庆融的事情，他想按照自己的心意来。

一年一度的街头篮球赛就要开始了，瓦力斯江练习时心神不定，状态不佳。预选赛结束后，他就病倒了，发起了高烧。

“说过多少次，打完篮球不要对着空调吹，就是不听。”

母亲神色焦虑。

“多大点儿事，吃了药睡一觉就好了。”

瓦力斯江把头蒙在被子里。

见母亲出去，瓦力斯江拿起手机，来来回回看他和吉庆融之间的对话，哪怕是吉庆融发的一个微笑的表情，都能让他心底开花。

瓦力斯江迷迷糊糊走进了赛场，半决赛开始了，瓦力斯江和队友之间配合默契，他腾挪、跳跃、投篮……他在球场上轻松穿梭。暂停间隙，他四处张望，在人群中寻找她，他看到了写着自己名字的灯牌在闪烁。一群姑娘扎着双马尾，穿着蓝色的啦啦队服，在球场中间狂舞，在为瓦力斯江呐喊助威。吉庆融身着紧身的上衣和短裙，皮肤白皙、身材高挑、凹凸有致，在人群中闪闪发光。瓦力斯江的眼睛直瞪着他的美人，吉庆融的笑容像蜜一样泼洒。瓦力斯江飘在了云端，粉红色的泡泡包裹着他，无边的甜蜜浸透到了他的心里。

瓦力斯江浑身充满力量，在球场飞奔，挥汗如雨。他们赢了。他看向观众席，他没有见到吉庆融的身影。

“融融，我们赢了，你在哪？融融！”

瓦力斯江走向观众席……

瓦力斯江一翻身，额头上的毛巾掉在了地上。

坐在床边的阿解放捡起毛巾，叹了口气，出去了。

趁儿子熟睡时，阿解放看了他的微信，明白了儿子连日来的怪异举动。他心里怪儿子没出息：一厢情愿喜欢上一个汉族丫头，还把自己折腾病！这让他感到丢人，对吉庆融心怀不满。

正式比赛的日子到了，瓦力斯江病好了，他始终没有勇气邀请吉庆融来观看比赛。那天下午，瓦力斯江找不到参赛证。阿解放故意把参赛证放进自己的包里。“哦，儿子，不好意思，没注意，我当资料装包里了，我这就让吉庆融给你送过去。”阿解放把参赛证递到吉庆融手里，“小吉，你最近也辛苦了，送完就不用回办公室了，看看球赛放松放松。”

阿解放心里藏着说不清的小九九，找理由让吉庆融观看他儿子的比赛。吉庆融眉头一皱，心里厌烦。

见到吉庆融，瓦力斯江心花怒放，在赛场上大展身手。吉庆融既无心观赛又不想回去见阿解放，她坐在那儿，又气又恼，在骄阳下熬过了一下午时间。

瓦力斯江和队友赢了比赛，吉庆融乐了，站在远处为他鼓掌。瓦力斯江呆望着，球场旋转起来，令人眩晕的一幕似曾相识，他似乎在一个遥远的地方经历过，摄人心魄。

庆功宴上，瓦力斯江心神不宁，味同嚼蜡。他一直幻想着吉庆融会突然出现，可是直到暑假结束，瓦力斯江坐上飞机也没有再见吉庆融一面。

瓦力斯江不停地给吉庆融发微信问候，但她似乎一点儿都不在意他，很少用一句完整的话回复他，这让瓦力斯江更迷恋她。再后来，父亲说她驻村去了。

此刻，瓦力斯江在门口徘徊，吉庆融笑眯眯地打开门。看到吉庆融冷艳的脸上露出难得的笑容，瓦力斯江心神荡漾，这一刻他想表白他的真心。吉庆融不经意地把碎发别到耳后，又恢复了拒人千里的眼神。

“我出来透透气，融融姐，你休息吧。”

瓦力斯江十分心酸。

吉庆融转身时，拍了拍瓦力斯江的肩膀，一副风轻云淡的神情。

“大人们的事情你也别多想。”

瓦力斯江苦涩地点点头，眼里闪烁着委屈的泪花，吉庆融用一句“大人们”把她和自己隔了千山万水。

年少的喜欢就如一场梦，爱得热烈、碎得清晰。

少年瓦力斯江非常痴心又无比伤感。

十一

从北京回来以后，任乐水又重新理了一下百合提村的脱贫攻坚思路。那天，他和雷大壮聊得投机，给了他许多启发。目前，贫困户个人的问题在解决，那么要可持续发展，还有一个集体经济发展的问题亟待解决，靠国家补助贫困户发展是国家战略，而村集体如何发挥作用？这也是他们要探讨的问题。

“国家支持是重要的支柱，但也不能一直躺在国家的怀里。你们村集体要发挥作用，要建立造血功能，那也是打基础的重要一环。”雷大壮说。

任乐水一时语塞，不知道怎么回答，搞大芸就是解决一块村集体收入的办法，难道还有新渠道。

“你们要从土地上做文章，村里两千亩地都种了麦子，收入太低。留五百亩地足够了，剩下一千五百亩，一千亩种长绒棉，五百亩种红枣，产业结构调整一下，一年可以一下子增收十万块钱，给农民办多少实事？”

任乐水恍然大悟。

“你这个生物学博士，对农业还有研究。”

“大道相通。我现在搞企业，都是从效益上分析问题，社会效益、经济效益要双丰收。”

眼看秋收即将结束，第二年的种植计划得提前谋划，任乐水和工作队讨论第二年的种植计划，他把调整村产业结构的想法给大家说了。

阿解放一听就直摇头。

“骆驼拉车，不对路，瞎出力。我们的主要任务还是帮着贫困户赶快脱贫，至于村集体增加收入，上级又没有安排多少业务，让下一任去干，现在国家有专项扶贫项目资金，工作队也有专门下拨的几十万工作经费，应付当前挺好的，何必自找苦吃，当前的贫困户又得不到实惠。”阿解放说。

任乐水听完，没有急于反对。

“柯蓝，你说卡德尔家的孩子除了自己不想上学外还有什么原因?”任乐水问。

“怕花钱。孩子上学，虽然国家有生活补助，有奖学金，但只能保障读书、吃饱，还要有一定的额外生活花销，家长看不到现金收入，却要多花费一些。家里真穷，思想穷了，就觉得上学不实惠。”柯蓝说。

“我问你，乡村农民医保每一户要花多少？村民积极性高不高?”

柯蓝又介绍了一些情况，由于自筹这块少，医保的质量也不高，村民的态度并不是那么积极。

“其实，这就是壮大村集体经济的需要所在。为人民服务要干什么?就要把自己当成贫困户，从他们的角度来考虑问题，解决长远的需求，让他们获得实实在在的收获，提高幸福感。你们想一想，如果每年村集体能增加十几万块收入，我们设立一个扶贫助学金，在医疗保险上村集体加大投入基数，村民不就获得了实实在在的好处，这个脱贫攻坚的质量不就是石头碰石头、钢刀剁骨头——硬碰硬。我们这不是瞎出力，是出巧力，出实招。”任乐水说。

任乐水的一番表述，让大家心生敬佩。任乐水不是不知道，他完全可以守住现在的成绩，稳稳当当先解决好贫困户眼下的脱贫问题。但他一想到自己仅有的三年扶贫时间，他就有一种紧迫感。自己已经把生命都交给了党的事业，交给了为人民服务的理想。他不想做一个太平官，他想把自己的聪明才智毫无保留地奉献给这个社会，不求名、不求利，只想为村里做一些惠及群众的实事。“落红不是无情物，化作春泥更护花”“人民对美好生活的向往就是我们的奋斗目标”，任乐水在向人生的更高境界攀登，虽然有时感到力不从心，但却无所畏惧。

“阿解放，村集体产业结构调整这个任务就由你负责，做个计划，一千亩长绒棉的种子需要多少投入，五百亩红枣种植什么品种，需要多少投入，一笔笔算清楚。从村集体经济和工作队的工作经费中各拿一块，把村集体的经济结构调整过来，形成阶梯式产业结构。”

阿解放摇摇头。

“自己的鞋子自己穿，干嘛替光脚的操闲心？你把县长一届几年要干的事情都干了，出力不讨好，到后年我们离开了也不一定见成效。”

“这个事，不讨论，只统一思想、统一行动，只要有利于提高村民的生活水平，我们就要不惜一切去努力，‘社会主义是干出来的，幸福是奋斗出来的’。”

瓦力斯江依然痴心不改，默默关注吉庆融，但不知从何下手，一会儿跑去问任乐水吉庆融为什么抑郁，一会儿又问麦迪亚娜吉庆融喜欢吃什么。情真意切的真诚看着让人心疼，那神情又笨拙又好笑。

阿解放看到儿子如此不争气，心底莫名冒火。

“一个男子汉整日围在女人家的裙边求同情，看你那没出息的样子！”

“爸，我要和你谈谈。”

瓦力斯江鼓起勇气对阿解放说。

父子间说不上几句，都上了火，针尖对麦芒。凡是瓦力斯江说出口的话，阿解放都能以人生经验怼回去，儿子一说起吉庆融的好，阿解放一脸厌烦，不接话。

“吉庆融抑郁了，为什么？你关心过吗？她跟你共事都快三年了，你就这样当领导？”

“我管了她人，还能管她的心思？一帮小青年，乱七八糟的情情爱爱，说出去我都觉得不光彩。她、加吾兰、麦迪亚娜三个人之间，不提了，不提了……”

阿解放怒气冲冲拍了一下桌子。

瓦力斯江泄了气，感情的事情他没有参与的资格，一下子有点儿心死，他打电话给加吾兰。

“既然你爱她，就替我好好爱，别三心二意的，让她抑郁成那个样子，你不爱，我来爱。”

“你在胡说什么？问你老子啊，他不允许你爱上她，也在阻止我爱她。”

“为什么？”

“死脑筋呗，落后意识呗，说白了把人划界，嘴上一家亲，心里闹分别心，还活在旧社会。”

瓦力斯江听得稀里糊涂，在他心里父亲一向光明磊落，而在加吾兰的嘴里，父亲的脑子里藏着些不可与人述说的狭隘心思，对他们年轻人的交往就没安什么好心。这让他突然觉得眼前的父亲是那么陌生、那么灰暗。瓦力斯江的情绪坏到极点，父亲高高大大的形象像碎石般坍塌。

瓦力斯江一分钟也不想在村里待了，父亲即将毁灭他对爱情的幻想，还以一个令人憎恶的形象横亘在加吾兰和吉庆融的爱情之间，吉庆融抑郁原来因为自己的父亲？瓦力斯江内心蒙羞，收拾好行李，准备回乌鲁木齐。

吉庆融托他把一条围巾带给加吾兰时，瓦力斯江内心翻江倒海，他极度抗拒再见加吾兰，但又不舍得拒绝吉庆融的请求。眼看就要开学返校了，躺在行李箱里的围巾搅得瓦力斯江心堵，他下决心最后见加吾兰一次。

加吾兰以为吉庆融改变了心意，送给自己一件礼物，原来只是自己落在饭桌上的那条围巾，他大失所望。

加吾兰请瓦力斯江去明园的美食街吃饭，火锅沸腾，两人相视无言，冷脸相对。

“我替我爸爸向你道歉。”

“别，我可承受不起。”

“哥，今天我叫你一声哥，希望你能把我姐照顾好。”

“吉庆融什么时候成你姐了，在你老子的眼里，她‘高攀’不起啊。”

瓦力斯江脸色死灰，强忍着愤怒和复杂的情绪，他嫉妒眼前帅气的小伙，也痛恨父亲的言行，更为自己再没机会追求吉庆融而伤感。

“我们大人的事情你就别操心了，你好好上学，将来找个你父亲喜欢的女孩……”

“一口一个你们大人，你们大人也不见得把事情做得有多好。要不是你朝三暮四，她也不会抑郁。”

“小子，饭可以胡吃，话不能胡说。”加吾兰瞪大眼睛看着瓦力斯江。

“你回去问问你爸爸，看你伟大的爸爸做了多少欺负人的事情！倒打一耙，跟你爸学的做人吧？”

加吾兰惹恼了瓦力斯江。他不允许别人污蔑父亲，“不允许你往我父亲身上泼脏水，把话说清楚。”

瓦力斯江咬牙切齿。

加吾兰一股脑地把吉庆融在单位的遭遇全部说了出来。

"我父亲为什么要那样做?"

"因为，他只爱自己。他觉得你追求吉庆融就在越界，他要阻止你们的交往。换句话说，他在阻挡滚滚向前的时代潮流，在阻挡我们年轻人追求的美好世界，在阻挡人性中最美的爱情。"

瓦力斯江回忆起每一次和吉庆融见面以后，父亲总是以审判者的语气批评自己，阴阳怪调，他不知道自己做错了什么，而再见吉庆融，她的情绪总是很坏，似乎要拒他于千里之外。他的情感受着双重折磨，一直不知道自己错在哪里。今天，他明白了，委屈、自责、愤怒，各种情绪交织在一起。瓦力斯江突然觉得自己在怨恨父亲。他想起自己见了吉庆融回到家后无比快乐的样子，而父亲却不怎么喜欢他假期待在家里，他下班回来总是板着脸，一副别惹我的表情，要不就一个人在书房里抽闷烟，或者找个由头和母亲吵一架，要么就恶言恶语训斥自己。瓦力斯江不明白究竟出了什么事情，为什么父亲天天心情不好。原来父亲竟然会对他心仪的一个女孩子做那么多让人难以接受的事情。

愤怒和失望让瓦力斯江在心头提起刀，理智和情感又让瓦力斯江在心头放下刀！瓦力斯江因为自己身上流淌着父亲的血液而感到万分无助。

瓦力斯江伏案痛哭。

那一晚，瓦力斯江做了一个决定，他要逃离父亲的情感控制，离开这个家，他真担心自己有一天会变成和父亲一样的人。第二天，瓦力斯江订了最早的机票离开了乌鲁木齐，登机前他给吉庆融发了一条留言。

只有三个字："对不起!"

万物复苏，又一个春天来了，这个美好的季节，大自然把勃勃生机馈赠给人间大地。

吉庆融在渐渐康复，她觉得自己像是卸下了无数的包袱，身心格外轻盈。

吉庆融和麦迪亚娜仍然住在一起，以前，这两个女孩在不知不觉中、误会中错愕、冲突；现在，心结解开了，她们成了形影不离的朋友。

“不知道任冰又在搞什么鬼，要我做他项目里的主播。”

“那就陪他一起呗！我们一起看他把青春玩出什么新花样。”

两个快乐的女孩拥抱着笑成一团。

闲暇，任乐水开始研究四翅滨藜。在北京时他和雷大壮谈起大芸产业，一直在考虑红柳种植。雷大壮说四翅滨藜可能更适合在百合提村的沙土上种植，投入少、见效快。这种荒漠地带的植被，不但有很强的水土保持能力，而且也是优良的饲料植物，在干旱和半干旱地区可以大量种植。

任乐水上网搜索相关资料，把每一个知识点和成功案例都下载下来，装订成册，认真研读。读着读着，他觉得这种茂密的灌木有一种无法言表的美，就像以前在城市看到玫瑰，那火红的花瓣总是摄人心魄。而眼前屏幕里蓬蓬勃勃的绿色嫩枝，好像已经覆盖在村边荒凉的沙地，盛开的花蕾幻化成村民一张张熟悉的笑脸。

四翅滨藜耐旱、抗寒、耐盐碱，这些特点非常适合百合提村荒漠瘠薄的土地。春季就可以用两年生四翅滨藜苗木定植，五月下旬开始现蕾以后，六月下旬到了盛花期，七月中旬开始挂果，九月下旬种子成熟。除了第一年春季需要及时连续灌水三至五次，七月、十一月只需各灌一次水，第二年只在四月份和十一月份浇两次水，就不再需要投入大量人力，对水的需求就不多了，第三年就可以接种肉苁蓉了，太具有实用价值了。在干旱少水、遍地荒漠的百合提村极具发展潜力，不但可以实施退耕还林，还能用于防风固沙和盐碱地改良，做牧草适口性也好，农民又有一个增收的渠道，真是一本万利的沙漠黄金植物。

第二天晨会，任乐水说了要把红柳种植改成种植四翅滨藜的想法，大家都不表态。任乐水把自己整理好的材料交给吉庆融。

“打出来，每人发一份，好好学习。柯蓝你负责这一块。”

柯蓝露出为难的表情。

“马群进了羊圈——不得安宁。书记，我们搞好眼前的事情就足够了，天天应付各种脱贫攻坚的报表、检查都顾不过来，哪有精力折腾这些事情？让下一任书记去整这些事情好不好？”

“不好！说实话，自从开始驴养殖和蘑菇种植以后，再加上国家的扶贫投入项目，村里贫困户摘帽工作，到明年就完全可以达标。但我们接下来就要未雨绸缪，要巩固扶贫成果，让扶贫产业可持续地为村民带来收入保障。达标不是目的，可持续发展才是根本。现在，要一手抓村民现在的扶贫，一手抓长远的产业发展，只有这样，扶贫才是高质量扶贫。扶贫不是搞形式、花拳绣腿搞运动，而是真真切切把乡村经济发展起来，建成高质量的小康社会。”

大家仔细听任乐水说，被任乐水心底无私的豪迈精神所折服。在他们眼里任乐水有一种胸怀天下的气度，还有一种“功成不必在我”的淡定。有时候不需要问为什么，只要把他想好的事情认真落实，一切艰难险阻都会迎刃而解，在他那儿好像什么都不是问题。

“你去找雷大壮，请他们和林业专家一起给这个项目做一个调整和规划。秋收以后，进行土地平整，干起来，加油干！”

晚上，张振民赶饭点到村里检查。平时，都是两荤两素一汤，今晚又加了一个炒鸡蛋、麻婆豆腐。张振民吃得很香。

“阿娜尔，你的手艺提高了不少。”

阿娜尔开心地笑了笑，用手指一指任乐水。

“每天教我做饭，手拉着手。”

张振民愣了一下，反应过来，阿娜尔的意思是手把手教。

“就这大半年时间，你把国家通用语言学得这么好。”张振民说。

“她每天做完饭，都要在农民夜校学语言和技能，进步可快了。”吉庆融说。

“阿娜尔，艾拉提怎么样了？还打你吗？”张振民问。

“吉庆融妹妹做主呢，不打了，每天养驴，生气了骂驴。”阿娜尔说。

大家笑起来。

“你家养的驴赚钱没有？”

“赚了，一头驴下了驴娃，又卖了一头，一千块的排挡子（利润）有。”

他们边吃边聊。

张振民越来越喜欢到任乐水这里检查工作，他的做法好，工作措施让人放心，更重要的是张振民在这里可以看到人们精神面貌的变化，那些春风拂面的快乐让他深深感动，他有一种强烈的获得感，觉得自己的心血没有白费，觉得治国理政的实践成果就铺展在每一条乡村的道路上，写就在每一张洗去了阴霾的幸福的脸上。其实，在张振民心里还有一些小九九，他非常喜欢和任乐水聊天，见到他，就会给人一种从容不迫的安定感，一旦话匣子打开，任乐水的见地海阔天空、着眼于现实的思考方式别出心裁，让人耳目一新，常常生出‘与君一席谈胜读十年书’的快感。张振民从他涓涓细流般的叙述里得到启迪，心窍开悟，有一种久旱甘霖的舒心和陶醉，也有一种抬头仰望的钦佩，那种思想碰撞的机会稍纵即逝，他珍惜和任乐水在一起的时光，他在那里获得了一种无以言表的智慧享受。对于这种奇妙的感觉，他只想默默感受，从不愿与人分享。

“县长，我们那个种植红柳的大芸项目落实得如何了？”任乐水问。

“搞定！你就等消息吧。”张振民说。

任乐水看一眼他，张振民有点儿得意，有种一览众山小的自信，还有一种“山河不足重，重在遇知己”的满意。任乐水想了一想，还是开口说：“我想把项目内容再调整一下，不知道县长方不方便再协调一下。”任乐水说。

张振民嘴里塞满了炒鸡蛋，一下子没有吞进去，伸了伸脖子，把嘴里的食物咽下去，翻了一眼任乐水。

“又出什么幺蛾子？”张振民说。

“不是要与时俱进吗，去了趟北京，有了些新想法。”任乐水说。

“别介，不想听你的醉话。”张振民摆摆手。

“没醉，宿舍里还真有酒。加吾兰看他的女朋友，顺便送了我两瓶新疆老窖。”任乐水说。

“喝呀。”张振民说。

任乐水呵呵笑起来，转身去隔壁拿酒。阿娜尔忙做了个油炸花生米。

大家知道他们有喜欢喝酒聊天的习惯，都退了出去。任乐水拿出喝水的茶杯，倒了两个满杯，碰一下杯，聊起来。

任乐水把去北京和雷大壮交谈的内容和自己这几天学习的心得给张振民说了。张振民听得津津有味。

“任书记，我有件事情一直没想明白，您说的这些事情，不一定现在干，留给下一任县长，留给下一任第一书记，不影响你呀！为什么你不依不饶非得撸起袖子自己干？”

“改革开放只有进行时没有完成时，同理，为人民服务只有进行时。能现在干，能自己干，为什么留给别人去干？我的驻村时间只有三年，一晃就过去了，但如果我们给后来者打下一个好基础，引导一个好思路，下一届或者下一任就不需要像我一样四处碰壁找出路，那么带领村民奔小康的路子就顺些，早日巩固群众脱贫致富的成效就稳点。与时同行，何乐而不为？”

张振民摇一摇脑袋，自斟自饮喝了一大杯酒，说，“不多说了，遇到你是我的劫，干不倒你，只有我被拖进坑里的份。我服，你以人民的名义，干掉了我一切自私的想法。”

任乐水呵呵笑起来，抬眼望着张振民。

“我是不是有点儿傻?”

“傻个屁，整个一人精，服你！知不知道，我又要费多少周折解决你这些无中生有的问题。”

“舍你其谁? 活该你当一县之长。”

任乐水不着痕迹地让张振民解决了又一个难题。他暗暗开心，端起茶杯自己喝了一大口酒，瞟了一眼电视里的新闻，中美元首会晤，双方商定在平等和相互尊重的基础上重启经贸磋商。美方表示不再对中国出口产品加征新的关税。

“怎么那么大一个国家就选了个这么不靠谱的人做了头，想和中国斗，他没那智慧。”张振民嘟囔着喝下一口酒。

整个春天和夏天，任冰一直没有闲着。

北京最不缺的就是人才。没几天，任冰便组建起一个年轻团队，个个跃跃欲试，想上九天揽月。乌泱乌泱的一帮年轻人，咋咋呼呼的，怎么看都不像做大事的。翅膀还没长硬，就要自立门户，年少轻狂，不知天高地厚。原本说好一起干的码农们看不到前景，不想浪费大北京提供的难得机会，秒闪。

任冰心头掠过一丝失望，却一脸不屑，不与夏虫言冰！他只好另起炉灶，找了一家技术外包团队，签订了合作协议，把构建平台底层框架的工作交给了他们。任冰自己带着营销团队跑河南、贵州、甘肃、新疆，把几个国家级贫困县走了一遍，画出一张扶贫地图，他要下一盘大棋。

际云公司老总有丰富的人脉，任冰第一站去了中原大地有名的贫困县——南乡。这里盛产一种黄牛，这种黄牛体躯高大，健壮力强，牛肉有明显的大理石花纹，肥瘦相间，经过当地秘法烹调，断筋离骨，皮香肉烂，肥而不腻，香飘十里。这样的良品却藏在乡野。

任冰这次来南乡，除了想通过天丰扶贫助困网络平台打出“南乡黄牛”品牌，还有件更重要的事情要做——回乡祭祖。

这也是了却父亲任乐水的夙愿。当踏上这片土地，任冰血脉深处的记忆仿佛被激活，他听到一个声音在呼唤。

任冰在南乡任氏宗亲的祠堂，望着列祖列宗的灵位，献上祭食，焚香祭拜。任冰忍不住动容，历史的时空里血脉一直在流淌，源远流长，代代相传，永不泯灭。

任氏家族在当地根系深厚，各行各业都有任家的后辈。家族人丁兴旺。任冰认祖归宗是件大事，族人包了酒店的几个包间来庆贺。任家的一个后人在省里当了一个厅领导，正好在南乡调研。任冰结识了他。

对任冰来讲，这是千载难逢的机遇！他找准时机，跟任副厅长谈他的天丰扶贫助困网络平台，也谈了“南乡黄牛”的项目意向。任副厅长一拍胸脯：“好办！我打个电话！”

第二天，任冰就去找分管脱贫攻坚工作的副县长张长岭，眼前三十多岁的副县长精明、干练，却有点儿冷面。任冰不知道，当张长岭看到电话里介绍的“任总”竟然是个“90后”的孩子时，他有点儿不是滋味：小伙子太年轻了，该不是来实习、旅游的？

张长岭不动声色，礼节性地握了握手，简单地介绍了县域发展情况。南乡县地处中原腹地，依着黄河，自古是天罚之地，旱涝不断，是中原十大穷县之一。这块土地太平坦，一览无余！以前，黄河一决堤，河水毫无阻拦，全县都泡在洪水里。

“只有靠党和政府！国家重点投资修堤坝，把黄河牢牢地‘摁’在河道里，人民才得以太平，繁衍生息。”

任冰听得入神，非常兴奋地介绍了自己建设的天丰扶贫助困网络平台，整合农产品资源的想法。

张长岭没有表态，吩咐办公室安排任冰一行住下，再不出面。第二天，县上安排两个与任冰年龄相仿的小伙子，带他去景点游玩。

“景点就不去了，谈合作。”

“张副县长今天开会，他明天会不会有时间，也说不准，只当休整一下。”

汽车一路散漫地开，风光旖旎，任冰心情低落。到了晚餐时间，桌上便是那著名的南乡黄牛肉。任冰夹起一块牛肉，的确不错。但他没能见到张长岭。

“张副县长会不会睡在会场了？”

两个小青年只是一个劲地劝酒。

任冰正烦恼着，北京那边打来电话，天丰扶贫助困网络平台的框架底层代码终于铺设完毕，天大的喜讯！平台开通就有了底气。任冰让年轻人把消息转达给他们县长，年轻人一个劲点头：“中！中！”，但“中”了两天，任冰依然没有见到张长岭。

任冰这张脸太年轻了。时间会在脸上刻出信任的年轮，恰到好处的岁月才是优质资本：太老，会露出暮气，让人陷入对老奸巨猾、日薄西山的戒备里；太少，会溢出轻率，让人生出难当大任的疑惑。

“任总，你好年轻啊，在县长眼里你还是后生，前途无量啊。”

任冰隐隐约约生出一种对自己年龄的困惑。

“现在姑娘喜欢老男人，四十岁叫黄金大哥，该不会县长也喜欢老的？”

两个年轻人咯咯笑起来。

“河出伏流，一泻汪洋；乳虎啸谷，百兽震惶，自古英雄出少年。”

任冰不屑一顾。

第三天，任冰主动出击，去了县政府，将张长岭堵在办公室。

“小伙子，玩得爽不?”

“感谢张县长的热情款待，南乡黄牛名不虚传，我怕再待几天，舌头都要融化在这里了。”

“迷上中原，好啊。”

任冰开门见山道出此行的目的，介绍了建设天丰扶贫助困网络平台的情况。张长岭来了兴趣，在认真听。

“现在，天丰扶贫助困网络平台已在各大软件市场上线，官网也同步上线，优先置顶，线上线下同步整合。”

张长岭眼中满是赞许。

“小伙子有点儿大北京只争朝夕、奋勇争先的干劲，互联网助力脱贫攻坚，难得!”

“那我们是不是可以谈一谈合作，来个互联网扶贫的模式?”

张长岭终于放下了架子，开始认真考虑任冰的提议。

“我第一眼见到你，就不相信一个小孩子来跟我谈脱贫攻坚的事，这可是国家大事！说起来，你们是主动来帮扶我们，我该一路小跑追着你。但小兄弟啊！说句不好听的话，国计民生责任重如泰山，我不敢轻率啊，我们大规模搞生产加工，假如你们平台经营不善，关网跑路了，我就是罪人！在你们是一场生意，在我是‘祸国殃民’，明白吧?”

“张县长，我非常理解您的顾虑。我们公司不是纯粹私企，是混合模式，还有一部分国有股份，我们有一个共同的目的：精准扶贫！国家利益高于一切！天丰扶贫助困网络平台从您这做起点，你是吃第一只螃蟹的那个，风险任何时候都会有，万一一不小心成功了呢？何况，我们必须成功，天时地利都有，就缺您的点头，那就人和了。争利只为天下利。”

张长岭一声长叹。

“少年强则中国强，后生可畏！”

“您同意了！”

“但有一条不可商量，天丰扶贫助困网络平台对我县的农产品要免除一半的服务费用。”

任冰思忖一会儿。

“这样！也不用免除一半费用了，我此行也算认祖归宗了，就算支援家乡扶贫事业，天丰扶贫助困网络平台对县上所有的农产品免除三年的基础服务费！销售量按照一百万的基数，每超过百分之十，天丰平台只收取百分之五的服务费用。您看如何？”

“中！”

合作协议签订了。

“我们连服务费都不要，这生意到底要干什么？我们真的在做公益？”在众人看来，年轻气盛的任冰，被那个县长摆了一道。

回到北京，任冰抑制不住兴奋，约良嘉熙去簋街吃小龙虾，两人一口气干掉八十只肥硕的小龙虾，大喊过瘾。

“看来你不虚此行啊，准有好事发生。”

“打响了第一枪，我们的扶贫助困平台在南乡县落地了。伟大的数字经济时代！”

任冰像说书一样，绘声绘色描述了中原之行。那故事曲折生动，那心情跌宕起伏，他陶醉在成功的喜悦里。

“听了半天，这整个儿一个赔本生意啊！”

“对，我要的不是挣他们的钱，我要的是做大平台的影响力，是一种对‘势’的投资，我在孵化一种商业模式，必然会飞出金凤凰。”

“人小鬼大!”

任冰大笑。

“对!‘小’是个问题，我这张脸原来就是一个问题，太年轻!人家感觉一个小屁孩在和一县之长扯淡。”

良嘉熙娇柔地摸摸任冰的脸。

“你本来不就是个小屁孩吗?”

任冰闷下一口生啤。

“小屁孩就是那轮八九点钟的太阳!我还真反感一些端着茶杯的油腻男的鼓励——时代是你们年轻人的!”

“他们这些获取了时代红利的人，却还在哀叹，好像他们也应该一直占据着青春。”

良嘉熙掩嘴而笑。

“你知道你最大的特点是什么吗?”

“什么?”

“太聪明了!这既是你的优点，又是你的缺点，男儿当有凌云志，纵遇风雨视等闲!……我就喜欢你这个样子啊!”

微风轻拂，两个年轻人浓情蜜意。

百合提村的夜凉爽宜人，像熟透的苞谷让人喜欢。

麦迪亚娜徜徉在葡萄长廊覆盖的乡道上。从大路通向村委会的这条乡道，用钢筋焊出的高大拱架长达一公里，从道路两边爬上的葡萄藤铺满拱顶中央，形成一条密闭的绿色长廊，将风沙和暑气隔离在外边，成了村民纳凉散步的好去处。随手可摘一串串晶莹剔透挂满藤枝的葡萄，果香诱人、口舌生津，灯下的葡萄宝石般生光，赏心悦目，秋虫呢喃，夜色璀璨。

麦迪亚娜喜欢在晚饭后来这里溜达。没有了感情的纠葛，麦迪亚娜反而有种自由自在的轻松。夕阳西下，金色的余晖铺洒在葡萄藤上，麦迪亚娜舍不得这些刹那的美在一瞬间消失，她用手机拍下一小段视频，她将伴随她记忆的最美风情记录下来，分享在短视频平台。

第二天，天刚亮，麦迪亚娜打开手机，传来几十条微信消息："麦迪亚娜！你的视频好火！"

短短一夜，麦迪亚娜收获了十几万的播放量，几十多万的点赞，还有上万条评论，"异域风情，千年美女！""爱了爱了，先粉了"……麦迪亚娜吃惊得合不拢嘴。

麦迪亚娜火啦！

任冰刚向任乐水报告了自己初战大捷的喜讯，说到直播带货的事，正为主播人一筹莫展。当看到麦迪亚娜的视频，任乐水笑起来，给儿子发了个微信。

"麦迪亚娜已经是个新秀网红了，她比谁都合适！"

网络时代的事儿越来越难理解，越来越超出自己的想象。麦迪亚娜突然就成了网红，任乐水高兴，就让她担负百合提村销售部的"天时牌康佳片"的带货任务。

任乐水安排柯蓝当天去昆仑市购买直播用的器材，然后让麦迪亚娜学习短视频攻略。麦迪亚娜的视频围绕百合提村的生活展开，乡村田园、新疆女孩、西部风情……在一众以城市生活为舞台的网红面前，麦迪亚娜如同一股清流。有了前面吉庆融"百合提村的融花"无心插柳柳成荫的铺垫，短短几周，麦迪亚娜的视频累计点击量已经超过百万。似乎无人能抗拒遥远神秘、一笑倾城的西部女孩，网友把麦迪亚娜称为"原野美少女"。

任冰默默关注着麦迪亚娜，她的一颦一笑依旧摄人心魄。他关上手机不去想，害怕那颗坚定离去的心又开始动摇。

麦迪亚娜拒绝了好几个私信她签约的经纪公司。她的目标很明确，本来抱着玩的态度，谁知一下子火了，那就毫不犹豫做些替任叔叔解忧的事。

“麦迪亚娜，把短视频搞明白了吗?”任乐水说。

“嗯，小技术，我可以试着带带货了。”麦迪亚娜说。

任乐水备好天时牌康佳片以及其他农副产品，麦迪亚娜开始首场直播带货。

“原野美少女”的影响力果然不同凡响，麦迪亚娜的直播间人气爆棚，刷礼物不断，首场带货全部售罄。成功了!

麦迪亚娜享受着被人们捧着的感觉，网络的魅力超越时空，创造出一个高光的创业神话，谜一样的时代!

任冰带着团队继续跑那几个他选定的国家级贫困县，如法炮制第一次成功模式，汇聚天丰助困的平台产品资源越来越多，任冰打出了“绿色、品质、扶贫、惠民”平台的宗旨，在产品源头设专门的品控人员，对上架产品进行严格的标准化控制。任冰一直坚信只要平台建成了，客户自然会找上门来。看似轻狂的想法，其实不难实现，因为大江南北、大大小小的单位，都在为打好脱贫攻坚战竭尽全力，在扶贫平台上各取所需，程序简洁。小小的天丰扶贫助困网络平台如果单纯依靠市场，根本无力与淘宝等大平台抗衡，但任冰找准了目标群体，摸到了时代脉搏。

麦迪亚娜每周五直播带货一次，大芸一次次上了热搜，把百合提村的扶贫工作炒得火热。

当大家陷入狂热之中时，任乐水却异常冷静，他隐隐有种不好的感觉，村干部搞直播带货，打赏的钱应该怎么处理?果然，上面来了一个工作组约谈了任乐水。

"我们搞产业扶贫，借助大数据的平台，这是一种探索，短短几个月，我们天时牌康佳片的销量达到……"任乐水解释道。

对方打断了他的话。

"搞扶贫我们不反对，直播带货也是创新。但作为村干部，直播带货实际上是执行公务，那么网友的打赏礼物所得，到底是归公还是个人所得，现在还说不清。所以老任啊，我们也是提醒一下，最近你们这位'原野美少女'在网上太火了，一些金钱的归属颇有争议。我们这次来也不是来问责谁，就是提醒一下，直播带货的事是不是稍微放一放！"

任乐水无言以对。

一盆冷水浇头，熄灭了麦迪亚娜所有热情。她哭了一个晚上，她做了一个重大决定。

第二天，麦迪亚娜把这段时间以来所有打赏所得，全部交给了村委会。

"任叔叔，我不想在这待了。"

说完，麦迪亚娜扑在任乐水怀里，埋头大哭。她只有一个简单的目的，为百合提村脱贫攻坚做些实事，贡献点儿聪明才智，如果她仅仅为了自己挣钱，她完全可以和其他网络平台签约，她单纯地想，百合提村村民的好日子就是自己的幸福！可是，有些人的想法在侮辱她，就像在污蔑她洁白无瑕的身心。

"我同意了一家经纪公司的邀约，我要辞去这里的工作。既然我的身份限制了我，那么我就不要这个身份了，我要以自由身合理合法地为百合提村带货。"

任乐水嘴唇抖了一下，他有一种想哭的冲动，他深刻理解小女孩麦迪亚娜的痛：高尚并不是每个人灵魂的光，习惯黑暗的眼睛里从来看不见那些光波；当一个人献出了无私的大爱，却被人怀疑和嘲弄，那么看似放弃的方式却能够保护我们坚守的初心。自己用半生的妥协来维护道义，那些委屈已经足矣，当自己明白这些道理的时候，已经华发尽染，这些都是不可与人述说的苦。眼前痛哭的孩子没有看懂缘由，却感受了一样的痛，现实在消耗着社会的能量。如果以自己现在的认知，在这样一个憧憬无限美好的年龄，自己必将会做出同样的选择。我们的社会需要这样一些有理想、有责任、有抱负而又视荣誉为生命，视众生为亲人的苦行者，他们朝着光明的未来奔跑，他们必将扛起时代的重托。

“不后悔?”

“坚决不!”

“想好了?”

“我想也没用，必须您支持!”

“如果不呢?”

“您不会，因为您懂这个复杂的世界!”

“孩子，我懂你!”

麦迪亚娜双手抱着任乐水的脖子呜呜哭起来，任乐水默默流泪。

任乐水亲自把麦迪亚娜送到了车站。

“原野美少女，在蓝天翱翔吧，祖国天空辽阔。”

麦迪亚娜贴着火车窗的玻璃，拼命挥手，痛哭流涕，心伤欲裂。

直播带货被叫停，雷大壮有点儿恼火，刚刚追加了条生产线，这让他真的去做公益不成?任乐水有点儿愧疚，什么也不想解释。

任乐水想到了儿子。

“老任，我在甘肃定西，挖土豆呢!”

“天高任鸟飞，也总得有着地的时候啊。什么时候回趟新疆的家?”

“哈哈，就等您老呼唤，电打的速度来。”

“好，恭候小任!”

任乐水挂了电话，儿子总会给他惊喜。

任冰说来就来，直接去找县长张振民。

任冰已经成了天丰扶贫助困网络平台创始人兼董事长，天丰扶贫助困网络平台也上了主流媒体新闻，新闻稿宣传：

大数据时代为脱贫攻坚赋能，天丰扶贫助困网络平台成为行业先驱。

张振民第一眼见到任冰，露出南乡县张长岭一样难以置信的表情。任冰见的冷眼多了，装作没看到。

“小任董事长，怎么有点儿眼熟?”

“任乐水的儿子任冰。”

“啊？虎父无犬子，这神情一个模子，天不怕地不怕！要不把任书记也请上，中午一起吃个饭。”

“别介，张县长，我代表我自己，为天丰扶贫助困网络平台做自己的事。任乐水同志是我父亲，得避嫌。”

张振民有点儿惊讶，心想这孩子出口不凡。

有了任乐水这层关系，张振民不再小瞧任冰，腾出时间，带了商务局的干部认真听了一次任冰的汇报。

“大数据时代英雄辈出，边疆虽然离北京很远，但共同的理想将我们的心紧紧连在了一起。”

项目谈得很成功。县里有十二种特色农产品全部上架天丰扶贫助困网络平台，其中就包括被麦迪亚娜带火了的天时牌康佳片。顺带的，货源质检点解决了近几十个就业岗位，再加上材料加工、运输等等，带动贫困村民就业前景十分可观。

张振民高兴，中午宴请任冰。

“我和你爸啊，不打不相识。他真是一个简单、通透、智慧的人，教会了我很多生存的道理。来，敬你父亲！”

张振民不得不佩服这一些“90后”孩子，自己从来没有觉得落伍过，可是面对眼前充满激情的被现代思维指引的年轻人，扬鞭策马也赶不上。

“多好的青春年华，多超前的思维，‘互联网+扶贫’，真就让你们搞成了！”

“是不是觉得喊口号的作用不够大啊？”

“看看，还是个孩子吧。听我一句，别不知天高地厚，好好挣钱就是了，别信口胡言，喝酒。”

“实际上县上的农副产品销路很窄。听说，前段时间有个女孩搞直播带货，红红火火的，后来有人眼红了，把人家气走了，产品没人卖了吧？”

“说我们的事情，别说人家。”

“麦迪亚娜是不是你们村里的人？”

“你父亲从不多说一句多余的话。我就不明白，你爸怎么教你的，这么贫？”

“我爸生我、养我，然后我自学成才。”

张振民哈哈大笑，为任冰和自己倒了半茶杯白酒，两个人一饮而尽。

任冰直奔百合提村。到村口，他突然眼睛有点儿潮湿。

任乐水正在走访农户，远远地认出了儿子，匆匆跑上前给任冰一个熊抱。

“天时牌康佳片的事解决了，我和张县长谈妥了。”

“好！打算待几天？”

“没空儿了，顺道看您。明天返京，手头一堆事儿。”

“你来挣钱，倒落了个孝名。”

“哪儿跟哪儿啊，公私两不误，脱贫攻坚同心同向！”

两人走到村委会，看着那一排熟悉的宿舍，任冰的心情一下差到冰点，仰头远望，天空湛蓝，飞鸟穿梭而过，泪眼迷蒙。

“麦迪亚娜已经走了。”

“知道，我来就是为她补课，续上她落下的扶贫课。”

任乐水拍拍任冰的肩。

十二

麦迪亚娜离开了百合提村，红红火火的直播带货戛然而止。吉庆融内心震撼，她替自己憋屈又羡慕麦迪亚娜的果决，但面对现实又无可奈何。她继续在“百合提村的融花”视频号里分享自己的日常，不理睬粉丝直播的呼声。她去幼儿园接苏莱娅，顺便录上几句童言童语，一派独乐乐的淡然。

通过养驴，艾拉提一家的生活终于好起来了。吉庆融无比欣慰，从探索仿真花开始，她觉得自己就和这家人产生了割舍不断的情缘，他们结成了“民族团结一家亲”的结对子亲戚，艾拉提成了她的大哥，她更是把这家的冷暖放在心上，把他家的致富当成自己的责任。现在她终于可以松口气了，唯一的期盼就是希望两个孩子快乐地长大。

夕阳西下，霞光铺满村庄，美得让人心醉。

看着拉得很长很长的苏莱娅跳动的影子，吉庆融心生悲凉，有种刹那余生的哀怨，她知道自己的抑郁症并没有好彻底。她脑海里常常浮现出妈妈的笑脸，天人永隔的绝望无人述说；她还会想起加吾兰，那是她成长途中撞到的一根坚硬的电线杆子，似窗外孤零零的风景扎在记忆里，永远不想再碰。吉庆融太了解自己了，内心时而翻涌出的悲伤仍然可以击倒她，但她不想对不起所有人的期待，只能通过不停地忙碌麻痹自己的伤感。

入夜，吉庆融在剪辑视频，阿娜尔急急忙忙敲开她宿舍的门，哭哭啼啼地说："家里的驴出事了。"吉庆融心里咯噔一下，急忙去了艾拉提家。只见两头驴躺在驴舍的地上奄奄一息，其他站立的三头驴骚动不安，不断伸长脖子在无为地做吞咽动作，一团团唾沫从嘴巴、鼻孔里流出来，驴不断地咳嗽。

艾拉提绝望地望着吉庆融，嗓子呜咽着，半天说不出一句完整的话，看不出是心疼还是愧疚。一会儿，两个技术员赶到现场，他们按住驴头，拉一拉驴舌，给驴做检查。

吉庆融脑海里浮现出一幕幕场景：工作队在帮忙搭建驴舍，拌水泥、锯木板、挖水沟、安装食槽、分装探灯、跑银行贷款……那些操心劳累的日子饱含着他们带领村民脱掉穷根的无限希望。眼前的这一幕让吉庆融心慌，她默默祈祷，千万不能有闪失啊！

"肠子梗阻了，便秘。"技术员说道。

"啊？"吉庆融叫出声。

"就是结症，最常见的一种疾病，处理不当驴就没救了。结症有小肠积食的前结和大肠便秘的后结两种。驴发生肠便秘，百分之九十以上都是后结，前结驴扒地，后结驴回头望腹……"

吉庆融听不进去。

"快想办法救啊！"

技术员跑了大半夜，带回药品。他们给驴灌服石蜡油以通便，又向皮下注射了四毫升盐酸毛果芸香碱；他们用缰绳把驴的前腿捆了，用力按，让驴头垂下，努力让驴腹中的阻塞物下移，还不忌讳腥秽，将手伸进驴的肛门，把结团掏出来……

折腾了一夜，所有的方法都试过了，第二天清晨，还是死了两头驴。艾拉提家的驴出事的消息很快传遍了村里。

一大早，吉庆融赶去兽医站了解原因。

“吃的草潮湿或精料太多都有可能导致驴生病，驴是单胃草食性动物，消化能力比较差，在饲喂时可多次少量喂食，一般每天可喂四至六次。粗饲料可以喂芦苇、谷草、大豆秸秆、青贮玉米秸秆等，精饲料就喂玉米、豆粕、麦麸等，精饲料的饲喂量需根据体重决定，一般以体重的百分之一点五为每天精料饲喂量。”

吉庆融不明就里。

“艾拉提急于求成，喂太多了。”专家说道。

吉庆融心情很沉重。曾经学过畜牧专业的艾拉提不可能不知道基本的养驴知识。驴生长到一百八十天至二百一十天后才可以出栏，可他家的驴养了还不到两个月。他赚钱心切，不计后果。

吉庆融对艾拉提的行为非常痛恨。

回到村委会，阿娜尔和村民阿迪力正在门口吵架。见到吉庆融，阿迪力一脸委屈，一个大男人蹲在地上呜呜哭起来。

“我家死了五头驴！”

阿迪力是村里的养殖大户，从搭建驴舍到买驴，他的投入是村民人均投入的几倍。

会议室里，气氛阴郁，吉庆融不安地转着手中的笔，一直在摇头。阿迪力一五一十地说了实情。原来艾拉提养驴并不是为了等着卖，他撺掇阿迪力一起不断给驴喂食，是为了让驴消化不良，长结石，得驴宝。

“我说‘那样驴不会撑死吗？’他说‘撑死胆大的，我是畜牧专业的大学生，知识就是金钱’”。

一切恍然大悟！吉庆融划拉着手机，暗自嘀咕，艾拉提不可能不知道怎么喂驴，太急功近利就胆大妄为了。

一个墨绿色、形似石头的东西浮现在手机屏幕，这就是艾拉提想要的驴宝！又名驴砂，最初形成于毛驴胃中，因为消化不良、食物残渣凝结形成结石。驴宝有清热解毒、泻火之效，在《本草纲目》《中药大辞典》中均有介绍，具有较高的药用价值和收藏价值，因为极具偶然性，所以这是一种资源稀缺的药品。

吉庆融觉得荒诞。她想起小时候看的科普节目《走近科学》，有一期叫“天降蓝冰”，说有一天，突然从天而降一块蓝色结晶，被村里的一位老大爷捡到，当成宝物每天舔一口，以期延年益寿。最后节目组揭秘，蓝冰其实是飞机上厕所里的排泄物混合了某种蓝色化学物质，在高空排放时冻成了冰块落在地面的垃圾。可怜这位老大爷，之前还把这块蓝冰当宝贝供着，闻一闻神清气爽，舔一舔精神百倍。眼前可笑的一幕竟然和遥远荒诞的故事如出一辙，蒙昧总会蒙蔽贪婪的眼睛，无知总会让历史一遍遍在滑稽中重演！

吉庆融使劲抿了抿嘴巴，控制住想放声大笑的情绪。她厌恶地瞪一眼艾拉提，不想跟他说一句话，内心涌起一股恨意，她不想细究艾拉提是愚昧无知还是故意为之，此刻，她恨不得揪着艾拉提的衣领，对他一顿拳打脚踢。

阿迪力依旧不依不饶，要求艾拉提赔偿他的损失。

“那就把艾拉提家剩的几头驴给你养？驴死了，是你自己喂的，责任都变别人的了？你还不承担点儿损失？要是真出了驴宝，你会给艾拉提分点儿吗？”吉庆融没好气地说。

“我有什么责任，我要不是听了艾拉提的话，我的驴能死？”

“你的责任就在于你只听艾拉提的胡言乱语，不相信科学！”

吉庆融不容阿迪力再反驳，又骂起了艾拉提。

“可怜之人必有可恨之处，活该你穷，你将所有人的心血都付之一炬，你对得起我们吗？凭什么我们应该这么无私？凭什么你们要这么自私地糟踢我们的良心!”

吉庆融委屈极了，大声哭起来。艾拉提自知理亏，一声不吭。

任乐水突然发现吉庆融身上有一种果敢，她说出了驻村干部不愿声张的痛楚，有时候说道理对一些愚昧的家伙没一点儿用，他更加欣赏眼前看似泼辣的小姑娘。

吉庆融到村子里后，把所有的热情和希望都倾注在了艾拉提一家身上，可艾拉提就像扶不上墙的一摊烂泥，回回做，回回错。那种不可救药的失望深深刺痛了吉庆融的心。

为了不让村民胡乱猜测，任乐水紧急召开村民大会，讲清楚了前因后果，普及了驴宝知识。

会上，艾拉提又一次做了检查，一把鼻涕一把泪。

李木水来到村里，一向乐天派的他有些郁闷，本来他贴了很多资金为百合提村村民扶贫，没有人要求他这么做，只是任乐水打动了他，村民的贫困刺激了他。穷则独善其身，达则兼济天下，当他有了些财富，那些物质的东西并没有给他舒适感，他觉得尽管那些财富是靠自己的劳动和智慧所得，但他依然没有心安理得去享受的快乐。所以，当他开始关注贫困阶层的事情时，他似乎一下子找到了意义，找到了财富应该的去处，他一门心思想默默无闻地为这个火热的时代做些力所能及的贡献。

但艾拉提财迷心窍把驴养死的事情，对他有点儿震动，他想知道那些可怜又可气的人在想些什么，自己为这样一群人投资值不值得?

“那些死驴还有没有商业价值了?”任乐水说。

“想做黑心商人啊?挖坑埋了。”李木水没好气地说。

浮尘满天，秋风瑟瑟，眼前的村庄变得一片模糊。李木水突然觉得自己走进了一个无底洞，自己的财富自己的梦想都会被一点点吞噬。他又一次想起了那些可怜的饥饿思维：在民间，有一种捕猴子的方法：在一块木板上挖两个洞，刚好够猴子的手伸进去，在木板后面放一些花生，猴子看见花生，就伸手去抓。结果，抓了花生的手紧握成拳头，无法从洞里再缩回来，猴子就这样紧紧抓着他的花生，被人轻而易举地捉去。猴子太想美食，木板成了一块活生生的枷锁。许多人的状况就是这样。

贫困让许多人经不住诱惑，失去了生活的重心，精神上受到巨大的损害，想一想都让人心寒。

李木水产生了想放弃的念头，他不需要像任乐水一样背负着使命，只要自己能说服自己，不受良心的折磨，对百合提村的投资就当一次失败的尝试。

“任书记，要不您再换一种思路，换一个产业，我失去了信心，也可以及时止损。”

从见到李木水的那一刻，任乐水就觉得他一定会有些不舒服的想法。在帮助百合提村扶贫这件事情上，李木水完全是被任乐水说服的，他有着当代企业家的视野，也有着一种难能可贵的反哺社会的爱心。一心一意为贫困村民服务的做法，在他看来是那么无私无畏。有一天李木水说：“书记，您做事有点儿禅心，还有点儿佛性，共产党人真是一种神圣的存在，有时候我觉得和你们共产党人真是差距太大，都觉得不好意思。”那一刻，任乐水觉得这个年轻的企业家不但懂他，还懂得更高深的政治理想和社会哲学，他们成了无所不谈的忘年交。可是，因为自己的工作失误，李木水似乎在改变一些观点，绝对不能在这个关键的时候让他打退堂鼓。

艾拉提的事情发生以后，任乐水也非常恼火，怎么这些人越穷越不珍惜得之不易的机会？这种人难道一直就愿意这么穷下去吗？他想起曾经读到的一个故事：一个穷人的老婆买回来一个鸡蛋。穷人说，如果用这个鸡蛋孵出一只鸡，鸡再生蛋，蛋再生鸡，然后换一只羊，生一群小羊，然后再换牛，大牛生小牛，卖了牛买田盖房，再娶一个小老婆……听到穷人富了以后要娶小老婆，老婆操起鸡蛋往地下一摔，穷人致富的美梦顿时稀烂。

这是一个穷人梦想被打碎的寓言，穷人如此辉煌的梦想为什么实现不了？

但是，任乐水却看到了艾拉提身上的潜质，那个曾经自暴自弃、醉生梦死的残疾人，在脱贫攻坚的大潮中尝试着游泳。摘掉贫困帽已经成了每个人的梦想，每个人身上都蕴藏着丰富的潜质，脱贫致富是每一个贫困户所面临的巨大挑战。艾拉提尽管方法不对，但他在挑战自己，挖掘潜能，这是以前他及其他村民身上没有的精气神。脱贫攻坚已经给每一个人打上奋发有为的烙印，他们不再觉得自己无足轻重，他们没有随波逐流，而是顺应全面建成小康社会的浪潮，奋进在脱贫的路上。

“死了几头驴就失去了希望？事物是螺旋式上升，社会是波浪式前进！浪头来了，一定会搅起泥沙和泡沫，但要看大势。村民不都对养驴产业充满了信心，死了几头驴就是个小警示，潮流是村民跟党走了，不再躺在太阳地里等政策了，都在想方设法寻求致富之路，没什么可以大惊小怪的。”任乐水说。

“商场如战场，长江后浪推前浪，每一浪都会淘汰一批人，我再这样赔本经营，该由新人主宰我的财富了。您得设身处地考虑，我怎么说也是个商人。”李木水说。

“是啊，你退出来，又不损失什么，至少还满足了你曾经兼济天下的一片情怀。”任乐水说。

“我是真诚想为村民办点儿实事，可是这素质，我不敢啊，我已投进去一百多万，这就是个窟窿。”李木水说。

“半途而废当然血本无归，除了我们村，你凭良心算一算，养驴产业让你在昆仑地区赚了多少？你是亏的还是赚的？我不是说企业家政治短视，你们不都是赚的中国特色社会主义市场经济环境里的钱！到2020年，全面建成小康社会，这是大局，也是大势，顺应大势就走在了发展的康庄大道上，处在了财富的风口上！你会只赚不赔，计利当计天下利，求名应求万世名，这才是一个有责任有良心的企业家应该有的价值观！”任乐水说。

“己所不欲勿施于人。为什么强迫我做？”李木水说。

“管子说：‘以家为家，以乡为乡，以国为国，以天下为天下。’年轻人，天下兴亡，匹夫有责，我们应该纯粹地活着，那样才会更有意义！算是一个长者的说教吧。”

李木水坐上车，任乐水错愕地看着他上车，有点儿后悔自己说了些重话。李木水摇下车窗说，“我再弄几头驴来给艾拉提，看他还养死不成？”

汽车起步，扬起一股尘土扑到任乐水脸上，泥土中夹杂着驴粪的臊气。

村里的大喇叭在播放新闻，说今天是第二个农民丰收节。任乐水有点儿迷糊，什么时候还有个丰收节？来村里一年多了，还不知道有这么个节日，亏自己还是一个“大农民”！任乐水边走边听。

回到村委会，任乐水让吉庆融下载一些关于“中国农民丰收节”的资料，晚上汇报会时学习一下，毕竟是个新生事物。吉庆融中午没休息，整理了一些相关资料给任乐水。

任乐水才知从2018年开始，国家把每年秋分设为“中国农民丰收节”，这是第一个在国家层面为农民设立的节日。春种秋收、春华秋实，九月是农民共庆丰收的节日，是农民欢乐的日子。

任乐水拿到吉庆融搜集的小知识材料很满意。“这个女孩子做事太认真了，只要交代的事情，她一定力所能及地做到最好，让人放心，但也容易偏执走极端，难怪古人讲中庸，那是一种不偏不倚的处世哲学，处事有方啊。”任乐水思忖。

“材料挺丰富！老人说秋分三候：‘一候雷始收声，二候蛰虫坯户，三候水始涸’，秋收大忙，丰收在望！家畜在秋季配种，养驴到了好节候。我们会更忙了！”任乐水说道。

得到任乐水的赞许，吉庆融笑起来，内心像喝了蜜。

任冰心里空落落的。回到北京，当见到良嘉熙，他收起那些不爽的心绪咧嘴笑起来。眼前的大男孩十分疲惫，良嘉熙没有多说话，把任冰的脏衣服扔进洗衣机。

任冰喝了杯水，匆匆去了公司。

“现在，平台已经整合得差不多了，我们已经拿下了二十多个县市的资源，该上营销手段推广了。”

专业的事找专业人去做，这是任冰一贯的观点。他请来一家营销公司做营销。一边上广告，策划影视剧赞助、短视频大平台投放、媒体投放；一边上营销手段，严选首批入驻的商家，免除六个月手续费，商品优先置顶，再给予一定邮费补贴，新用户首单五折包邮……

高薪聘请的营销团队的推广效果超出任冰预期，第一天的成交量让任冰咂舌。

在父亲任乐水的耳濡目染下，任冰早早懂得了一个道理：在中国做任何事情，都要从正确的政治方向把握走向，这就叫特色！“政治经济学”不是一个简单的词组，它是一种颠扑不灭的实践理论，只有理解了要义才会取得社会效益和经济效益的双丰收。这是任冰秘不示人的心得！天丰扶贫助困网络平台站在为天地立心、为生民立命的高地，助推脱贫攻坚，自己站在个时代坐标的高点，风大势强，前途光明。

当际云公司的码农们看着任冰把一件不可能的事变为可能，他们有些后悔当初没有选择与任冰并肩作战。有些人天生就是创业者，他们可以审时度势创造属于自己生命的新纪元。当处于同等条件的发展中，更能决定飞翔高度的是那些拥有站在高处的判断力、顺势而为的思辨力、敢为天下先的行动力的人！他们才能准确地把握时代的脉搏，踏响时代的足音。

天丰扶贫助困网络平台开始进行第二轮融资，平台规模一上来，投资方争相而来。际云公司赵总非常支持任冰，他的助力像一叶风帆助推了天丰扶贫助困网络平台的起航。任冰遵守当初的承诺，划出了百分之三十的股份给际云公司。任冰相信人无诚信不可立于世的道理，诚信是一种充满魅力的能量，巧诈不如拙诚，信用就像一双好鞋，会伴你越过千山万水。

“大丈夫一言许人，千金不易！还真没看错你！小伙子，天远水阔，成功可待！”赵总夸赞道。

“没您的支持，我哪有那种胆气和机遇。您心明眼亮，说到底我取得的成绩也是际云公司的成功！”任冰说。

新一轮融资很顺利。有了雄厚的资金后盾，任冰的团队攻城略地，在一些贫困地区建起了分销点，搭建好了自己的供应链，还带给当地不少的就业岗位。竞争压力小，优势明显，得天独厚！很短的时间内，天丰扶贫助困网络平台就一跃成为行业领先的扶贫资源整合平台。任冰又聘请了券商团队，未雨绸缪筹划着上市。任冰个人在平台里有百分之十的股份，按照市场估值，任冰即将拥有不菲的身价，他在雄心勃勃地实现财务自由的梦想。

任冰一身轻松，突然有种不为钱发愁的豪气。他带着良嘉熙，逛北京最贵的商场，吃最贵的米其林美食，站在朝阳公园边的住宅区，他说：“我们在这买套房怎么样？跟明星们做邻居。”

良嘉熙热泪盈眶。

那晚，任冰在最贵的五星级酒店开了间房。他要感受一次有钱人的滋味，他觉得这一切就像小说桥段，一点儿都不真实。

良嘉熙有点儿恍惚和忧虑，她不敢相信，眼前这个大男孩一夜之间富了起来，而心中那个让她心动的曾经怯弱、羞涩的小男孩，跑得越来越远，慢慢变得模糊起来。

“莫欺少年穷，只要有梦就向前！当一不小心实现了那美梦，天下任我行!”

任冰沉浸在美妙的感觉中。

“任冰，我想说件事。”

任冰坐直身体，竖起耳朵认真听，良嘉熙怔了一会儿，没说。

“说呀，什么?”

“没事，真没事。”

“别担心，你做手术的钱我已经准备好了，已约了最好的医院最好的心血管科专家。”

良嘉熙眼泪一颗颗滴落下来。

任冰心疼地捧着良嘉熙的脸。

那天晚上，任冰在一个又一个梦境漩涡里挣扎，水面上飘着红色的纸币，他一直往下掉，一直掉。良嘉熙冷冷地站在远处。

第二天，任冰醒来，良嘉熙走了，桌上留着一页便签，似曾相识的情景重现，他的心咯噔一下。

原谅我的不辞而别。其实昨晚我想对你说，我们就此分别。可是我不忍破坏你的好心情，那是这么久以来你辛苦打拼来的快乐，谢谢你为我做了这么多！你没有看懂你的心，我也没有看懂我的心，你只是在最需要安慰的时间遇到了我，我也是在最孤独无助的时候遇到了你。没有理智的激情，就只有无根的爱，越陷越深，终不会走进属于自己的花园。你有大好的青春和辉煌的未来，而我是一个与死神争夺时间的人。

我想在最好的年华里留下完整的自己。就让我最后一次追随我自己的心吧！我的心好痛。

再见，我的大男孩！

良嘉熙

任冰的心一下冻住了，他将信撕碎。为什么？为什么？为什么我爱的人都要离开我？我到底做错了什么？

不！不管怎样，绝不让同样的事在我身上重演！

任冰几近癫狂，他来到良嘉熙出租屋的门口，大力捶门，失心疯般狂喊着良嘉熙的名字。房东从另一间屋子探出头，大吼道："你丫抢幡儿去呀，敲得棺材板都碎了，那小妞已退房走人了。"

任冰的心气瘪了，一屁股坐在楼道里，抱头痛哭。

祸不单行，天丰扶贫助困网络平台出了状况，投诉不断，说天丰扶贫助困网络平台收到的货与描述的不相符。一个县城的供应链出了问题，那个县的扶贫项目是虫草鸡蛋，水土不服，那些原本吃虫草的鸡就是不生蛋，结果把虫草鸡蛋搞成了噱头，品控人员吃了对方的回扣，以次充好，用普通鸡蛋代替虫草鸡蛋，在网上闹得沸沸扬扬。

公司的人六神无主，给任冰打了半天电话，没人接听。下午，任冰回到公司，心如乱麻，下属们涌进门。任冰眼里布满血丝，冷冷地听完同事的汇报，突然端起一杯水，仰头泼在自己脸上。他要清醒过来，他要为这些志同道合的人负责！

"严选"是一个法宝，自己弱小的平台想要和淘宝、京东那些网商大佬过招，必须要过供应链严选关。平台已经与政府扶贫项目挂钩，这样胡作非为不但毁坏了公司的信誉，也在破坏政府形象。

"资源部，马上将虫草鸡蛋下架，启动整改，向各供应链重申，凡是名不副实的产品一律永久下架。宣传部，在官网首页打出致歉函，公开道歉，对订了虫草鸡蛋的用户可以换购其他等值产品，或者全额退款。还有，报警！送那个吃回扣的家伙去班房。"

不久，一场信誉危机解除了。

经历了两段刻骨铭心的感情经历，任冰似乎在一夜间长大了。他冷漠地盯着镜子里的自己，那神情有点儿陌生，他丧失了对爱情的幻想，他在努力想明白一些道理：有些相遇教会你迈步奔跑，然后错过；有些相遇会让你遍体鳞伤，必将成长；有些相遇只为唤醒你昏睡的心灵，一别永逝；还有些相遇会握住你的十指，不离不弃。

天地之间，万物生长，缘尽缘散，缘来缘聚，人生需要耐心地安静等待，夜色黑暗却并不漫长。

吉庆融去邻村联系卖驴肉的事情，任乐水赶紧让柯蓝把她叫回来。

"胡闹!"

看到任乐水一脸厌弃，吉庆融抑制不住委屈，伏在桌子上哭起来，她没有想那么多，只想尽可能挽回艾拉提的损失，自己不图名不图利，就是为了村民好，可还是错了。

任乐水看着哭泣的吉庆融，突然感到她好孤单。这么一个单纯的姑娘，充满了对未来的憧憬，仅仅因为一份工作的缘由，不远千里来到乡下，把一个素昧平生的少数民族同志认作自己的兄长，像一个家长一样为他的家操碎了心，而自己却连一场像样的恋爱都没有谈过，其实她自己还是个孩子，没有任何亲人守护在她身边，但她却在全心全意地守护别人家庭的幸福。任乐水不由地生出父亲一样的伤怀，他拍了拍吉庆融的头，把一小盒餐巾纸放在她手里。吉庆融一下子紧紧握住任乐水的手，更加伤心

地哭起来。

艾拉提舍财又丢人，闷气无处发泄，又开始打骂阿娜尔，家里鸡飞狗跳，不得安宁，吉庆融看在眼里，懒得过问。吉庆融把艾拉提的几头健康驴交给阿迪力饲养。

最近，吉庆融一直在忙百合提村的医保平台建设。村民都参与了城乡居民基本医疗保险。城乡居民基本医疗保险作为基本医疗保障的兜底性制度安排，将低保、低收入等十三类困难群体纳入免缴覆盖，村民生病住院有了保障。任乐水安排落实了大病保障机制，困难人员可享受起付减半、比例增加百分之五的优惠政策。

吉庆融一次次核实信息，和大学同学联系，从网上买来软件，不停地修改，创建了一个一键式服务平台。她将全村村民的城乡医保数据录入进去，系统能直接在后台共享数据，只需在平台上对村民的身份确认，村民就不用来来回回跑手续，可以网上挂号、就诊、入院，可以通过网络结算门诊、住院的医疗费用。村民学会了操作，纷纷尝试，一下子体会到了网络时代的魅力，惊诧不已，好像到了外太空。

吉庆融还为艾拉提申请了大病保障的救助，按贫困人员免缴参保的条件，政府对艾拉提每年的参保费用补贴，艾拉提没有了看病的后顾之忧。

垂头丧气的艾拉提身体一天比一天羸弱。吉庆融怒其不争又哀其不幸，想为他彻底检查一下身体。

“我想带艾拉提去乌鲁木齐检查一下，看可不可以恢复一点儿。”吉庆融说。

“他的病拖得太久，一天不如一天，试一试吧，也许还有希望，最起码在精神上也是一种安慰。”任乐水说。

“你找加吾兰，他母亲是医学院的医生。”阿解放说。

吉庆融白了一眼阿解放，哪壶不开提哪壶，也不知道他安的什么心。

“对，找加吾兰，小伙子很热心。”任乐水说。

任乐水这么说，吉庆融才放下了对阿解放的不满。吉庆融好久不怎么和阿解放讲话了，阿解放也在找机会缓解吉庆融的情绪。那天，任乐水找到阿解放，了解了他们与吉庆融和他儿子瓦力斯江的恩怨。任乐水直摇头说：“何必呢？孩子们有自己的价值观和爱情观，你儿子真要追上了吉庆融，多好的姑娘，还不是你上辈子修来的福气？现在搞得一地鸡毛，晚辈们嫌弃你，我也感到你思想保守。交往交流交融，我看你还有点儿不清醒。”从那以后，阿解放想了许多，他不是不喜欢吉庆融，只是过不了那个坎。当他再观察吉庆融，他也越发喜欢这个心地善良的姑娘，在她身上总有一种坚韧不拔的力量，有一种不卑不亢的倔强，还有一种由内而外的高洁。阿解放总觉得欠了吉庆融一些什么。

阿解放给加吾兰打电话，让他替吉庆融联系医院为艾拉提会诊。加吾兰联系了母亲，安排他们去新疆医科大学第一附属医院。加吾兰清楚艾拉提的病也是吉庆融心里的一块病，他会为她做任何事情。

提起加吾兰，吉庆融内心复杂，不愿面对。加吾兰的支教工作已经结束，又为了吉庆融再一次报名来到百合提村驻村。任乐水深知两人的纠葛，对加吾兰再来驻村很赞赏，为了照顾吉庆融的感受，在工作安排上让两人尽量不发生交集。可是任冰神龙见首不见尾，来村里搞了一通直播带货，几个年轻人又聚在了一起，忙得热火朝天，好景不长，麦迪亚娜走了，任冰也闪人了，吉庆融和加吾兰成了村里的“留守”青年。

加吾兰默默关心着吉庆融，但又不敢靠近，他鼓起勇气告诉吉庆融已经联系好了医院，没有得到吉庆融的回应。

吉庆融趴在电脑前，回想起和加吾兰一起的那些时光，他会长久地凝视她，清澈的眼眸里深藏忧伤和心疼，那目光让她难以忘怀。

加吾兰在等吉庆融的回复，已定下带艾拉提去乌鲁木齐看病的日子。

吉庆融犹豫不决，她不想加吾兰因为自己而去做这些事情，她发微信向麦迪亚娜倾诉。

姑娘你想得有点多，duck不必。

麦迪亚娜还配发了一个了然于心的表情包。

吉庆融秒懂“大可不必”，她笑出声，

惺惺相惜的两个姑娘十分默契。

“大好事一件，你若不在乎加吾兰，就不会问动机！重在结果，有利于给艾拉提治病，何乐而不为？难道你对那大个子还心存幻想?”

“那是你!”

两个姑娘在微信里打趣。

吉庆融打电话给加吾兰，告诉他去乌鲁木齐的时间。任乐水非常重视为艾拉提治病的事，他安排加吾兰、吉庆融和阿娜尔三人陪艾拉提去乌鲁木齐。

以前，因为车祸造成艾拉提的髋关节严重骨折，久拖未治，只能靠轮椅度日。专家会诊后认为如果要治彻底，必须做人工髋关节置换。

“可以站起来了?!”阿娜尔喜极而泣，加吾兰满脸兴奋，只有吉庆融一脸平静，她保持着“做最好的努力，做最坏的打算”的心态。

就等做手术了，加吾兰提出和吉庆融去鲤鱼山公园散步，吉庆融一口回绝，头也不回地走了。吉庆融始终对加吾兰有一种疏离感，冷峻的眼神刺痛着加吾兰的心。看着吉庆融的背影，加吾兰眼眶湿润，不自觉地点了一根烟。自从吉庆融对他不再热情，香烟成了他的慰藉，烟气好像会化开他心中的浓雾。想起以前吉庆融说过她讨厌抽烟的男人，此刻，加吾兰苦笑着，看着抽烟的手指，那些指头曾在吉庆融的发丝间游动，曾紧紧握过吉庆融凝脂一般的手指，他觉得自己仿佛被全世界抛弃，有些自暴自弃。

艾拉提已经记不清自己上一次来乌鲁木齐是什么时候了，夫妻俩对陌生的一切既新鲜又感到惶恐。为了让艾拉提放松心态，手术前，吉庆融请他们在大盘鸡店吃饭。

“好热闹。”加吾兰说。

“人类的悲欢并不相通。”吉庆融冷冷地说。

吉庆融为自己点了杯啤酒。艾拉提一脸沉重，担忧手术不成功。

“阿娜尔，你要替我把孩子照顾好。”

艾拉提说着说着便哭起来了，这个男人在表达面临生死时的脆弱与恐惧。尽管吉庆融已经多次见过艾拉提掉眼泪，但此刻她也很难过，她豪放地喝了一瓶啤酒。

街边挂起灯笼和彩旗，清冷的月光洒满城市，火红的国旗在街道的灯光下摇曳，2019年的国庆节即将来临。

两对人一前一后，走在街上。吉庆融有点儿兴奋，这是她第二次体验酒精，上大学时舍友递给她一杯啤酒，难以下咽的苦涩记忆犹新。今天，吉庆融才发现酒一点儿也不苦，真正苦涩的是生活。

加吾兰把吉庆融送到了旅馆门口，吉庆融扔下一句“明天见”，走进电梯。房间里昏黄的灯光、相似的摆设，仿佛把她拉回到第一次和加吾兰回乌鲁木齐的场景，汹涌暧昧的记忆淹没了吉庆融，她开始头疼。

艾拉提的手术很顺利。几周以后，艾拉提的左脚消去浮肿，然后左腿有了酸疼的感觉，这个干瘦的男人脸色逐渐红润起来。

他们四人坐上了回村的火车。

在艾拉提术后恢复的日子里，加吾兰去了北庭市，了解新疆区内初中班的情况。北庭市对口昆仑地区，招收对口地区的农牧区乡镇、村小学或贫困、边境县城市小学的应届毕业生，招收百分之九十的少数民族学生，采取全日制、寄宿制教学管理模式。加吾兰信心大增，他想让更多像艾拉提儿子木拉丁一样的学生去条件好的新疆区内初中班上学。回到村里，加吾兰和几位学校的支教老师一起在周末办了辅导班，利用休息时间免费为学生们辅导功课。

加吾兰“铸魂育人”的实践让吉庆融感动，那是一种超越男女之情的钦佩。以前，加吾兰总是把“百年大计教育为本，教育大计教师为本”这句话挂在嘴边，吉庆融以为他在夸夸其谈。眼下，加吾兰在实践着“立德树人”的承诺，当加吾兰邀请吉庆融为孩子们上课时，她毫不犹豫地答应了。

一天下午，吉庆融接到一个电话，电话那头阿娜尔喉咙发紧，半天挤出来一句话：“艾拉提可以站起来了！”

吉庆融飞奔到艾拉提家，艾拉提颤颤巍巍，从轮椅上下来，拄着双拐站在地上。吉庆融喜极而泣。当初出院时，医生说：“一切交给时间，他有可能站起来的。”那时吉庆融有一种无力感。此刻，吉庆融对时间充满感恩，一切美妙的事情都是时间给予的，生命之花为时间开放！

艾拉提嘴巴一直在颤抖，大颗的眼泪砸向地面。自从手术后，他的心情时好时坏，他恨不得马上站起来，他可以忍受剧烈的痛苦，他似乎在用尽全身气力要和命运抗争，他希望当某一天早晨起来，他会拥有一双健康的腿。幸运终于降临！

“你这怂，运气太好了！要说是因为幸运，那就太对不起吉庆融和我们这么多人对你的付出了。”阿解放发出感叹。

“再给自己一个目标，争取早日能独立行走！”任乐水鼓励艾拉提。

任乐水内心波涛汹涌，他为艾拉提高兴，更为吉庆融和加吾兰这些年轻人高兴！

那天晚上，吉庆融特意给加吾兰发了一条短信：“谢谢你！”

虽然仿真花在昆仑地区开拓市场失败了，但陶淑然仍非常关注百合提村。她一直在关注吉庆融的视频号，但吉庆融许久没有更新，陶淑然通过微信和吉庆融联系，知道艾拉提能站起来了，陶淑然感慨万千，在新疆她能感觉到那些驻村干部无私的大爱，走过全国各地，她觉得新疆人身上有一种说不出的热爱，那就是对国家的爱、对不同民族的爱，那些情感是那么纯粹，不需要刻意也不需要宣传，在骨子里雕刻着烙印，在一个个根本没有关系的人与人之间弥漫着包容、互助和关爱的情感，其乐融融地生活在一个屋檐下。这一切都是那么神奇，陶淑然对这块土地充满了敬意，她给艾拉提寄了一副拐杖。

艾拉提添了拐杖后，身体一天天好起来，可以缓慢行走了，开始做一些力所能及的农活。有时候，艾拉提还会去幼儿园接苏莱娅放学，一公里的路走起来费劲。见爸爸不来，苏莱娅眼巴巴地望着，等能看到爸爸的身影，苏莱娅高呼："爸爸，加油！加油！"女儿甜甜的声音是一种莫大的鼓励，艾拉提骄傲地挺起胸，咬紧牙关向前行。苏莱娅站在原地，等爸爸走近时，两人击掌相庆，人们在一旁观赏着父女温情的画面。

阿解放从李木水的公司给艾拉提拉回五头毛驴，艾拉提喜出望外，又非常愧疚，他望一眼吉庆融，她微笑着点头，他接过缰绳。

"山上的石头长得不高，站得高，你这怂，福气大的呢，这次好好养啊，养成一群驴。"

阿解放笑着叮嘱艾拉提。艾拉提连连点头。他没想到驻村工作队又给他送来驴，心里想着要好好干，也在嘀咕那买驴的钱谁来掏。

"北京人李木水送你的，看你把驴再养成残疾。"阿解放说。

"阿解放，做了好事不说也罢了，还要瞎叨叨。你那张嘴就是喝糊糊的，满嘴流汁，好吃的装进肚子，恶心的挂在嘴上。"任乐水说。

自从能走后，艾拉提犹如获得新生，他对生命充满感激，他珍惜每一天、珍惜每个人。妻子阿娜尔最先发现他的变化，脾气变温和了，对待儿女也耐心起来，有时阿娜尔回家还能吃到艾拉提做的饭，家里充满温馨。为了不让艾拉提过度劳累，吉庆融悄悄给阿娜尔一笔钱，让她给他买了一辆二手电动三轮车。放在以前，艾拉提会骂阿娜尔乱花钱，现在他的思维模式变了，他认为这是生产投入，欣然接受了阿娜尔的好意。电动三轮车大大提高了艾拉提的行动效率，他开始往乡里跑，往技术员的办公室里钻，虚心求教养驴技术。家里的驴被他养得膘肥体壮。

艾拉提想起以前村民跟着自己道听途说胡乱养驴，心生内疚，就想把自己所学的养驴知识传授给大家。闲暇时，他就陪着技术员挨家挨户去做指导。当他给村民讲不能那么做，要这么做时，村民总是用一副质疑的目光上下打量他，只听穿白大褂的技术员的话。艾拉提急得挠头，只好一起听技术员讲。村民对艾拉提的坏印象太深了，一时难以改变。

这几天，阿迪力的几头驴不好好吃草，阿迪力以为是喂多了，就没在意。不料，从傍晚开始，驴不停地咳嗽、流鼻涕、精神不振。阿迪力打电话向技术员求助，技术员外出不在，要他直接找艾拉提。

阿迪力上过艾拉提的当，不相信他，燃眉之急，只好去了村委会。

“找我有什么用？艾拉提就懂呀。”吉庆融说。

“和酒鬼说不了明白话。”阿迪力说。

“你俩真是一对冤家！”吉庆融说。

阿解放边走边给艾拉提打电话，阿迪力跟在后面，满头雾水。

看着一起出门的吉庆融和阿解放，任乐水由衷地高兴，他们在默契合作了，工作队终于有了其乐融融的大家庭氛围。

到了阿迪力家的驴舍，艾拉提二话不说走进棚圈。

“哎哎哎，你离我的驴远一点儿，小心驴报仇踢人呢。”阿迪力说。

“只有他懂得。”吉庆融说。

“没技术员我就不治了，别让艾拉提指手画脚，好驴也让他弄死了。”阿迪力说。

“行吧，人家不需要我们帮忙，那我们回吧。阿处长，你看这几头驴明天会不会死掉?”吉庆融故意说。

“嗯，我估计悬，活不下来。”阿解放故作深沉，语气遗憾，连连摇头。村委会的干部在村民心里具有很高的权威，阿迪力听了两人的对话，慌了神。

“兄弟，你就让我给你看一下，现在没多大问题，但被你一直拖着，明天驴尥不起蹶子，只有你踢死驴的份了。”艾拉提说。

“看驴，不是看我!”阿迪力看似生气地说道，算是认可。

“这样吧，要是治死了，我的驴赔给你!”艾拉提说。

“别像公鸡一样叫了，看吧，看吧。”

阿迪力抬起头，眉头舒展，摆摆手说道。

艾拉提一番检查，找到了病因，胸有成竹，“没啥大问题，就是最近天气变凉了，驴感冒了。”

大家悬着的心都放了下来。

“但，如果治疗不及时可能引发肺炎。”艾拉提一脸严肃地说道。

“那你还等啥呢，赶紧给我治啊!”

阿迪力双手用力拍着大腿。

“给驴治!”艾拉提故意回道。

艾拉提采用退烧药加抗生素的方法进行治疗。

临走时，艾拉提说：“阿迪力，不要偷懒，要及时做好卫生消毒，定时开窗通风降低驴舍湿度。”

阿迪力看不惯艾拉提的装模作样，看着驴，不理他。

艾拉提每天去给阿迪力的驴打两次针，连续治疗了三天，阿迪力家的驴被艾拉提治好了。消息在村子里传开了，但村民还是一副将信将疑的态度。经过养驴发生的两次事件，吉庆融发现，村民养驴都依赖技术员，家家一知半解，她向任乐水建议，让艾拉提给大家做养驴技术培训。

村委会会议室，衣衫齐整的艾拉提坐在台上，大家开始起哄，开玩笑，看热闹。艾拉提有点儿尴尬，笑眯眯地给大家鞠个躬，拿出自己精心整理的"养驴知识十五条"，开始逐条讲解。阿解放在院子里看护着艾拉提牵来的一头驴，"叮"微信响起，是吉庆融发信息让他把驴牵进会议室。艾拉提摸着驴身体的每一部分做讲解，阿解放配合着牵着缰绳，站在讲台上。

艾拉提用的都是村民熟悉的语言，讲起来俏皮活泼，知识点简单好记又容易理解。渐渐地村民开始不闹了，认真听讲，还不时提问，艾拉提一一耐心回答。大家突然觉得这个平时被人瞧不起的"瘸子"，肚子里藏满了村民想知道的养殖知识，发现艾拉提并不像人们认为的那样是个废物、是个不值一提的酒鬼。

阿解放看着眼前这个男人，心生感慨，上一次两人一起上台，还是因为艾拉提打了老婆做检讨，被人唾骂；这一次却当起了大家的老师，让人钦佩。这种潜移默化的转变，似乎突然间就发生了，真是奇妙！这到底是一种什么样的力量啊！

"谢谢您，阿处长。"

会后，吉庆融说道。

之前，吉庆融想自己为艾拉提牵驴进会议室。

"女孩子家，公主一样的娇贵，牵头驴站在台上，多欺负人呀。"阿解放说道。

吉庆融白了阿解放一眼，一股暖流从心间流过，脸上笑开了花。

术业有专攻。艾拉提的文化底子加上他的好学，他逐渐成了村民心目中的“养驴专家”。他又找来专业书籍，刻苦自学，通过了技能证书考试，成了一名正式的技术员。多少年了，艾拉提受尽了白眼和辱骂，人们轻视他就像无视趴伏在戈壁里的芨芨草。可现在，村民用自己的方式表达着对艾拉提的尊重与感激，一筐鸡蛋、几袋牛奶、几个馕……如果说，手术让艾拉提的身体重生，那养驴就是让他的心灵重生。艾拉提品尝过了生活的苦涩和艰辛，现在开始享受知识和勤劳带给他的尊严。

“我做梦都没有想到，生活会这么幸福！没有任书记、吉庆融他们，你说我们家现在会是什么样？简直不敢想。我们要一辈子听党话、跟党走、感党恩！”

艾拉提激动地对阿娜尔说。

陶淑然一直通过吉庆融了解艾拉提家的情况，得知艾拉提生活状况的变化，她向他们一家发出了去四川参观学习的邀请。村委会专门召开会议，决定由加吾兰、吉庆融两人带着艾拉提一家四口前往四川。

十三

麦迪亚娜离开百合提村让任乐水遗憾，这块苏醒的大地万物生长，正是有为青年一展才华之际，可偏偏就留不住人。任冰就是这样，对他说，“支持建设可以，留在这里不是我愿，我不想被禁锢在这里。”吉庆融整天寻思着换环境，最后麦迪亚娜又无奈地离开。三个人三种状态，可都在离去。这让任乐水心寒，这块土地不但需要老一辈坚守，还需要一代新人继往开来！到底是什么问题？

麦迪亚娜来到上海，签约了一家叫星棋娱乐文化的公司，成为公司旗下的练习生。练习生是一种引入国内的造星模式，以培养新艺人。像麦迪亚娜一样签入这家公司的年轻人有一大批，俊男靓女个个能歌善舞各有绝活。麦迪亚娜有点儿不安，似乎自己一无所长，一时怀疑起自己的选择是否太任性。她却不知道公司的管理层非常看好她——那张线条分明的脸、顾盼有神的双眼、凸凹有致的身材，散发着独特的魅力，站在人前就挥洒出别样趣味、万种风情。

做练习生没多久，麦迪亚娜被选进“时光少女”歌舞组合，当了队长，舞蹈位置排在C位。麦迪亚娜开始了日复一日的高强度训练，舞蹈、形体、声乐、表演，就像大学生入学军训，课程排得满满当当，整日累得精疲力竭。往日养尊处优的小公主们个个叫苦不迭，有的坚持不住中途退出了。麦迪亚娜从不轻言放弃，她坚持着，自己选择的路即使前路漫长，她也清楚自己内心想要什么。

结束了一天的训练，麦迪亚娜的腿已经肿得抬不起来，两脚仿佛踩在泥淖里，每走一步都疼得钻心。宿舍里，几个累虚脱的室友都瘫在床上。

明天，将正式录制“时光少女”的第一首歌的MV，还会正式确定组合团队的人选。明天很重要！

这首叫《七分甜》的舞曲，曲调甜美，歌词俏皮可爱：

我喜欢你皱着眉头，
不让我吃加冰奶球，
你说我的肚子会痛，
你心更痛。
和你在一起无需理由，
就算可乐沸腾也是享受。
你给的爱七分甜就已足够，
可你偏偏爱我过头。
满溢的爱飞出地球，
陪我翱翔无尽星空。
……

麦迪亚娜闭着眼，心中默唱，回忆舞蹈的每个动作和节奏点，不能无所谓，她无路可退。

第二天，面对舞台，公司高层和导演正襟危坐，他们将决定姑娘们的去留，气氛紧张。

音乐声起，立刻点燃了藏在麦迪亚娜血脉深处的激情，只需打开闸门，刻印在骨子里的节奏感就会让她飞旋在天宇里。

录制圆满完成。

“天地造化，麦迪亚娜天生就该为歌而舞、为舞而欢！”导演赞叹不已。“时光少女”组合第一支单曲《七分甜》正式上线各大音乐平台！麦迪亚娜从一个带货网红转型成少女组合成员。

任冰一遍遍看《七分甜》的MV，光、影、音交错辉映，粉色画面溢满少女的甜美，麦迪亚娜游弋在若隐若现的神秘风情里，像一只在枝头环跳的鸟儿，俏皮可爱、欢快轻盈。

此刻，任冰突然从对麦迪亚娜渐行渐远的无力感中拔出来，他似乎感觉得到麦迪亚娜在走向自己，越来越近。天丰扶贫助困网络平台支撑起任冰强大的感知力，他必须和明星对话。

那时，任冰成功处理了天丰扶贫助困平台的危机，他直面错误，真诚的道歉和及时纠错得到了用户认可。媒体纷纷表扬，专门刊发《真的勇士敢于直面困境》的评论。坏事变好事，天丰扶贫助困平台的知名度爆棚，大量优质商品上架，当地有名气的人物纷纷为本地扶贫“带货”。平台的发展超出预期，原来“自产自销”的闭环被打破，用户激增。

天丰扶贫助困网络平台以独特的扶贫理念，打通了渠道，赢得了市场，任冰成了网络经济新秀，他敏锐地利用互联网经济时代的特点，合理配置资本和原产地的农副产品，形成新的产品交换、消费的模式，特别是依赖信息网络和依托政府支持，把商业触角延伸到线上线下，依靠网络进行预测和决策，创新了扶贫新机制。媒体陆续报道，“‘90后’网络扶贫小牛人——任冰”，一度霸榜成为热搜。

麦迪亚娜也风头正劲，“时光少女”组合连发金曲，占据了音乐榜单的排名榜。

这些日子，任乐水有了“手机控”的特点，一有时间就在网络上、微信朋友圈里了解两个年轻人的消息，乐此不疲。转眼间，两个孩子已经撑起了自己的一片事业天地，仿佛昨天还在新疆南部一个小山村里的青涩少年，忽地就生长起来，光彩夺目。这片沃土赋予了人们自由向上的精神，为青春搭建了潜力无穷的舞台，青年人必将在壮怀激烈的时代里，鲲鹏展翅，教日月换新天。

两个孩子的业绩也让任乐水担忧。还在成长的两个孩子过早地品尝了成功的果实，他们太单薄了。他想起古训，“德薄而位尊，智小而谋大，力小而任重，鲜不及矣”。神奇的互联网打开了世界运行的新维度，只要能触摸到人们心灵深处的触点，任何人、任何事物都会在风口上飞舞起来，绽放光芒。这个时代的变化让任乐水应接不暇，他曾经习惯的那些方式，就像放在角落里的一沓旧报纸，落满灰尘。

麦迪亚娜的工作行程安排得满满当当，录制新歌、拍摄广告、拍摄MV，参与不同的品牌活动，知名度飙升。

任冰的策划团队提出一个新方案，按照“综艺+顶流明星+扶贫助困”的思路，策划一档综艺节目，通过邀请明星亲历扶贫活动，提高平台知名度，扩大扶贫助困平台用户群，拓展“粉丝经济”。

“时光少女”组合算是热门明星组合，任冰想到了麦迪亚娜。任冰暗暗希望能促成合作，在他心里，麦迪亚娜从来没有离开过，冥冥之中似有天意，他们必将重逢。

任冰请专业团队策划了《人间动人》的综艺节目，邀请一众明星以“探天下美景，走乡下亲戚”为主题，宣传各地扶贫成果，放在收视率最高的卫视黄金档，由任冰的天丰扶贫助困网络平台独家赞助播出。麦迪亚娜的经纪公司为她安排好了档期。

麦迪亚娜听到电商平台邀请她参与扶贫综艺时，她心里有一种预感——不会是任冰吧？她既兴奋又犹豫，她无法拒绝，她在想象任冰见到她时被她的变化惊得目瞪口呆的模样，她偷偷笑起来，双手捂着小鹿一般跳动的小心脏。

《人间动人》综艺节目匠心独具、类似野外生存类的综艺节目，在一众歌舞类、语言类综艺中如同一股清流。

这简直就是为麦迪亚娜量身定制的节目，她一下子从歌舞排练中解脱出来，呼吸着田园新鲜的空气，浑身每一个毛孔都舒展开来了。她本能地亲近田园生活，农活及手工活，得心应手。麦迪亚娜的优秀表现又圈了一大波粉。网友评论："明明可以靠颜值，却偏偏靠才华。"麦迪亚娜与生俱来的歌舞表演天赋，将田园生活演绎得淋漓尽致，扶贫项目的农副产品卖到断货。《人间动人》节目组的镜头从世外桃源般的云贵村落投射到大漠孤烟直的新疆绿洲——山河壮丽，人民幸福！

想到扶贫事业，想到他心中的恋人，任冰的身体里释放出源源不断的动力。他还没有做好见麦迪亚娜的准备，每期节目选点，任冰都躲在幕后，一路踩点一路伴行，他悄悄地欣赏麦迪亚娜的一颦一笑。

9月，任冰有意选在北京大兴国际机场正式通航的日子又一次赶去剧组。任冰被这座世界级航空枢纽所震撼，放射形的五条指廊尽显机场的空间张力，视觉观感受到一波波冲击。这个全球集成度最高、技术最先进的大型综合交通枢纽，像中国发展的一个新的动力源，将中国人的复兴刻印在新的国门。智慧停车、无纸化服务、自助登机……赏心悦目，梦幻般的享受。浪潮汹涌，时代变迁，任冰内心升起一种不负年华的酣畅淋漓的快意。

节目组常常谈起任冰，似乎他时刻在跟前指挥着一切，但麦迪亚娜却一次也见不到他，那种感觉既开心又难过。那个在人们嘴里传颂的英俊青年，曾经每一天都出现在自己的生活里，突然一天，她改变了他们相伴的人生轨迹。麦迪亚娜终于知道，任冰羁绊在她生命之中，纵使她走出这么远，远离了平凡，远离了百合提村，她相信那个执拗的大男孩一定会追赶上来。麦迪亚娜在等待任冰的出现。

天地英雄气，浩然壮国魂！普天同庆中华人民共和国七十华诞，《人间动人》节目录制杀青，任冰借机邀请节目组演职人员举办了一个国庆晚宴。任冰西装革履站在门口迎接客人，他内心忐忑，不知道麦迪亚娜会不会赴约。镁光灯闪烁，麦迪亚娜下车，款款而来，一袭红衣，香肩半露。一瞬间，任冰眼睛模糊，他迟疑了一刻，轻轻握住麦迪亚娜伸出的手。她的手心潮湿，他知道那是她紧张时特有的状态。他们相视而笑。

“北方有佳人，绝世而独立！”任冰说。

“宁不知倾城与倾国！”麦迪亚娜说。

任冰呆立着，一切的嘈杂声都消失了，眼前的一袭红衣和一张美丽惊艳的脸蝴蝶般飘舞。恍惚间，任冰看到了一条弯曲的路，那是他们无数次走过的百合提村乡间小路，麦迪亚娜飘然而来，花香袭人，阳光明媚。

“任冰！”

听到熟悉的声音，任冰突然清醒，回到现实。麦迪亚娜笑靥如花。

晚宴上，他们在默默观察对方。任冰谈笑风生，一副翩翩君子的儒商风范。麦迪亚娜暗自感叹，人生如旅途，坎坎坷坷，奔奔波波，时光不再，却都在追寻躲藏在生命背后的意义，努力的人生才会有闪光的价值。分别一年多，两个人都在各自追梦的路上奔跑。

他们的目光不期而遇，麦迪亚娜羞涩地低下头，任冰端着红酒杯过来。

“你知不知道，我一直在等你！”任冰一时语噎。

“嗯！”麦迪亚娜热泪盈眶。

“我所做的一切，只为能担负起你的未来！”任冰认真地说。

“你知不知道，我也一直在等你！”麦迪亚娜坚定地说。

任冰擦去眼泪，一把将麦迪亚娜拥入怀中。

宾客侧目，两个热点人物竟然拥抱在了一起。

麦迪亚娜一阵晕眩，继而想挣脱任冰的怀抱。任冰的胳膊如同铁箍一般。

“我不会再让你甩开我了。”任冰轻轻说道。

眼前的任冰已经不再是当年那个小男孩了，麦迪亚娜伏在他胸口，她感到温暖、踏实。

当天晚上，网络上铺天盖地传播任冰和麦迪亚娜拥抱的照片，麦迪亚娜和任冰一年前的合影也被扒了出来。

星棋娱乐文化公司高层召开紧急会议，应对舆情，两种看法针锋相对：一边认为是好事，上了头版头条，“时光少女”组合的知名度大增；另一边认为这是一次公关危机，粉丝的反对声不可忽视。

公司高层在激烈地讨论，没有人关心麦迪亚娜的内心感受，她觉得在他们眼里，自己就是一个物品，需要光环的品牌，只需要摆放在合适的位置，找到一个好看的视角，她的喜怒哀乐，她的爱情不是他们的关注点。麦迪亚娜突然觉得自己是那么孤单，她激动地站起来。

“够了！我的感情我做主，我不是一件商品！”麦迪亚娜大声说道。

会场顿时鸦雀无声。

“你，出去！”公司老总用低沉的声音说。

麦迪亚娜不敢相信自己的耳朵。这时她的经纪人站了起来，指着麦迪亚娜骂道：“你有什么资格大喊大叫？今天的事情如果处理不当，你就等着上法庭吧！作为一个艺人，契约精神懂吗？你的一切个人行为，包括发微博、谈恋爱，都要征得公司同意。公司可以让你一夜爆红，也可以一夜之间让你消失！你不是‘你的’，这就是规矩！”

麦迪亚娜无法接受，平时经纪人对她谦卑有加，关怀无微不至，居然瞬间翻脸！天旋地转，她突然发现，自己很可怜，要么逃脱要么缴械，她连后悔的余地都没有。一次次在选择生存的道路，在向往自由的远方，似乎在挣脱桎梏，却被捆绑得越来越紧。麦迪亚娜掩面而出。

任冰同样处在了舆论的风口。他仔细考虑自己和麦迪亚娜的感情，他明白制造噱头的说法是一种恶意，扪心自问，他生命中最重要的一件事情就是无怨无悔地去爱麦迪亚娜。

任冰在微博上发文：

关心我的朋友们，非常抱歉占用了公共资源。但我拥抱麦迪亚娜是在拥抱我们的爱情，拥抱我们的未来。我想告诉大家，我和麦迪亚娜从小一起长大。这些年来，我致力伟大的脱贫攻坚事业，创建了天丰扶贫助困网络平台，麦迪亚娜也在用自己的奋斗实现她的理想。我一直在寻找那个为我而生的女孩，我们一直在追寻可遇不可求的爱情，然而，我们似乎却有意忽视彼此。感谢与《人间动人》节目组结缘，让我们在分别一年以后再相见。我们拥抱，在拥抱我们未来的美好生活！祝福天下有情人吧，每一个人来到这个世界，就是为了等待另一个人的出现。

我的唐突，给大家带来了诸多困扰，真诚致歉！

爱是无畏的，也是无罪的！世界因爱而变得美好，人间动人！

任冰的微博一经发出，舆论转向，风暴平息。一个重要的日子，任冰无意间制造出一个娱乐热点是极其不明智的，但他有一种从未有过的痛快淋漓：爱情的雨霁，划破生命的长空，皎如日星，气贯虹霓。

麦迪亚娜想见任冰。她感觉到任冰虹吸一样的力量，真切感受到了对他的依赖感，沉甸甸的。爱情降临！

驻村的第二个秋天结束了，人们在享用丰收的果实，一些人继续在田野忙碌着，他们在为来年生产做准备。

任乐水和张振民来到村边的荒地，十几台推土机正在推地，几台挖掘机在挖渠。从远处看，听不到机器的轰鸣，那些活动的机器像一副沙画，铺开在开阔的戈壁滩上。

“任书记，我只为你争取到了一百亩土地平整项目，一千亩退耕还林项目，剩下的那部分就看你的本事了。”张振民说。

“今年冬天，就用你的资金平整五百亩地，用雷大壮的资金平整五百亩地，然后种植一千亩四翅滨藜。”任乐水说。

“其实，我就不明白，你怎么就那么能折腾。本来这两千亩沙地就没你什么事情，留给下届也挺好，非要搞个可持续发展不可，费了九牛二虎之力。项目落地了，又改种四翅滨藜，尽干出力不讨好的事情。”张振民说。

“看怎么个看，对你这个官员来说，我太过操心，也讨不到什么好处，可是对村集体来说，对村民来说这是一个久久为功的大好事。‘人民对美好生活的向往，就是我们的奋斗目标。’这就是判断好坏的标准。功在当代利在千秋，人是要有一种干千秋伟业的气魄的。”任乐水说。

张振民瞥一眼任乐水，说：“我没有你那么高的站位，佩服！但学不来。”说完迈脚站在一个高坡上，继续说：“这才比你高一点点”。

任乐水笑起来，说：“登高望远才能行稳致远。其实，不是我高明，离开你，我也干不了多少事，说明你比我有远见。”

“这马屁拍得我喜欢。”

张振民自从和任乐水熟悉后，不再把他当驻村干部看，而是觉得天赐机缘，送来了一个人生导师。任乐水浑身散发着一种淡然、宽容而坚定的气息，和他在一起，你会觉得什么都简单，做人简单，做事简单，一切都明明白白，就像一条清澈的河水细流涓涓，做好事做好人就是他的目的，那种上交不谄、下交不渎，独立不惧、遁世无闷的气质让人钦佩、让人舒服。

“书记，你哪来的底气？做事就那么拿捏有度，不温不火。每次见了你，我就没了脾气，能安静下来思考一些问题。”张振民说。

“学理论呀，然后学以致用。‘君子学以聚之，问以辩之，宽以居之，仁以行之’，学习就是与贤者对话。”任乐水说。

“我也在天天学习，还学许多经济学理论，可用起来就两张皮。”

“正确的理论就是行动指南，要学好中华传统文化、革命文化，还要学好社会主义先进文化，这些都是智慧中之智慧，学思用、知信行，一点儿也不能少。”任乐水说。

“我是半瓶醋，工作忙起来就靠经验做事，说要提高修养，遇到急事就吼三吼四，群众意见大，口碑也不好，有点儿苦恼。”张振民说。

“闭口深藏舌，最积口德。古人说，道人善，即是善；扬人恶，即是恶。社会需要正能量，尤其是当领导的，是群众的榜样，更要慎言慎行。”任乐水说。

“你说的我都懂，就是做不来。”张振民说。

“急什么？你以为我是天赐神通，我在现实面前不也碰得头破血流？心志之苦，筋骨之劳，体肤之伤，我一样也没少受。”任乐水说。

“书记，你很成功啊。”张振民说。

“呵呵，也就你这样看，不过我也这样认为。成功不是功成名就也不是金玉满堂，成功是智慧地找到自己的定位，为社会所用，把自己那一点点本事献在人间，各得其所，顺心顺意地活着。”任乐水说。

“我真没有你这么豁达，我还想在岗位上再进一步。”张振民说。

“没错呀，社会的栋梁总要有人扛起来，都隐于市、隐于野，全成闲人了，谁来推动社会进步？社会分工各谋其位、各负其责，有追求才能有进步。”任乐水说。

“听你讲话，就是明理，内心透亮。”张振民说。

“只是你愿意听，我也不愿意思考这些复杂的问题，头疼！你在岗位上，还是多提个醒，送你两句古话：‘居上位而不骄，在下位而不忧；不妄取，不妄予，不妄想，不妄求，与人方便，随遇而安’。”任乐水说。

他们一路说着，来到开荒地现场，轰隆隆的马达声震耳欲聋，铺天盖地的沙土迎面而来。两个人被机油和尘土的气味呛得直咳嗽。

阿解放和柯蓝从远处跑过来，满身都是沙土，脸也灰蒙蒙的，只有开口笑时露出两排白牙。

“干多少了？要多久干完？”张振民问道。

“半个月了，十二月底可以干完，然后就要灌冬水、排荒压碱了。”阿解放说。

“辛苦！”

“任书记让我们吃苦瓜炒鸡蛋呢，鸡蛋炒得又苦又香。脱贫攻坚嘛，就是脱层皮打一个硬仗。”阿解放说。

张振民笑起来。任乐水有点儿难过，看到自己的同事这么辛苦，心里过意不去，觉得对不住他们，可从他们身上透出的无私无畏的坚韧气概却是他想要的。

柯蓝从兜里拿出一块干馕，掰开了递过来。张振民掰了一小块，咬了一口，坚硬、干冷。

“我们的干部也像贫困户一样过着这样的苦日子。想一想那句话多好，‘幸福都是奋斗出来的’！”张振民说。

“‘奋斗本身就是一种幸福。只有奋斗的人生才称得上幸福的人生。’在这个伟大的新时代，唯有奋斗者，才能书写辉煌的篇章，才能在历史的年轮上刻印足迹。”任乐水说。

天高云淡，昆仑雪山熠熠发光，大地辽阔，天地间充满豪迈的气息。

在地里转了一个上午，驱散了寒气，全身发汗，任乐水把羽绒服脱下来围在腰间。他们向回去的路走，柯蓝紧紧跟在身后。

“你回工地去呀。”任乐水说。

柯蓝犹犹豫豫拿出张假条，说：“书记，我两次休假都没休成，家里老婆病了，能不能休几天假？”

“不看什么时候，能让吉庆融来顶你吗？克服一下，明年元月给你放满假。”任乐水说。

柯蓝的眼光一下子暗淡下来，眼眶里溢满泪水。任乐水走了很远，转头望向工地，柯蓝双手抱头坐在田埂上，那样子让任乐水无比心酸。

“要不，我派一名干部去柯蓝家照顾一下？”张振民说。

“哪能开这个头，县里驻村干部多了，你应付得完？”任乐水说。

回到村里，任乐水批了吉庆融十天休假，让她回去照顾柯蓝老婆。柯蓝老婆动了手术，吉庆融在医院陪护了她一个星期。待吉庆融回来，柯蓝专门为吉庆融唱了一首哈萨克族民歌《燕子》：

燕子啊，燕子啊！
让我唱个我心爱的燕子歌，亲爱的听我对你说一说。
燕子啊，燕子啊！
你的性情愉快亲切又活泼，你的微笑好像星星在闪烁。
啊……眉毛弯弯眼睛亮，
脖子匀匀头发长，是我的姑娘。
燕子啊，燕子啊！
不要忘了你的诺言变了心，我是你的，

你是我的，燕子啊！
啊……燕子啊，不要忘了你的诺言变了心，
我是你的，你是我的，
燕子啊，啊……

柯蓝最后一拨，把冬不拉的琴弦拨断了，他伏在桌子上不停地抽泣。

冬天来了，树叶落了，防风林灰兮兮地站在地里，把农田隔出整齐网格，一排排深褐色的梨树不再茂密，棉田里的秸秆还留在地里，偶尔有丝丝棉绒飘荡在地头，一派萧瑟的景象。

天色逐渐暗沉下来，成群的鸟儿急速飞去，天空飘起了雪花。

吉庆融托腮静静地望着窗外，心绪宁静。艾拉提的变化让吉庆融大受鼓舞，她内心充满成就感，期待着四川之行。

加吾兰端着烤红薯来到吉庆融的门外。自从他收到吉庆融那条“谢谢你！”的信息后，他内心的火苗再次闪烁。

吉庆融一点儿也不客气，靠在桌角，自顾自地吃红薯，红薯软糯香甜。她不知道加吾兰为了这一口，置办了烤箱，查遍了食谱，试验了多次，才烤制出如此美味。桌旁是吉庆融收拾了一半的行李，她打包方式不对，很浪费空间，加吾兰忍不住上手整理。她急忙阻止他，她不愿意他再参与到自己的生活中。

吉庆融拒人于千里之外的态度，刺痛了加吾兰，他不明白吉庆融连阿解放都可以原谅，为什么不能重新接纳自己。

“那不是原谅，是算了。”吉庆融平静地说。

“我以为时间能治愈一切，但是经历了这么多事情后，我发现并不能。很多你以为你已经原谅的事情，其实不是原谅，它只是‘算了’。我的情绪反复无常，豁达的时候觉得一切皆可原谅，愤怒的时候又恨不得决一死战。每当想起这些，其实就是对自己加深了一次伤害，那种感觉让我一次又一次地痛苦。我只想生活平静、工作舒心，对于阿解放我不想纠结了，所以就算了。”

“对我，也是算了吗?”

加吾兰的心仿佛碎了。

“很感谢你在我最无助的时候，给我的帮助，这是我一辈子都忘不掉的事实，回老家的火车上，乌鲁木齐的出租屋里……”

加吾兰打断了吉庆融：“我要的不是你的感激!”

“你想要的我给不了。当你抱着我的时候，我能感受到你的温度和心跳，这是我曾经渴望的安全感和幸福。我也以为这就是爱情。但我没有勇气面对你父母、面对这个社会，我只能躲开。”

“妈妈去世后，我觉得这个世界只剩我自己了，但在我生病的时候，你又给了我全世界。可这种幸福转瞬即逝，我总是患得患失。如果一朵花注定会枯萎，那我不会种下它的种子。”

吉庆融语气冷静，一颗一颗的眼泪从眼眶里滴落。她态度决绝，加吾兰不再说话。

临走前，任乐水安排，柯蓝和阿解放忙前忙后，准备了一桌饭菜为他们送行。吉庆融脸上挂满笑容，内心却生出不同于往常分别的忧伤。

艾拉提已经不需要他人全程照顾了，这让大家省心不少，他们坐上了前往成都的飞机。艾拉提一家都是第一次坐飞机，大人有些不知所措，小孩子既兴奋又紧张。

加吾兰打趣木拉丁：“我们这次能去成都要感谢谁呀?”

木拉丁脱口而出：“要感谢你和庆融姐姐。”

“要感谢党和国家。”加吾兰说话。

苏莱娅抢答："我知道，党和国家就是中国共产党和中华人民共和国，我还知道北京天安门，我还会唱《国歌》。"

稚嫩的歌声在机舱里响起。

一下飞机，湿冷的空气迎面扑来，成都的冬天，分明的绿，透心的凉。

夜幕降临，华灯初上，街上行人熙熙攘攘。

陶淑然带他们去吃晚饭，来到春熙路。这条成都古老的商业街，串起了正科甲巷、暑袜中街，商铺林立，美食飘香，霓虹闪烁。

现吃现烫的火锅油而不腻，各式各样的菜品，辣、咸、鲜轮番刺激味蕾，锅汤咕嘟咕嘟地冒着热辣的香气。

艾拉提心生感动，颤颤巍巍地站起来，表达对主人的感谢，陶淑然急忙扶住艾拉提。

"都是一家人，不说两家话。"

阿娜尔抹起了眼泪，木拉丁笑眯眯地看着父母，苏莱娅戳起一颗鹌鹑蛋，费力往嘴里放。

加吾兰不时起身挨个往大家碗里夹菜。

吃完饭，大家走在街上，余兴未消，又聚在街头拍照。吉庆融不停地找风景自拍，她有一种非常轻松的感觉，这个城市充满了祥和，这是她想要的。

加吾兰突然把脸伸进镜头，做着鬼脸。那一刻吉庆融有点儿感动，她生出要紧紧握住时光的不舍感，她笑着和加吾兰一次次自拍，眼睛里饱含泪水。

加吾兰紧张地看着吉庆融，有点儿不知所措，他忐忑地伸出手拍了拍她的脑袋，空气中飘散出兰花的香味。吉庆融一下子甩开加吾兰的手，大步走向街的深处，她的眼泪哗啦啦流下来，她边走边哭，她觉得只有哭泣才能表达这一刻难以割舍的美好感觉。

吉庆融平复了一下情绪，又自拍了一张，在镜头里咧着嘴笑，然后她走向大家。

“加吾兰，今天陶总上的都是牛羊肉和鸡鱼肉，合不合你的口味?”吉庆融说。

“棒极了！吃就不是个问题。”加吾兰说。

第三天，陶淑然带他们参观自己的工厂，生产线有条不紊地运行着，仿真草坪、箱包不一会儿就加工成型，摆在他们面前。大开眼界！

陶淑然鼓励艾拉提讲讲自己的扶贫故事。艾拉提拄着拐，蹬蹬地走到工人中间，讲起自己的经历。他说话时夹杂着维吾尔族人说普通话的腔调，四声不分，本来就有点儿逗趣，再加上他绘声绘色的描述，工人们时而哄堂大笑，时而拍手称赞。一时间，艾拉提好像找到了自己的舞台，觉得生活是那么幸福。吉庆融则当起了新疆旅游形象大使，介绍起大美新疆。大家对新疆充满向往。

四川的美食美景让大家流连忘返。艾拉提开心极了，走起路来双拐点得飞快。有一次他看到一处好风景，居然忘了拐杖，趺趺撞撞走了十几米。苏莱娅看呆了，叫起来：“爸爸能自己走了!”艾拉提似乎一下子意识到自己在独立行走，瞬间瘫坐在地上。加吾兰飞奔过去扶起他。

“老公羊在母羊面前装可怜呢？走得好好的，怎么就倒了。”加吾兰说。

艾拉提看看大家，重新站起来，没有接吉庆融递来的拐杖，歪歪斜斜地走起来。走了几步，他坐在地上号啕大哭，他在宣泄他无法述说的幸福感。大家一起跟着抹眼泪。行人投来疑惑的目光。

来成都机会难得，吉庆融和加吾兰在陶淑然原有的行程安排上多加了几项，两个人不惜自掏腰包补贴超支。

锦江两岸的九眼桥、充满烟火气的香香巷、古香古色的锦里，还有宽窄巷子、大熊猫基地……处处留下了他们的欢声笑语。“简直是人间天堂！”艾拉提激动地说。

离开四川的前一晚，陶淑然约了吉庆融喝茶。入夜的琴台路，霓虹炫彩，街旁酒楼、茶楼古色古香，有人在猜拳行令，有人在抚琴弹奏，结伴牵手的恋人缓缓而行。

从人生理想到现实生活，她们无话不谈，两人身上共同的好强特质碰出火花，她们惺惺相惜。

“抑郁其实是可以自我调节的心理情绪。你太内向了，许多情感丢不掉，被压抑着，影响到眼前的生活。也许换个环境，你的病就会彻底好起来。”陶淑然给了吉庆融一个建议。

“我之前不是没想过。”吉庆融若有所思地点点头。

“我看你对这很熟悉啊，之前来过？”

上大学时，学校组织学生来四川大学参观学习，吉庆融来过。那是一个秋天，街道两旁种着一排排梧桐树，金黄色的树叶顺着和煦的风慢慢地落下来，铺满整个路面。没有夏天的潮热，也没有冬天顺着袖口渐渐侵入的激寒，空气中还带着夏日尚未散去的点点湿润，温度却一点点降下来，太阳倚着厚厚的云层露出头来，校园沐浴在金色的阳光里。

“像一片植满金色稻田的世外桃源，好美！”

吉庆融沉浸在回忆中，一脸笑靥。

“你是应该换一下环境了。”

“可是，我在驻村扶贫。”

“必须换个环境，你需要一个抚平心理创伤的窗口。”

她们举起小小的茶杯碰一碰，算是一种认可。

在回去的飞机上，空姐端来午餐，阿娜尔看一眼艾拉提。

“看我干什么？快吃啊。”

艾拉提帮孩子们一一打开餐盒。

吉庆融和加吾兰欣慰地相视一笑。

飞机起飞了，吉庆融戴上耳机，播放*Joie De Vivre*（意大利钢琴曲）。钢琴的音符缓缓地流进耳朵，跳进大脑，弥漫在心房，全身舒缓，她安静地思考着一切激起她关注的事物。

她觉得自己像一个攀登者，岁月就像一座座山峰，往事像开在尘世的花，飘在云端的梦；她体味到了马尔克斯的孤独，回忆是一条没有尽头的路，一切以往的春天都不复存在，现实转瞬即逝；她认识到生命是一个失去的过程，所有所得都是流星一样的光芒，是你付出的代价，灿烂而孤寂，能为它做的唯一的事情就是让过去走出你的岁月，让智慧携手你孤独的人生。

她看到自己在光束中奔跑，消失在浩渺的天际。

来一次与生命的赛跑，她想。

四川之行，一下子解开了吉庆融的心结，她不再允许自己消沉。她经常想起与陶淑然的那次畅谈，这让她意识到投资什么都不如投资自己重要。她想起自己的姑妈，一个从农村走出来的眼科医生，为了同为医生的丈夫的前途，放弃了自己的晋升机会，最后丈夫成了院长，也成了别人的丈夫。姑妈一次次告诫吉庆融，不要走自己的老路。

吉庆融开始谋划自己的未来。看着银行卡的余额，她意识到在乌鲁木齐买房是不现实的，把安全感寄托在一套房子上是愚蠢的；回甘肃老家也是绝对不可能的，那里是一眼就望到头的生活，父亲偏爱弟弟的嘴脸常常会刺痛她。“走出去，走出去！到更广阔的天地去！”她心里的呐喊声越来越强烈，几乎是一瞬间，她做了要继续读书的决定。

吉庆融下定决心后，整个人好像被安了一个马达，每天都干劲十足，查资料、请教老师，她终于锁定了要考取的院校和专业——四川一所大学的新闻传播学，她要到陶淑然生活的那座城市去。

一个安静的下午，吉庆融走进任乐水的办公室，向他述说自己的想法。吉庆融是忐忑的，做出这个决定就意味着将来要辞职。其实，她内心不舍，不舍得离开这片让她青春丰满的热土。任乐水一如既往，耐心倾听，他既不同意也不反对，告诉吉庆融人生就要做好长远规划，还要做好手头工作。他说："我们既要仰望星辰大海，还要坚定地走在脚下的大地"。

这是同意还是不同意？吉庆融心里直犯嘀咕。

任乐水比吉庆融想得更长远，他欣赏吉庆融身上说干就干的执行力，也担心她失败后的承受力，但更多的是赞赏她敢于改变现状的勇气。他不能明说，只能默默地给她一些支持。

吉庆融准备考博，白天工作，晚上复习，日子过得很充实，只是想起加吾兰，她的情绪会波澜起伏。加吾兰越是炽热，吉庆融就越想躲避，随着时间的流逝，吉庆融也越来越清醒，她对他的感情可能根本不是爱情。

从四川回来后，他俩的交集并不多，加吾兰越来越沮丧，他意识到自己对吉庆融的感情就像握在手里的沙子，抓得越紧，流得越快，他无能为力，又心有不甘。

为了给孩子们补课。寒假，加吾兰办了课外辅导班，他和吉庆融两人轮流给孩子们上课。

一天下午，到了上课时间，却始终不见木拉丁。加吾兰觉得不对劲，问吉庆融，她也没见到这两个孩子。午饭后，木拉丁说要带妹妹回家，下午再来上课。

两个人的心一下子揪起来，他们骑上自行车去艾拉提家。一进院子，加吾兰大喊兄妹俩的名字，无人应答。走进房间，扑面而来的煤烟味直呛人，两个孩子瘫软在床上叫不醒。

“坏了！煤气中毒了，打120，送医院！”

加吾兰把孩子往屋外头抱。当木拉丁的体重全部压在加吾兰的身上时，加吾兰打了个趔趄，他们把两个孩子安放在葡萄架下的木板床上。

抢救及时，两个孩子并无大碍，在医院观察了半天，他们和孩子一起回家。加吾兰才发现牛仔裤被磨破了，膝盖血痕斑驳。一阵心疼涌上吉庆融心头，她给加吾兰贴创可贴，加吾兰的笑容如同冬日暖阳。

两个孩子煤气中毒的事情，给工作队敲了警钟，正值冬季，村子里像木拉丁和苏莱亚这样，父母在外务工、独自在家的孩子不在少数。任乐水组织工作队队员进行了全村安全大检查，消除潜在隐患；加吾兰给家长们做了冬季用火安全讲座。

十四

这些日子，大家都很紧张。县里要对脱贫攻坚工作进行初验，各乡都派出了指导组。有一大堆的事情要做，整理档案，检查贫困户报表的属性分类——一般贫困户、低保贫困户、特困供养户包括五保贫困户，每一个人、每一户家庭都得清清楚楚，一户一策、一户一档、精准到人。

之前，地区进行过贫困村识别，百合提村的贫困发生率比全区贫困发生率高一倍多；全村农民年人均纯收入低于全区平均的水平百分之六十。如今每一个变化的数字都要有实际的佐证资料，要确保村民人均纯收入稳定超过年度国家扶贫标准，确保村民不愁吃、不愁穿，义务教育、基本医疗、住房和饮水安全都有保障。他们一遍遍核对贫困户人均纯收入，工资性收入、生产经营性收入、转移性收入、财产性收入，一笔笔计算，村民的人均收入已经达到五千一百块，超过指标一千一百块了。

他们一条条认真总结，贫困发生率降至零；通水、通电、通路、通广播电视、通宽带的“五通”任务已经完成；有村“两委”班子且发挥作用、有支撑稳定增收的产业、有村集体经济收入、有村级党组织阵地、有中心幼儿园、有便民服务中心、有卫生室的“七有”任务目标，也全部实现。

他们对扶贫开发成效实行最严格的自查，围绕减贫成效、精准识别、精准帮扶、扶贫资金绩效等四个方面和政策落实、工作落实、责任落实情况进行一一自评打分。自评结果很满意，可大家好像心里还是没有底。

看到这些数据，任乐水夜不能寐。

乡里的指导组来了，组长是克拉副乡长，小伙子白白净净，高大帅气，见到任乐水露出不好意思的神情。村支书亚然亲切地拍一拍他的肩膀，克拉的脸一下子红到了耳根。

指导组前前后后检查了两天，认真查看各项指标。

“咱们村的贫困发生率下降、脱贫人口错退率、贫困人口漏评率都超过了自治区标准，群众认可度接近百分之九十五，基本公共服务主要领域指标接近全国平均水平，‘三率一度一接近’很突出。”克拉说。

克拉副乡长终于表态，大家悬着的心落了下来。

两天里，少年老成的克拉副乡长一句表扬的话也没有，和村民交谈像考核干部，问一些条条框框的问题，对发展特色产业的措施问了一大堆数字。任乐水就觉得小伙子有点吹毛求疵，亚然书记一路摇头，嘴里嘟嘟囔囔骂着：“尥蹄子的山羊娃子不知天高地厚。”任乐水悄悄制止他，担心指导组的同志听到了惹出麻烦。“他要是给牛犊子喂骆驼刺，看我不收拾他。”一向不爱言语的亚然一下子变得很火暴，非常看不上年轻的副乡长。

“脱贫攻坚是一场硬仗，不敢有一点儿闪失，来不得半点虚假。”任乐水说。

“我们指导完以后，你们可以申请初验了，乡人民政府负责按照‘民主评议、核实认可、公示确认、公告标注’的程序组织进行贫困村退出工作。”克拉说。

“这么说我们村的工作好得很?!”亚然说。

克拉笑起来，脸上浮出红晕。

“这是一个具有划时代意义的工作。自治区脱贫攻坚任务很艰巨，必须实现一百四十三万多人脱贫、二千零五十四个贫困村退出、二十五个贫困县市摘帽的目标。我们乡可以摘帽了。”克拉说。

“也就是说，我们百合提村也初步完成了脱贫攻坚任务？真不容易！我们不负群众，也为地区完成全面脱贫任务做出了贡献。”任乐水说。

“你们的验收报告要好好总结一下，从如何落实‘七个一批’举措，进一步压实压紧责任、明确目标标准、落实精准要求、强化督查巡查、深化专项治理、提升扶贫能力、注重扶志扶智、严格考核评估、统筹兼顾等方面全面理一理，找特点、出特色，用数字说话、用效果验证。”

任乐水很理解克拉的想法。在大西北，在天山南部绿洲，在昆仑山脚下，他们就是一批默默无闻的英雄，他们战斗在第一线，在努力打赢这场脱贫攻坚战，在向着如期全面建成小康社会、实现第一个百年奋斗目标的中国梦奔跑。日月经天，江河行地。他们的努力就如一滴滴水珠汇聚成溪，奔流入海，汇聚成磅礴的力量。

“是啊，在几千年历史发展中，中国即将首次整体消除绝对贫困现象，中国人民是最幸福的人民，中国方案必将彪炳史册！我们也贡献了我们的智慧。”任乐水说。

任乐水想起了刚驻村时那些入户的日子，寒风凛冽。他们在村支书亚然的带领下，走进一户户陌生的人家，“你家里几口人？有几亩地？有几头牛羊？”“家庭年收入是多少？”“家里有没有人患重大疾病？有几个劳动力……”为了弄清楚贫困户家庭的详细信息，阿解放、柯蓝、吉庆融逐一对扶贫对象信息数据进行复核，他们在扣好精准识别的“第一粒扣子”，“帮扶谁”“怎么帮”？确保“扶真贫”“脱真贫”！那时候，压力巨大，他不敢想象完成脱贫以后会是一幅什么样的场景。而今天，这些实实在在的成果就摆在眼前，这近两年艰辛而快乐的日子终于有了回报。任乐水想着想着鼻子一酸，眼前一片模糊。

村支书亚然内心欢喜。“克拉副乡长”！多爽快的称谓，他没有告诉工作组，这个刚从昆仑地区下派挂职来的副乡长全名叫“克拉·亚然”，那是他亚然书记的儿子。看着眼前一脸严肃的副乡长，一副公事公办的姿态，好像一点儿也不考虑他这个当村支书的父亲的感受，到处指手画脚，似乎任乐水和他父亲干的事情都错得离谱！让亚然一夜难眠，他几次想打电话告诉儿子，请他别拿毛拉杆子当教鞭，挥得再猛，还是一把蒲草！可是他忍住了，他相信工作组和村委会做出的成绩。村里翻天覆地的变化，他感受到了，他看到了。村民们家家买了“蹦蹦车”，特别是种植蘑菇、养殖毛驴的特困户挣得比别人都多，有几户家里还有人去外地务工，也挣了不少钱，结果买了小汽车。搁在两年前，想都不敢想。克拉这小子好像不知道，一本正经地说官话，只有走进村民家看到那些宽敞崭新的砖瓦房、看到整齐的庭院、看到标志着富裕的小汽车，他的眼里才露出一丝不易察觉的震惊。父亲亚然知道，儿子克拉专门挑选了二十多家贫困户，因为小时候他就知道，那些人的穷仿佛与生俱来，又仿佛一辈子无法翻身。克拉不停地揉耳朵，那是他习惯的表达不理解或想不通的小动作。那一刻村支书亚然偷偷地笑起来。

亚然又一次想起以前，破落的村庄夕阳西下，儿子小克拉爬上亚然家的小院柴门，眺望着远方，等待父亲骑车的身影穿进视线，他欣喜若狂地跑向父亲……

亚然一路流着眼泪回到家。

“拥抱事件”的热度渐渐褪去，麦迪亚娜继续忙碌起来，受邀参加一部新戏的试镜。

这部叫《奔途》的西部公路片，故事发生在新疆：两个劫匪劫持了一部车，穿越罗布泊无人区，沿途遭遇各种各样的人，遇到很多啼笑皆非的奇葩事件，阴差阳错救了一名失足少女。其中一个劫匪爱上了失足少女，最后和前来追杀的敌人同归于尽。他们想表达爱与恨、善与恶的纠缠。

麦迪亚娜试演那名失足少女。这是她的荧幕首秀，她厌恶这个角色，可她没有选择，她的一切演艺活动由经纪公司安排。

毫无悬念，麦迪亚娜被导演选中。

“艺人就是要为艺术献身，扮演一个失足少女又算得了什么？”经纪人说。

剧组在新疆取景，麦迪亚娜跟随剧组再次回到家乡，她又闻到了空气中羊粪混着毛拉草的味道。麦迪亚娜展现出表演天赋。失足少女的慵懒、绝望、渴望的形象被麦迪亚娜表现得淋漓尽致，她冷艳的外表美丽绝伦，她直钩魂魄的欲望呼之欲出。

还有一道难关，女主角要和帅气的男一号拍一场亲热戏。虽然尺度不是很大，需要女主角背对镜头，露出背部。麦迪亚娜内心抗拒，始终无法进入状态，摄制组的人已筋疲力尽。

晚上，麦迪亚娜心情很坏，疲惫不堪，忽然接到了剧组的电话，要她去指导的房间一趟，去说戏。那个男人竟然穿着浴袍，亲自示范失足少女的魅惑。那双眼睛里散发着一股邪气，“只有献身艺术，才会得到艺术；生存犹如一场战争，不在乎对错，只看谁能够留下。”麦迪亚娜甩开那个男人的手，慌忙外逃。“等着明天赔违约金吧！”那男人恼怒地吼着。

麦迪亚娜一路狂奔，回到房间，锁上门，浑身发抖，“哇”地一声哭起来。她颤抖着手，拨通了任冰的电话，话筒传来任冰的声音，麦迪亚娜泪如雨下。

“你怎么了？”

任冰心里一阵绞痛。

“没事，我只是心里难过，想你了。”

直觉告诉任冰一定是有事发生。

第二天，剧组果然停拍了麦迪亚娜的戏。经纪人质问麦迪亚娜：“你要什么大牌！停戏的后果很严重，你知道吗？”麦迪亚娜闭上眼睛，满脑子就两个字：逃离！她此刻无比悔恨，为什么要踏上这条路？一切看起来的美好都是呈现出的效果，华丽的盛装里包裹着各种各样丑陋的躯体。

任冰在傍晚时分来了。

“亚娜。”

仿佛在黑暗的森林里看到一个光明的出口，麦迪亚娜扑进任冰的怀里，轻声啜泣，任冰的温暖慢慢传遍她的全身。她不再无助和绝望，眼前的这个大男孩就是她的依靠。

任冰轻抚她的秀发，闻着那熟悉的玫瑰花香。那缕香气曾经在麦迪亚娜狠狠推开他的一瞬间，消失得无影无踪，此刻香气弥漫，沁人心脾。

“带我走吧！”

麦迪亚娜一脸无助、满眼无辜，任冰心疼至极。

任冰点点头：“好，我们走！”

尽管任冰尊重麦迪亚娜的选择，但他已不是一个莽撞的毛小子了，他必须说服剧组，为麦迪亚娜留个出口。麦迪亚娜荧幕首秀，她需要发展平台。任冰相信每件事都可能绝处逢生。任冰和制片方谈了一宗业务，天丰扶贫助困网络平台成了《奔途》的赞助商之一。在任冰建议下，影片里一些过分抢夺眼球的暧昧镜头由替身完成。

任冰一直陪麦迪亚娜在片场，一派随和，在剧组混得了个好人缘。麦迪亚娜的经纪人对她的态度恢复如初，又开始嘘寒问暖。

在爱情的世界里，女人需要一种有韧劲的男人，他会输送出强大的力量，滋养精神和物质，为惶恐不安的情感提供养料和水分，给予女人对未来的安全感。更重要的是，这个强大的男人心中只有你——这一个独一无二的女人。

安置妥一切事宜，任冰向麦迪亚娜道别，他拍一拍她精致的脸颊。她毫无瑕疵的肌肤光滑细腻，大眼窝里的眼睛摄人心魄。

任冰和麦迪亚娜拥抱，那一刻，他们相信在拥抱彼此的未来。

任冰走后，经纪人的态度好得让麦迪亚娜不敢相信。“为什么？”她问。经纪人拿出一份合同副本，原来任冰已经收购了星棋娱乐文化公司五分之一的股份。

《奔途》还剩最后一场戏，剧组在等待一场雪。在最后的对决中，飞驰在大雪飘飞的公路上的汽车爆炸，男主角在最后时刻推开女主角，自己与敌人同归于尽。

十一月的新疆，冬季降临，一场大雪如期而至。密集的雪花飘洒在透亮的天空，空气里透出柔和的气息，雪花落在眉梢、面庞，一瞬间就化了，寒冷并不生硬，却有着恰到好处的舒适。

为了追求画面的真实感，导演贸然决定，不用电脑合成，而选用特种爆炸道具实景拍摄。这是最后一场戏了，演员们非常放松，期待着杀青那一刻。

“三！二！一！起爆！”

“轰隆”一声巨响，爆炸中心发出耀眼的火光，烟雾散去，男主角和麦迪亚娜倒在地上。鲜红的血液在滴落，剧情里没有设置流血的环节，那是从演员身上流出的真实的血，他们瞬间陷入昏迷。视觉效果绝对真实，但却是一场意外。出事了！

任冰赶到医院，麦迪亚娜脸上和手臂上缠着厚厚的纱布。他钻心地疼，他伏在床头，口中不停地重复着一句话，“对不起！我应该带你走的。”任冰哭得几度昏厥。

一年一度的评优开始了，大家各抒己见，两个先进名额，一个给了任乐水、一个给了吉庆融。

“尤其是吉庆融，一个没有驻村经验的丫头子，从城市来到农村，深入田间地头做村民工作，为帮助亲戚致富可没少出力！”

阿解放把吉庆融一顿夸，他是在真心赞扬。

吉庆融笑了笑，表示要把先进名额让给柯蓝。

柯蓝从座位上站起来，打断吉庆融：“你是大家选出来的！哪有让的道理?”

吉庆融不理会，继续说：“这个先进，我受之有愧。这一年我生病了，要不是大家的悉心照顾，我不会好得这么快。再说，我请了两个月的病假，也不符合评优条件。我可以感受到柯蓝对这片土地的热爱和毫无怨言的付出，他的工作成绩也很突出，这个先进他当之无愧。”

“我不同意，我比吉庆融落后!”

柯蓝一句话将吉庆融堵了回去。

任乐水及时发言：“大家互相谦让，不计名利，我很欣慰。这一年工作队不负重托，大家都很辛苦，都在无私奉献，但评优名额只有两个，我们要选出符合条件的同志。我个人提议选柯蓝和阿解放，同意的就举手。”

阿解放连忙接话：“任书记，您更合适啊!”

“干好了，成绩是你们的，干不好，责任是我的。干工作，我就从来没想过名利，荣誉要留给默默奉献的人，就别考虑我了。同意的请举手。”

任乐水掌握着会议的节奏。

全票通过，选出了脱贫攻坚先进个人柯蓝和阿解放。

加吾兰找到吉庆融，两人来到村委会活动室。为了缓解气氛，加吾兰提出打乒乓球，吉庆融欣然同意。吉庆融在上大学时德智体美劳全面发展，打得一手好乒乓球。几个回合下来，加吾兰连连摆手，甘拜下风。

吉庆融突然笑得花枝乱颤，加吾兰的眼前晴空万里。

两个人并排靠在乒乓球案旁，回忆着过往的一幕幕，感叹时间飞快，加吾兰眉飞色舞。“我要考博了，已经报名了，马上要去现场确认。”吉庆融冷不丁地冒出来一句，加吾兰的笑容僵在脸上，消息突如其来，他愣了好几秒。

“祝我一切顺利吧，然后来成都找我玩儿。”吉庆融看到加吾兰的反应，故作轻松地挤出一句话，加吾兰神色大变。

“你知不知道我喜欢你？你知不知道我在等你？你现在告诉我你要走？那我怎么办？”

加吾兰一字一句地说，他在努力控制自己的情绪。

“我对你没有责任！我承受不起你的喜欢，但是，我可以报答你！”

“谁稀罕你的报答？”

吉庆融沉默不语。

突然，加吾兰双手抓住吉庆融的肩膀，脸凑上来，他想吻她。

吉庆融转过脑袋，双眼紧闭，嘴唇发抖，她的脑海一片空白，全身上下在抗拒，却无力推开加吾兰。

加吾兰看着吉庆融的反应，苦笑了一声，说，“对不起！吓到你了，我失态了。”说完向门口走去。

“什么时候走，给我说一声，我送你。”

那一刻，在加吾兰心里，他的融融仿佛和他永远说再见了。他的心被一片片剥开，时间停住了脚步。

长夜漫漫，一夜未眠，痛苦撕咬着加吾兰，他蜷缩在床上，抱着自己，泪水不自觉地往下掉，他相信自己仍有为她赴汤蹈火的勇气，却得不到拥有她的资格，这是一种失去全世界的无助。“咫尺天涯”，加吾兰在心里反复咀嚼着这个词。

吉庆融考博很顺利。

再见吉庆融时，加吾兰的眼里不再闪光，但他依然体贴入微。吉庆融能感觉到那种疏离感，每当这时，她的心空落落的，充满惆怅，她不断地问自己，“这就是自己想要的结果吗?”现实惨淡，没有答案，总让她内心摇摇摆摆。

吉庆融的人生要翻开新的篇章了，她在做告别的准备，给每个她挂念的人都准备了一份礼物。

吉庆融收到了加吾兰的微信：“我想一直等你，可以吗?”

吉庆融回复：“让风说话，听时间的决定。”

脱贫攻坚关键的2019年即将结束。

“老任，我在我的平台上帮你策划录制一期《2019百合提村特别节目——脱贫云中云》视频访谈节目吧?”任冰打来电话，“搞那些花里胡哨的东西干嘛? 我又不是为了出名去扶贫。”任乐水不喜欢这些高调的宣传。“不是吆喝您，是为党宣传！也顺带忽悠一下您的‘天时牌康佳片’产品。”任乐水想了想，不置可否。

任冰的策划方案很新颖。

在演播室，任冰、麦迪亚娜和在北京的李木水、在玉龙县政府的张振民、在棚圈里的阿解放和艾拉提实时连线，“云端”畅聊。他们带领贫困群众脱贫致富的故事活灵活现。从干部宣传教育到村民思想的转变；从一村一策到扶贫产业的稳步发展；从教育扶贫到就业扶贫……扶贫工作从

"输血"到"造血"。不时有观众点赞喝彩。

最后，屏幕出现一段字幕：

让贫困地区的群众都过上美好生活，一个都不能少，一户都不能落。

任乐水全程看完了直播，眼泪止不住地流。

任乐水回忆起近两年酸甜苦辣的日子，一幅幅画面像慢慢移动的剪影在百合提村铺开，展现着他们改变乡村贫困的壮美历程，不忘初心，牢记使命！敢于担当、乐于奉献！他们没有辜负这个时代，没有辜负每一个村民。

任乐水庆幸自己有机会步入脱贫攻坚的队伍，能够投身于解决千百年来困扰中华民族的绝对贫困问题的伟大实践。中国人创造了人类反贫困的划时代成就，铸就了人类发展史上的重要里程碑。

任乐水在日记中写下：

我们打赢了脱贫攻坚战，贫困人口全部实现了"两不愁三保障"，区域性整体贫困彻底消除，脱贫攻坚取得决定性胜利！我们这些平凡的扶贫干部也走在创造伟大历史的征程之中。

晚上吃饭时，桌子上放了两瓶白酒。

"这又是哪一出？"任乐水问。

"庆祝《脱贫云中云》节目成功呀。"阿解放说。

"形式主义很盛啊，一个小采访用得着这么兴师动众？"任乐水说。

"其实，只是找一个理由开心一下，脱贫攻坚验收了，我们百合提村的村民和全国人民一道为建成小康社会做出了自己的贡献。想起这些成就就会升起‘中国伟大’的自豪感，美丽的草原需要百灵鸟的欢叫，幸福的生活需要美酒的欢庆。”柯蓝说。

任乐水爽快地打开酒瓶盖，给每个人倒了一茶杯白酒。

“为百合提村干杯！为祖国干杯！”

柯蓝弹起冬不拉，阿解放弹起都塔尔。阿解放放声高唱起新疆民歌《一杯美酒》。任乐水仔细分辨，两种不同风格的乐器美妙地契合在一起，一个醇厚、一个悠扬，节奏欢快，旋律激越。大家齐声欢唱，激情四溢，热烈奔放，款款深情，仿佛雄鹰盘旋在辽阔的天空，美好人间在呼唤着最深情的爱情：

我的爱情像杯美酒一杯美酒，
心上人请你把它接受，
天山上的雄鹰只会盘旋不飞过山顶，
情人围绕着我不愿离走。
啊，情人啊！
你的花容月貌时刻吸引着我，
我在为你尝受悲苦，
请你接受我心灵的一杯美酒！
一杯美酒，一杯甜酒，一杯香酒，
喝了它准会把你醉透。
一杯甜酒，一杯香酒，一杯美酒，
喝了它准会把你醉透。

厚厚的积雪铺满原野，莽莽昆仑山银装素裹。

来到2019年的最后一天。

斗转星移，四季更替；江河滔滔，日夜浑浑。时光像一双深邃的眼睛凝视着大地，走过千万年前茹毛饮血的智人，星罗棋布的部落汇聚成城池，文明之光穿越战火烧铸的钢铁丛林，凝望着生命如约而至，人间动人。

爆竹声响，明天就是庚子年元旦了。这个日子预示着季节正在翻越寒冬，将迎接生命萌动的盛大时光。脱贫攻坚决战决胜之年即将来临，全面建成小康社会，实现第一个百年奋斗目标的光辉前景就在眼前，梦想升腾，天地日新，历史会让每一个奋斗者都能够梦想成真。

在百合提村，任乐水红光满面，任冰在为父亲斟酒。

“亚娜！”

“来啦！”

麦迪亚娜进来，她已蓄起了长长的头发，一道浅浅的疤痕，勾勒在她左脸颊的眉角上，像极了一道淡雅的鸢尾花。

“儿子，陪我多待几天！”

任乐水喝得有点儿多，两眼放光，不容置疑。

“好，陪着您！天丰扶贫助困网络平台也有国资企业入股了，混合制发展，未来可期。眼下我一时也闲下来啦！”任冰笑道。

“你闲不住。”任乐水说。

“爸，我还是干老本行，帮您直播带货，我和亚娜一起帮您销售天时牌康佳片，保证卖得一粒不剩！”

“这个不急，当务之急是春有鲜花、秋有收获！”

任冰完全理解父亲的用意，一下子无比兴奋，深情地看了一眼麦迪亚娜，变魔术一般拿出一枚钻戒。

任冰让麦迪亚娜站在父亲身旁，他单膝跪地。

“麦迪亚娜，请接受我对我们未来的承诺！”

眼泪洒落下来，麦迪亚娜哽咽着点头伸出手。泪水流过她眼角的伤疤，那仿佛是刻在她生命里的一条时间之河，所有的幸福和秘密都流淌在蜿蜒的小河里。

从原点出发，她遇到这个男人。天地间刮起飓风，他们紧握双手将一起走向辽远的天际。

2021年5月1日第一稿于郑州
2021年5月17日第二稿于乌鲁木齐
2021年6月19日第三稿于乌鲁木齐